# 도련님, 아프시면 수프라도 좀 드세요

최철호 지음

이매진

# 도련님, 아프시면 수프라도 좀 드세요

**1판 1쇄** 2017년 5월 19일
**지은이** 최철호 **펴낸곳** 이매진 **펴낸이** 정철수
**등록** 2003년 5월 14일 제313-2003-0183호
**주소** 서울시 은평구 진관3로 15-45 1019동 101호
**전화** 02-3141-1917 **팩스** 02-3141-0917
**이메일** imaginepub@naver.com
**블로그** blog.naver.com/imaginepub
**ISBN** 979-11-5531-084-7 (03810)

• 이매진이 저작권자하고 독점 계약을 맺어 낸
책입니다. 무단 전재와 복제를 하지 마세요.
• 환경을 생각해 재생 종이에 콩기름 잉크로
찍었습니다. 표지 종이는 앙코르지 190그램이고,
본문 종이는 그린라이트 70그램입니다.
• 값은 뒤표지에 있습니다.
• 이 도서의 국립중앙도서관 출판시 도서목록
(CIP)은 서지정보 유통지원 시스템 홈페이지
(http://seoji.nl.go.kr)와 국가자료 공동목록 시스템
(http://www.nl.go.kr/kolisnet)에서 이용하실 수
있습니다.(CIP제어번호: CIP2017010344)

_

## 일러두기
• 한글 전용을 원칙으로 삼지만, 인명, 지명, 단체
명, 정기 간행물 같은 읽는 이들에게 낯선 이름은
처음 나올 때 원어를 함께 썼습니다. 주요 개념이
나 한글만 보고 뜻을 짐작하기 힘든 말도 한자나
원어를 함께 썼습니다.
• 단행본, 정기 간행물, 신문에는 겹화살괄호(《 》)
를, 논문, 영화, 방송 프로그램, 연극, 노래, 그림,
오페라에는 홑화살괄호(〈 〉)를 썼습니다.

# 차례

# 최철호,
# 안녕

드라마로 아이를 키우고, 아내를 달래고, 밥을 먹고 살겠다고 오래전 작가협회를 찾아와 내 수업을 들은 남자가 있었다. 수업 시간 후 차 마시는 자리에서, 나는 그에게 관심을 두었다.

"철호 씨, 그럼 지금 생계는?"

"(수줍게 웃으며) 잡지에 글을 기고합니다."

"(이런 고단하겠구나 싶었지만)……다행이네요."

그 짧은 대화가 기억력이 유난히 좋지 못한 내가 또렷이 그를 기억하는 전부다. 그래도 생계를 짊어진 드라마 교육생(드라마 작가 지망생)은 안타까워 수년간 함께 공부한 학생들의 연락을 받을 때마다 철호 씨는 어떻게 지내냐며 안부를 물었다.

그렇게 10년쯤 지난 재작년쯤, 그가 암에 걸린 소식과 그를 구할 능력 좋은 의사를 찾는다는 소식을 함께 전해 들었지만 친한 의사라곤 고등학교 선배인 내과 의사(그것마저 그만두신) 한 분밖에 알지 못했던 나는 어떻게 하냐고 탄식할 뿐 도움을 주지 못했다. 그리고 풍문에 그가 임종한 소식을 전해 들었다.

이 책은 철호 씨가 잡지에 쓴 글을 모은 것이라 했다. 근데, 이런 이렇게나 글이 예뻤다니…….

글을 읽는 내내 나는 아이처럼 제 속살을 순순히 발가벗어 타인에게 성큼 보여주어 쉽게 공감을 끌어내는 그의 순수한 글재주에, 글의 배경이 되는 그의 달달하고 싸하고 살벌한 봉천동 산동네 풍경에, 그의 자잘한 친구들에게 마음을 흠뻑 재미나게 뺏기고 말았다.

지하인지 지상인지 모를 작은 집에서 새것이 아닌 낡은 게 분명한 컴퓨터 앞에 앉아 저와 제 처자식의 지독한 생계를 짊어지고도 이다지도 청량하고 맵지만 경쾌한 글을 쓸 줄 안 작가 최철호가 참으로 안타깝지만, 한편 지금 나는 독자로서 기쁘다.

글이 별거냐.

이런 게 글이다, 싶다.

순수해라!

추억일 수 없는 가난이 각박한 현실에서 여전히 장대비처럼 꽂히는 숱한 작가와 작가 지망생들에게, 그리고 이젠 글이 오만해지는 걸 두려워해야 하는 나 같은 기성 작가에게, 최철호가 글로 맑은 경종을 울리는 듯하다.

그래도, 그럼에도 불구하고,

끝까지, 마지막까지 순수해라!

노희경·드라마 작가

그가 세상을 뜨기 전, 가게에 들렀다. 아프다는 말은 들었다. 뭐, 어쩌겠어요. 그는 웃었다. 죽기야 하겠어요, 까짓. 그 와중에 농담과 특유의 여유에 나는 웃지도 울지도 못했다. 그러고는 두어 번 전화 통화를 하고, 멀리 보냈다, 철호를.

내 손에 그의 원고를 받아들고, 한동안 펴보지 못했다. 그를 직면해야 하니까. 두려웠다. 일생에 도움 안 되는 이 선배라는 작자가 마지막 해줄 일이 유고의 추천사라니. 가혹한 일이었다. 겨우 원고를 들었다. 그의 부재도 잊었다. 낄낄거리고 웃다가 다시 울었다. 그가 그리워서 울었고, 나의 지난 삶이 중첩되어 울었다. 그도 나와 같은 삶을 살았던 거다. 막막한 산동네, 늘 배고프던 시절을 보냈던 거다. 철호야, 그러면 우리 친구였구나. 내가 호떡 많이 사줄게. 내가 호떡 장사 할게.

철호는 한때 내가 일하던 잡지의 팀원이었다. 기획안은 좋았고, 결과는 늘 안 좋았다. 나중에 들은 얘기가 있었다. 취재원을 만나고는, 그가 기사로 피해를 볼까봐 미안해서 못 썼다는 말도 있었다. 그는 봉천동 산동네 깡다구 없이, 여리고 착했다.

이렇게 철호를 만나니 나는 그저 먹먹하다. 그의 연대기는 가난하고 비루하다. 그 틈에 낙천적인 농담이 툭툭 터진다. 가난해서, 없이 살아본 자만이 보이는 낙천성이다. 더는 내려갈 데도 없는데요, 뭘.

철호를 우리는 보내지 못할 것 같다.

"형, 기깔나는 거 한 편 써서 대박 터뜨리면 진짜 맛있는 술 사드릴게요. 까짓 거, 제가 솜씨는 있잖아요."

그의 재능을 우리는 다 못 보고 보냈다. 그 흔적을 이 책에 남기고 있다. 나 역시 추천사라는 말로, 그에게 메시지를 보낸다. 기다려, 철호야. 뭐, 가서 보자. 여기도 별거 없어.

박찬일·요리연구가 겸 칼럼니스트

# •내 친구 철호•

지금부터 11년 전의 일이다. 오랜 조연출 생활을 마치고 연출 데 뷔를 앞두고 있던 나는 두 번째 단막극에 쓸 소재를 찾기 위해 닥 치는 대로 읽으며 원작 찾기에 혈안이 돼 있었다. 어느 날 구독 중 이던 월간지 《사과나무》에서 우연히 재미난 글을 한 편 읽게 됐 다. 봉천동에서 나고 자란 30대 중반의 저자가 유년 시절의 경험 을 바탕으로 쓴 길지 않은 글이었다.

문체가 워낙 친근하고 유쾌했고, 그러면서도 아련한 에피소드 는 절로 미소를 머금게 했다. 재치 있는 유머 속에는 시대의 아픔 이 잘 녹아 있었고, 글 속에 흐르는 세상을 향한 따뜻한 시선이 금 세 나를 사로잡았다. 《사과나무》의 지난 호까지 다 뒤져 그 저자 의 글을 단숨에 모두 읽어버렸다. 1인칭 시점으로 쓴 글에는 봉천 동 산동네에 살며 중학교를 다니던 한 남학생의 갖가지 모험담이 풍부한 상상력을 곁들여 유쾌하고 발랄하게 펼쳐져 있었다.

나는 바로 수소문해 전화를 걸었다. 일주일 후 우리는 프레스 센터 앞 카페에서 처음 만났다. 그 글을 쓴 저자는 알고 보니 어느 일간지 문화부 기자였고, 나와 동갑내기였다. 첫 만남부터 우리는 마치 오래전 중학교 동창을 만난 듯 소주잔을 기울이며 많은 얘기를 나눴고, 금세 친구가 되어버렸다.

그렇게 우리의 인연이 시작됐다. 워낙 드라마나 영화에 관심이 많던 최 작가는 자기가 쓴 글이 단막극 원작으로 쓰이는 걸 무척 반가워했고, 대본을 쓸 작가도 함께 만나며 원작자로서 최선의 노력을 다했다. 그렇지만 원작을 가지고 대본을 만드는 작업이 그렇게 녹록하지 않았고, 급기야 대본을 쓰기로 한 작가가 도중하차해버려 작업은 잠정 중단됐다. 게다가 대하드라마 연출을 맡은 나는 단막극 팀에서 빠지게 됐다. 대본 작업은 중단됐지만 우리는 자주 만나 술을 마시며 이런저런 세상 이야기와 영화 이야기를 나눴다.

한창 촬영으로 바쁘던 어느 날 최 작가가 전화를 걸어왔다. 신문사에 사표를 내고 드라마 작가가 되기 위해 작가교육원에 등록했다는 것이었다. 갑작스런 소식에 나는 걱정이 앞섰다. 30대의 가장이 하루아침에 멀쩡한 회사를 관두고 작가가 되는 그 지난한 여정을 시작했다니 친구로서 걱정이 앞섰다. 그렇지만 한편으로는 그 용기와 열정이 놀랍기도 했고, 역시 철호답다는 생각이 들었다.

2년 뒤 최 작가는 작가교육원 최종 코스인 창작반 졸업을 앞두게 됐고, 우리는 졸업 작품집에 실을 단막극 소재에 관한 얘기를 나누게 됐다. 여러 가지 이야깃거리를 놓고 고민하던 최 작가에게 나는 《사과나무》에 연재한 그 글, 내가 단막극으로 만들려다 못하게 된 그 얘기를 써보라고 권했고, 그 결과 아주 훌륭한 단막극 대본이 창작반 졸업 작품집에 실렸다. 나는 단막극을 연출하게 되면 꼭 그 작품을 하고 싶었지만 그즈음 〈남자이야기〉라는 미니시리즈를 연출하고 있었다. 다행히 마침 그 대본에 관심이 많던 후배 피디가 연출을 맡아 최 작가의 작품이 빛을 보게 됐다. 2007년 드라마시티를 통해 소개된 〈이웃의 한 젊은이를 위하여〉다. 작품은 아주 훌륭했고, 그해 민주언론시민연합이 주는 '좋은 드라마상'도 받았다.

그렇게 최 작가는 드라마 작가가 됐다. 우리는 2010년이 돼서야 처음으로 작가와 감독으로 만나 단막극을 만들었는데, 드라마스페셜을 통해 소개된 〈여름이야기〉라는 작품이었다. 그 작품 뒤로 나와 최 작가는 각자의 자리에서 작품 활동을 계속하느라 얼굴을 자주 보지는 못했지만, 서로 힘들 때마다 만나 술잔을 기울이며 많은 이야기를 나누고 서로 위로와 응원을 아끼지 않았다.

그러던 중 나는 또 다른 작품을 맡아 연출하게 됐고, 계속되는 촬영으로 바쁘게 지내던 어느 날 문자로 온 부고를 받았다. 최철호 작가가 세상을 떠난 것이다. 너무도 갑작스럽고 황망한 소식이었다. 아직 한창 젊은 나이고 가슴은 늘 꿈 많은 청년인 내 친구 철호가 세상과 이별을 고한 것이다. 친구로서 충분히 챙겨주지 못한 시간들이 죄스러웠고, 작가로서 꾼 그의 큰 꿈이 안타까웠다.

내 친구 철호가 쓴 글이 출간된다는 소식은 정말 반가웠다. 지난 《사과나무》에 실린 철호의 글들을 다시 한 번 꺼내 읽었다. 언제 읽어도 따뜻하고 아련하며 유머 넘치는 재치 있는 글을 읽다보니 유쾌하고 다정한 철호의 수다와 입담이 그리워졌다.

내 친구 철호는 떠났지만 선한 눈빛과 따뜻한 가슴은 그가 써 내려간 글 속에 아름답고도 순수한 빛깔로 고스란히 남아 있다. 독자들은 그가 들려주는 이야기에 금세 아련한 추억의 바다로 빠지게 될 것을 믿어 의심치 않는다.

철호 친구 윤성식·한국방송 프로듀서

## •유재하, 기형도, 최철호•

따뜻하고 생생하다. 그 시절을 살았든 살지 않았든 절로 미소가 지어지는 이야기가 가득하다. 마음에 빗장을 걸고 센 척하며 살아가는 우리에게 살면서 지켜야 할 가치가 무엇인지 조곤조곤 선명하고 다정하게 말을 건다. 유재하의 노래를 처음 들을 때처럼, 기형도의 시집을 처음 읽을 때처럼 아프다. 그가 여기 없다는 게 거짓말이었으면 싶다. 살아서 계속 이런 이야기를 들려줬으면 좋겠다.

박은영·드라마 작가

# 펴내는 글

"전세계에서 가장 공평한 '가위바위보'로 정하자." 뭔가 의견이 맞지 않으면 그 사람이 늘 한 말이다. 정말 공평했다. 진 사람은 언제나 말없이 따랐으므로. 요즘은 뭔가 결정해야 할 일이 있으면 그 사람은 어떻게 했을까 생각하게 된다. 그리고 그리워진다. 부재란 그런 것이었다.

작가로 죽고 싶다더니, 원고를 더 만져서 책을 낸다더니, 그냥 가버렸다. 그 사람이 써야 할 '펴내는 글'을 내가 쓰고 있다. 우울하다. 그렇지만 그 사람은 우울 모드를 싫어하므로 아주 경쾌하게 써야겠다고 생각했다. '최 작가'가 쓴 글처럼. 그런데 쉽지 않았다. 이 책을 내는 데 필요한 모든 작업 중 가장 마지막으로 마감된 일이 이 펴내는 글이 됐다.

《도련님, 아프시면 수프라도 좀 드세요》는 월간지 《사과나무》에 10년 가까이 연재한 글을 모은 책이다. 노트북 앞에 앉아 킬킬거리며 글을 쓰던 모습이 눈에 선하다.

이웃이 놀러와 수다가 시작될 때면 봉천동 시리즈는 아주 맛깔난 소재였다. 시작은 늘 이랬다. "나 어릴 때는 봉천동 사거리에 달구지가 다녔는데……아, 진짜라니까!" 밤 열 시가 넘어도 그 이야기를 듣느라 엉덩이를 떼지 못하던 이웃들도 많았다. 이 글을 쓰게 된 계기도 그랬다. "봉천동 이야기 좀 써보지 그래." 봉천동 시리즈를 애청하던 편집자가 던진 말 한마디로 시작된 글이었으니까.

최 작가는 봉천동을 사랑했다. 봉천동 이야기만 나오면 아주 신이 났고, 이 글을 쓸 때도 아주 행복해했다. 그리고 자랑하듯이 내게 말했다. "봉천동 출신은 다 지 밥벌이는 해. 잡초 같거든. 킬킬킬."

중년이 돼 봉천동 친구들이 다시 뭉쳤지만, 즐거운 시간은 너무 짧았다. 마누라인 나를 옆에 두고 마누라처럼 굴던 봉천동 여자 사람 친구들과 심심하지 않게 자주 찾아와 말벗을 해준 모든 친구들에게 최 작가는 이렇게 말할 것이다. "아, 한 잔 찌끄리며 더 놀아야 했는데, 미안허다."

《도련님, 아프시면 수프라도 좀 드세요》는 서울시 관악구 봉천동에서 성장한 한 사내가 자기가 겪은 유년 시절의 추억을 찹쌀 호떡 반죽처럼 솜씨 좋게 뒤섞은 이야기다. '하늘(天)을 받들고(奉) 있는' 동네 봉천동은 이제 사라진 이름이 됐으며, 이야기꾼 최철호도 더 놀지 못하고 우리 곁을 떠났다. 최 작가가 남기고 간 봉천동 이야기들이 어디까지 '팩트'인지 이제는 확인할 길이 없다. 그저 친한 이웃이나 오랜만에 만난 동무들하고 수다를 떨듯 함께하면 되겠다.

마지막으로, 최 작가는 분명 서문에 이렇게 썼을 것이다.

"이 책을 사랑하는 내 딸 서윤에게 바친다."

최 작가의 아내이자 절친 광숙 씀.

도련님,
아프시면
수프라도
좀 드세요

# "도련님, 아프시면 수프라도 좀 드세요"

'나이롱 쓰레빠'에 동상 걸린 맨발. 누런 콧물. 쩍쩍 갈라진 손등.
겨드랑이 터진 스웨터. 새까맣게 때 낀 목덜미. 이 정도면 더도 말
고 덜도 말고 1977년 봉천동 중산층 어린이의 표준 모델이다. 나
랑 내 친구들 모두 이런 모습으로 봉천동 산동네를 누비고 다녔
다. 게다가 골목 여기저기에는 갖가지 놀거리들이 가득해서 '우리
집은 왜 이다지 가난하다는 말인가!' 하는 근원적 문제를 깊이 고
민할 시간도 별로 없었다. '왕따' 같은 단어는 생겨나기도 전 시절
이다.

남자애들은 먼지를 풀풀 풍기며 골목에서 연탄재로 축구나 야
구를 하며 놀았다. 특히 연탄재 야구는 매우 스펙터클하다. 못 박

27

은 공사판 각목을 휘둘러 상대 투수의 공(아니 연탄재)을 정통으로 맞추면 펑 소리하고 함께 포연이 자욱이 피어오르며 공이 부서진다(물론 주자 플레이는 전혀 없고, 정통으로 맞아 공이 부서지면 홈런이고 득점이다).

여자애들은 연탄재로 금을 그어 사방치기를 하거나 고무줄놀이를 했다. 물론 예외도 있어서 나랑 가장 친한 김정민이라는 친구(물론 남자)는 여자애들하고 고무줄놀이를 하며 놀았다. 정민이가 줄을 넘으면 지나가던 어른들도 길을 멈추고 쳐다볼 정도였다. 이미 '고무줄놀이'가 아니라 '행위 예술'에 가까웠다.

"간질 간질 간질 봄바람 불어온다. 강남 갔던 제비가 노래를 한다. 지지배배 지지배배 노래를 한다."

다른 여자애들은 줄에 걸리지 않으려 줄을 넘지만 정민이는 관객에게 보여주려고 줄을 넘었다. 정확한 스텝에다 거기에 어울리는 현란하고 우아한 팔 동작.

여자아이들이랑 어울린다고 해서 정민이는 별명이 '계집애'였다. 친구인 나도 그런 별명 때문에 정민이를 늘 창피하게 생각했다. 그렇지만 자기 키보다 서너 뼘이나 높은 줄을 물구나무선 채 발목에 걸어 넘는 디 난도 고무줄 묘기를 부릴 때면 구경하던 아이들 모두 손뼉을 쳤고, 그럴 때는 내가 그 친구 단짝이라는 게 그렇게 자랑스러울 수가 없었다.

국민학교에 입학하고 한 달이나 됐을까. 교실에는 들어가지도 않고 운동장에서 '보랏빛 고운 빛 우리 집 문패꽃……' 같은 노래를 무용이랑 함께 배울 때(그때는 물론이고 지금까지도 나는 문

28

패꽃이 어떻게 생겼는지 모른다. 공교육의 현실을 탓해야 하나?),
우연히 우리는 함께 집에 가게 됐다.

"우리 호떡 먹을래?"

"너 돈 있어?"

"돈 필요 없어. 우리 엄마가 호떡 장사 해!"

순간 내 가슴은 요동치기 시작했다. 호떡을 공짜로 먹을 수 있
다. 드디어 내 인생에도 '봄날'이 오는구나. 그날 정민이 어머니에
게 호떡을 얻어먹으면서 이 친구랑 절대 헤어지지 않으리라 다짐
했다. 이렇게 나랑 정민이는 단짝이 됐다.

정민이네 집은 우리처럼 네 남매지만 아버지가 돌아가셔서 다
섯 식구였다. 주된 생계 수단은 어머니가 끄는 호떡 구루마. 정민
이를 비롯한 다른 친구들도 대부분 판자로 엮은 집 신문지로 벽
을 바른 단칸방에서 살았다. 화장실은 동네 공중변소를 이용했고
저녁이면 온 가족이 모여서 그날 일어난 일들을 이야기하며 다정
하게 '봉투'를 붙였다. 두 장에 1원.

9월이면 집집마다 겨울을 지낼 연탄을 '쟁여'두었는데, 연탄
몇 장을 '쟁여'두는지, 김장을 몇 포기나 담그는지가 부의 척도였
다. 추석이 지나고 찬바람이 불면 아버지는 광에서 난로를 꺼내
잔뜩 쌓인 먼지를 털어내고 돼지비계로 번쩍번쩍 윤이 나게 닦았
다. 연탄난로 위에는 내 가슴팍까지 오는 큰 통에 물을 끓였는데,
여섯 식구의 요긴한 세숫물이었다. 한 바가지를 쓰면 반드시 한
바가지를 채워놓기 때문에 여러 사람이 쓸 수 있지만, 늦게 일어
나는 사람은 냉수로 씻어야 하는 등골 시린 경쟁 시스템이었다.

유난히 춥던 가을날, 아버지는 창고에서 난로를 꺼내더니 나랑 정민이에게 50원짜리 동전을 쥐여주며 동네 정육점에서 돼지비계를 사오라고 시켰다. 우리는 나이롱 쓰레빠에 양말도 신지 않고 한달음에 정육점으로 달려가 씩씩하게 말했다.

"우리 아부지가 난로 닦을 돼지비계 사오래요."

정육점 주인아저씨는 아직도 숨을 헐떡이며 콧물을 들이마시는 두 꼬맹이가 불쌍해 보였는지 돈을 받지 않고 돼지비계를 내줬다. 우리는 순간 눈빛만으로 의사소통을 끝내고 사이좋게 동네 구멍가게로 향했다. 그날 정민이랑 나는 난생처음 아이스크림을 먹었다. 이름은 '누가바.' 가격 50원.

아홉 살에 아이스크림을 처음 먹어봤다는 말은 결코 농담이 아니다. 돈 자체가 귀한 시절이고, 50원이면 아주 큰돈이었다. 찬바람 쌩쌩 부는 '스레트' 담벼락에 기대어 누가바 하나를 둘이 나눠먹으면서 우리는 이 비밀을 무덤까지 가져가기로 다짐했다. 그렇지만 그날, 정민이랑 나는 설사를 하고 목이 붓고 열이 나 나란히 학교에 결석했다.

직업 군인(의무 중대 인사계)인 아버지는 그날 두 꼬맹이를 나란히 부대까지 데려가 군의관에게 보였다. 곧이어 시작된 군의관의 심문.

"어제 뭐 먹었는데?"

"……."

"솔직히 대답 안 해? 여기가 어디인지 알아? 사실대로 말 안 하면 북한에 보내버린다!"

이 한마디에 나는 울음을 터뜨리며 정민이랑 맺은 금석맹약(金石盟約)을 그 자리에서 식(食)해버렸다.

"아부지가 준 50원으로 누가바 사 먹었어요, 엉엉. 정육점 아저씨가 돼지비계 그냥 줬어요, 흑흑. 나는 아부지한테 돌려주자 했는데 정민이가 하드 사먹자 했어요, 엉엉, 콜록콜록."

정민이는 눈에 눈물이 가득한 채 얼굴이 빨개져서 어쩔 줄 모르고 서 있었다. 그 옆에서 아버지는 무서운 얼굴로 나를 노려봤다.

그날 우리는 나란히 엉덩이에 주사를 맞고 약봉지를 받아 함께 돌아왔다. 아버지는 내내 한마디도 하지 않았다. 돌아오는 버스 안에서 나는 차라리 감기가 아니라 폐병 같은 게 걸리면 좋겠다고 생각했다. 그럼 아버지가 불쌍하다고 좀 봐주지 않을까.

아니나다를까 집에 돌아온 나는 회초리를 맞았다. 아버지의 훈계 방식은 늘 군대식이었다. 내가 잘못을 저지르면 우리 네 형제는 군대식으로 '집합'을 했다. 고등학생인 누나부터 형, 작은누나 순서로 야단이 이어졌다. '너희가 동생을 똑바로 가르치지 못했다'가 요지다. 마지막 내 순서에 이르러서 아버지는 기어이 회초리(청소용 먼지떨이)를 단단히 말아 쥐며 말했다.

"지금부터 네 잘못을 묻겠다. 첫째, 양심 불량. 그런 일이 있으면 응당 아버지에게 사실대로 이야기를 해야 아버지가 정육점 아저씨에게 고맙다고 인사를 할 것 아닌가. 아이스크림이 먹고 싶으면, 말을 하면 아버지가 안 사주겠느냐. 양심을 속이고 추운 데서 급하게 먹어 몸을 상한 것이 그 첫째 죄다. 둘째, 전쟁이 나서 죽게 되더라도 전우를 배신하면 끝장이다. 그런 놈은 군인이 아니다. 오늘 네 행동이 그렇다. 함께 잘못을 한 친구의 허물을 덮어주기는커녕 친구를 팔아 너 혼자 발뺌을 하려 들다니. 게다가 정민이는 홀어머니 아래서 어렵게 크는 아이다. 그 아이가 얼마나 상처를 받았겠느냐. 전우를 팔아먹은 죄, 죄 중에서 가장 크고 용서할 수 없는 죄다."

국민학교 2학년, 아홉 살 난 꼬맹이가 나쁜 짓을 하면 얼마나 했다고, 죄 중에 가장 큰 죄를 물으시다니. 게다가 나는 군인이 아니니 당연히 정민이도 전우가 아니었건만, 어쨌든 아버지에게는 공부도 전투, 학교생활도 전투였고, 당연히 친구는 전우였다. 성적표를 받아 가면 아버지는 늘 꾸짖으셨다.

"전쟁에 2등은 없다. 2등은 곧 죽음이다. 똑같은 선생님 밑에서 똑같은 책으로 공부하는데, 왜 남은 1등을 하고 너는 못해."

실제로 여러 가지에서 1등을 하는 어떤 회사의 1등 제일주의를 빼다박은 멋진 이데올로기. 반면 집은 지독하게 가난해서 눈물이 날 지경이었다.

아버지 말씀이 아니더라도, 사실 정민이에게 매우 미안했다. 게다가 정민이랑 친해지면서 중독돼버린 호떡을 어떻게 끊고 살아야 하나! 정말 앞날이 캄캄했다. 감기가 아직 떨어지지 않아 목화솜 이불을 뒤집어쓰고 누워 텔레비전(아버지가 월남에서 돌아올 때 사온 집안의 귀중품. 동네에 딱 두 집 있었기 때문에 저녁여덟 시 '연속극 타임'에는 말 그대로 우리집은 안방극장이 됐다) 드라마를 보는데, 내 처지랑 비슷한 소년이 등장했다.

주인공 소년의 아버지는 군인도 아니고, 당연히 배신한 '전우'

도 없고, 심지어 부잣집 아들이어서 심부름값 '삥땅' 쳐서 하드 사 먹다 감기 걸릴 일도 없어 보이지만, 어쨌든 그 부잣집 아들도 나처럼 감기에 걸려 누워 있었다. 그때였다. 넓은 접시에 음식을 담아 온 '식모'가 이러는 게 아닌가.

"도련님, 아프시면 수프라도 좀 드세요."

'아. 몸 아플 때 부잣집 아이들은 스프를 먹는구나.' 스프라면 집에 차고 넘치게 많았다. 군인 가족 집에는 쌀은 없더라도 건빵과 라면은 절대 떨어지지 않았다. 튀겨 먹고, 볶아 먹고, 설탕물에 불려 먹고, 나중에는 별사탕만 골라 먹은 다음 건빵으로 기차놀이를 하다가 지겨우면 '건빵 까기'까지, 우리 네 형제는 건빵과 라면으로 할 수 있는 모든 실험을 거쳐왔다. 그래서 라면 실험을 하고 남은 스프는 찬장에 언제나 가득했다. 그런데 부잣집 아이들은 몸이 아플 때 스프를 먹는다니. 나로서는 의외였지만, 엄연히 최고 문명의 전도사 텔레비전이 증거하고 있지 않은가.

다음날 나는 정민이에게 줄 스프를 정성스럽게 준비했다. 넓은 접시 대신 '스뎅' 대접에 라면 스프를 손에 잡히는 대로 다섯 개 정도 털어 넣은 뒤 수돗물을 타서 젓가락으로 휘휘 저은 뒤 그릇과 세트인 '스뎅 오봉'에 정성껏 받쳐들고 정민이네 집까지 찾아갔다. 그리고 텔레비전 드라마 대사랑 똑같이 말했다.

"아픈데 스프라도 좀 들어."

정민이는 예상대로 눈만 껌벅껌벅, 영문을 모르겠다는 듯 나를 쳐다봤다. 이래서 사람은 배워야 한다니까. 문명의 이기에서 고립된 이 가엾은 친구를 어찌한다는 말인가!

"정민아. 부잣집 아이들은 몸이 아프면 '영양 보충'을 하려고 스프를 먹는단다. 텔레비전 연속극에 다 나온단다. 너도 〈마징가〉랑 〈서부소년 차돌이〉 할 때만 오지 말고 엄마랑 같이 연속극 할 때도 오도록 해라. 우리가 알지 못하는 새로운 세계들이 무척 많단다."

그리하여 난생처음 맛본 아이스크림 때문에 탈이 난 우리는 난생처음 진한 라면 스프를 '스뎅 오봉'에 받쳐놓고 매우 우아하게 떠먹으며 어긋난 우정을 되살렸다. 좀 심하게 짜다고 생각했지만 그렇게 말하면 촌스러운 아이 취급을 받을까봐 마지막까지, 격식을 갖춰 우아하게 먹었다. 정민이랑 헤어진 뒤로 하루 종일 냉수를 켰고 밤새 요강을 왔다갔다했다. 그 뒤로는 정민이나 나나 아픈 뒤에도 스프 따위는 절대 입에 대지 않았다. 부잣집 아이들이 먹는 수프가 라면 스프랑 전혀 다르다는 사실은 3, 4년이 더지난 뒤에 알게 됐다.

# "최 상사네 막내 교회 갔다"

목사 아들 불제자 만들기 1

1978년 겨울. 여전히 박정희의 시대였고, 봉천동 산동네 판잣집은 늘어갔으며, 판잣집 수가 늘어나면서 우리 반은 기어이 80명을 돌파하고 말았다. 입학할 때는 70번까지 있었지만 3년 새에 열다섯 명이나 전학 와서 85명이 된 것이다. 우리 학년인 3학년이 16반까지 있었고, 그해 입학한 1학년은 80명씩 20반을 기록했다. 1학년 20반 80번. 바야흐로 농촌이 해체되고 산업화라는 이름 아래 도시 빈민이 무럭무럭 늘어나는 절정의 시기였다.

산동네의 크리스마스는 교회 뾰족 지붕에서 시작된다. 다닥다닥 붙은 판잣집 사이에 우뚝 솟은 교회 뾰족 지붕은 알록달록 오색등 옷으로 갈아입었다. 크리스마스트리를 따로 만드는 집은 하나도 없었다. 그래도 아이들 기분은 마냥 들떠 붕붕 날아다녔다. 미술 시간에는 어김없이 '크리스마스카드'를 만들었고, 학교 앞 문방구는 반짝이 전구에 조잡하게 찍은 크리스마스카드를 주렁주렁 매달아놓았다. 스피커에서는 '울면 안 돼, 산타 할아버지는 우는 아이들에게 선물을 안 주신데' 같은 캐럴이 요란하게 흘러나왔다. 그렇지만 우리들은 선물을 주거나 말거나 신나게 노느라 징징 짜고 자시고 할 겨를이 없었고, 울지 않았는데 왜 선물을 안 주냐며 화내는 아이들도 없었다.

성탄 즈음에 가장 신나는 아이는 이선규였다. 선규 아버지는 산동네 중턱에 있는 작은 교회의 목사님. 동네에 하나뿐인 교회였는데, 성탄절 즈음은 말 그대로 '어린양 회개의 대목'이었다. 어른 아이 할 것 없이 교회를 찾아 '하나님 아버지'에게 회개를 한 뒤 줄을 서서 공책과 연필을 타갔다. 초코파이, 사이다, 과자 같은 간식거리를 먹는 즐거움도 빠지지 않았다. 목사 아들 선규는 마치 자기가 산타클로스라도 된 듯 공책과 과자를 나눠주며 온갖 폼을 다 쟀다.

크리스마스에 선규가 최고 행복한 어린이였다면 가장 불행한 어린이는 아마도 나, 최철호였을 것이다. 부모님은 독실한 불교 신자였고, 특히 아버지가 불자라는 사실은 우리집 전체에 불교 말고는 다른 종교가 발붙일 수 없다는 것을 뜻했다. 여기에 토를 다는 짓은 아버지식으로 말하면 '명령 불복종'이었다. 아버지의 일석점호 훈시는 늘 같은 내용이었다.

"우리집은 가장인 본인을 비롯해 전 가족이 불심으로 일치단

결한 집안이다. 그러니 바깥세상이 성탄이다 뭐다 흥청망청 돌아가간다 해도 우리하고는 전혀 무관한 일이다. 절대 현혹되지 말고 연말연시 군기 확립을 철저히 하도록, 이상."

나도 다른 아이들이랑 어울려 선규네 교회에 가서 과자와 선물을 받고 싶었다. 특히 회개라면 아버지에게 늘 훈련받았기 때문에 누구보다 멋지게 할 자신도 있었다. 그러면 예쁜 공책과 맛있는 과자를 받을 수 있을 텐데.

그렇지만 내가 교회를 가는 건 월북하는 것만큼 위험한 일이었다. 교회에 간 사실이 들통나면 간첩죄하고 마찬가지로 다뤄질게 뻔했다. 집에서 캐럴을 부르는 짓은 이적 단체 찬양 고무고 크리스마스카드는 북괴의 불온 삐라나 다름없었으며, 산타클로스의 선물은 김일성의 공작금하고 비슷했다(실제로 아버지는 일찍이 북한 김일성과 산타클로스가 공유하는 비슷한 생김새를 지적하며 그 이적성을 설파하신 적이 있었다).

아이들은 교회를 갈 수 없는 내 사정을 뻔히 아는 만큼 교회에서 받은 공책과 과자를 내 앞에서 흔들며 약을 올렸다. 특히 평소에 나는 '건빵'과 '라면', 때로는 '고급 음식' 라면 스프로 마음에 들지 않는 놈들을 흠씬 약 올렸기 때문에, 아이들에게 성탄 시즌은 '복수의 계절'인 셈이다. 심지어 월남전이 끝난 지 한참 됐는데도 어디서 배웠는지 '월남에서 돌아온 새까만 최 상사' 운운하면서 아버지 함자까지 들먹이며 집안 전체를 매도하기도 했다.

아이들에게 복수하려면 눈이 녹고 봄이 와 여름으로 넘어가는 사월 초파일은 돼야 했다. 그때는 부모님이 다니는 절에 몰려와

부처님 앞에 알랑방귀를 뀌며 떡과 연필을 타갈 게 뻔한 비겁한
놈들. 그렇지만 '세 밤 자면' 또는 '네 밤 자면' 하면서 소풍날을 손
꼽아 기다리는 열 살 아이에게 초파일은 셀 수 없이 많은 밤을 지
나야 하는 억겁의 세월일 뿐이다. 생각하면 생각할수록 억울하고
원통했다. 그러면 그럴수록 나는 더욱 교회에 가고 싶었다.

'미치도록 먹고 싶었다. 오리온 초코파이. 미치도록 갖고 싶었
다. 별 일곱 개 그려진 칠성 노우트북.'

그해 성탄절. 나는 기어이 일을 저지르기로 결심했다. 정민이
를 앞세워 교회 진입을 시도한 것이다.

"나중에 너네 아부지한테 걸린 다음에 지난번처럼 내 이름 팔

면, 호떡은 다 먹은 줄 알아."

나는 비장하게 고개를 끄덕이고 압록강을 건너는 탈북자 같은 심정으로 '사선'을 넘었다. 폭탄을 안고 불구덩이에 뛰어드는 게 이런 마음일까. 교회는 죄다 아는 사람들 천지. 그 많은 시선을 피하기 위해 고개를 처박고 내가 아는 유일한 '교회 전문 용어'인 '아멘'만 외치며 어서 예배가 끝나기를 기다렸다. 세상에 공짜는 없구나. 선물을 받기까지 무슨 절차가 그리 복잡한지. 찬송하고, 성경 읽고, 목사님 설교에, 다시 성탄 특송에, 연극까지. 거의 두 시간 넘게 기다린 끝에 기어이 선물을 받을 수 있었다. 그 때의 감격이란. 그렇지만 그 감격은 채 한 시간도 계속되지 않았다. 집에 돌아가자 마루 밑 댓돌에 평소보다 일찍 퇴근한 아버지의 워커 두 짝이 늠름하게 놓여 있었다.

"어디 갔다 오냐?"

"저……정……정……정민이네요."

"긴말할 것 없다. 퇴근길에 선규 엄마 만나서 얘기 들었다."

순간 하늘이 노래지고 식은땀이 나면서 숨이 막혔다. 아무리 손바닥만 한 동네라지만 그새에……. 아버지 목소리는 이내 커져 어머니에게 마구 호통을 치기 시작했다.

"당신은 도대체 집에서 애들 교육을 어떻게 시키는 거요? 요 앞에서 목사집 선규 엄마를 만났는데, 철호가 아주 기도에 열심이라고 하면서 빈정댑디다. 도대체 집구석이 어찌 되려는지. 게다가 애비한테 거짓말까지. 아주 잘하는 짓이다."

'목사집'으로 통하는 선규네랑 '최 상사네'로 통하는 우리집 사이에는 미묘한 라이벌 의식이 있었다. 두 집 모두 산동네 대표 '중산층'이라는 자부심이 있었다. 텔레비전도 두 집에만 있어서(처음에는 온 동네에 우리집만 텔레비전이 있다가 나중에 선규네가 이사 오면서 텔레비전이 두 대가 됐다), 연속극이 시작되는 8시면 동네 아주머니들이 은근히 두 패로 나뉘게 됐다. 더욱 껄끄럽게도 우리집은 자칭 '뼈대 있는 불교 집안'이고, 선규네는 두말할 나위 없는 '교회 목사' 집이었다.

손바닥만 한 동네에 소문은 바람보다 빨라서 내일이면 봉천동 산42번지에 '최 상사네 막내 교회 갔다'는 소문이 파다하게 퍼질 테고, 이틀만 지나면 말 많은 아주머니들이 '최 상사네 막내 목사 됐다'고 떠들고 다닐 게 뻔했다. 아버지는 그게 분통 터지고 화가 났다.

나는 귀까지 새빨개져서 숨도 쉬지 못하고 선물 받은 공책 위에 닭똥 같은 눈물을 뚝뚝 떨어뜨렸다. 도무지 내 인생은 왜 이리 험난한 걸까. 다른 친구들은 모두 성탄절하고 초파일 두 번 선물 받는데 왜 나는 한 번밖에 받을 수 없는 걸까. 말없이 담배를 피우던 아버지가 근엄한 판사처럼 판결을 내렸다.

"네가 왜 부모를 배신하고 교회를 갔는지는 묻지 않겠다. 어쨌든 우리집은 '목사집'하고 맞붙은 전투에서 졌다. 그렇지만 한 번의 전투에서 졌다고 전쟁에서 지는 건 아니다. 너는 책임지고 목사집 막내 선규를 수계(불제자가 되는 의식. 팔뚝에 뜸을 뜨듯 작은 향을 피운다)받을 수 있게 해라. 기간은 한 달이다. 이게 네게 주는 마지막 기회다."

세상에, 목사 아들을 수계받게 하라니. 부처님이 부활해도 불가능한 일이었다. 열 살 소년에게 떨어진 미션 임파서블, '목사 아들 불제자 만들기' 프로젝트는 이렇게 시작됐다.

# "이 동네에서 살아남으려면 싸움이지"

목사 아들 불제자 만들기 2

"적을 알고 나를 알면 백전백승이라 했다."

김정민이 이 임파서블 미션에 '책사' 구실을 자청하며 꺼낸 말이다. 선규가 뭘 좋아하는지 알아낸 다음 그걸로 꼬드기는 게 순서라는 뜻.

"알고 보면 네가 교회에 간 것도 선물 때문이잖아. 선규네 집은 너네 집보다 좀더 부자니까 절에서 주는 떡이나 연필 같은 걸로는 꼬시기 곤란할 거라구. 선규가 절에 안 오고는 못 견딜 뭔가가 분명 있을 거야."

그러려면 우선 선규랑 친해져야 했다. 정민이랑 나는 그날부터 선규 주위를 맴돌며 꾸준히 '친한 척'했다. 특히 정민이 어머니가 만든 호떡은 우리의 최대 '무기'였다.

"선규야, 이 호떡 먹어봐. 맛있으면 언제든지 말해. 우리 엄마가 호떡 장사 하거든. 엄마가 만드는 호떡은 정말 맛있어. 원하면 언제든 먹게 해줄게."

정민이는 평소 말을 잘하는 편이 아니었지만 유독 어머니 이야기를 할 때는 또렷또렷 자신감이 넘쳤다. 적어도 봉천동 산42번지 열 살 어린이에게 호떡 장수 어머니는 커다란 자랑이었다.

"집에 초코파이랑 카스테라가 잔뜩 있어. 그런 불량 식품 따위는 필요 없어. 게다가 우리 아빠가 너네하고 놀지 말라 했어. 너네는 예수님 안 믿고 다른 거 믿으니까 죄 마귀들이라구."

"뭐 마귀! 이런 개새끼!"

순간 참을 수 없이 화가 치밀어 오른 나는 머리부터 들이밀어 놈을 넘어뜨린 다음 주먹으로 얼굴을 흠씬 패줬다. 정민이도 자기의 가장 큰 자랑인 어머니의 호떡을 두고 불량 식품 운운한 선규를 몇 차례 발길질로 응징했다.

싸움(정확히 말하면 선규를 상대로 정민이랑 내가 일방적으로 매질을 했지만)은 아이들과 어른들이 몰려들어 곧 끝났고, 선규의 교회 합창단 단복과 코트는 흙먼지로 뒤범벅됐다. 그날 저녁 선규 부모님이 우리집을 찾아와 우리 아버지에게 따지고 들었다.

"자식 교육을 어떻게 시킨 거야!"

그렇지만 상대는 한국전쟁과 베트남전에 모두 참전한 역전의 용사 최 상사.

"자식 교육은 당신이나 똑바로 시켜. 이마에 피도 안 마른 놈

이 어따 대고 마귀야, 마귀가. 어디서 굴러들어온 사기꾼인지 모르겠지만 이 동네에서 목사질 해 처먹으려면 사람 봐가며 건들라구. 가난한 사람들 사기쳐서 헌금 빼돌리는 주제에 어디서 설교야 이 상노무 새끼야!"

"당신 말 다 했어! 사기꾼이라니. 내가 사기치는 거 봤어?"

선규 아버지가 멱살을 잡으며 대꾸하자 아버지도 지지 않고 목사님 멱살을 움켜잡았다. 선규 아버지의 두 발은 땅바닥에서 떨어져 허공에서 버둥거렸다.

"어쭈, 해보겠다 그거야? 보안대에 전화 한 통 때리면 당신 감옥에 넣는 건 일도 아니야. 인생이 불쌍해서 봐주는 줄이나 아쇼."

"무, 무슨 소리야. 내가 뭘 어쨌다구!"

숨이 막혀 말을 못하는 선규 아버지 얼굴에 당황한 기색이 뚜렷했다. 함께 온 선규는 하얗게 질린 채 허공에서 버둥거리는 제 아버지를 바라봤다.

"목사질 똑바로 해 처먹어!"

아버지는 이내 선규 아버지를 밀쳐내며 이렇게 소리치고는 방으로 들어갔다.

동네에서는 애들 싸움이 어른 싸움 되는 때가 많았다. 아이들이 코피라도 터져 돌아오면 어머니들이 먼저 제 아이를 부지깽이로 흠씬 두들겨 팬 다음 상대방 아이 집에 쳐들어가 양은 세숫대야를 걷어차며 고함치는 게 보통이었다. 그렇지만 우리집은 예외였는데, 아버지가 동네 터줏대감인데다 완력이 좋기로 동네에서 소문이 자자했기 때문이다. 게다가 목소리가 엄청나게 커서 웬만한 상대는 그 목소리에 기가 질려 소리치며 싸울 일이 없었다.

한바탕 소동이 끝난 뒤 나도 다른 아이들처럼 어머니에게 부지깽이로 흠씬 두들겨 맞았다. 사실 아버지 꾸지람보다는 어머니 매타작이 훨씬 좋았다. 매맞고 난 뒤에는 속이 뻥 뚫리는 청량감까지 밀려들었다. 게다가 이번 일로 '선규를 절로 꼬셔내는 일은 물건너간 게 아닐까' 걱정이 돼 매맞는 와중에도 아픈지 어쩐지도 몰랐다. 그 뒤 선규랑 화해하려 했지만 녀석은 나랑 정민이만 보면 기겁하고 도망을 다녔다.

모든 것을 체념하고 아버지에게 '항복'할지, 아니면 중학생 형들을 좇아 '가출'할지를 놓고 심각하게 고민하고 있을 때였다. 이

사 온 지 서너 달이 지나도록 싸움질과 갖가지 욕설 같은 '산동네 문화'에 전혀 익숙해지지 못한 선규가 드디어 기성이네 아이들에게 걸려들었다. 기성이 아빠는 탄광촌 광부였는데 건강이 안 좋아져서 서울로 왔다고 했다. 기성이 아빠가 폐병으로 오늘내일하실 때 오지랖 넓은 봉천동 산42번지 육군 상사 우리 아버지는 육군 통합병원에 기성이 아버지를 입원시켜 치료를 받게 했다. 육군병원은 시설도 최고일뿐더러 병원비도 거의 공짜였다. 군인 가족이 아닌 기성이 아버지를 입원시키려고 약간 부정을 저질렀겠지만, 아버지는 자기가 통합병원에 입원시킨 사람만 일개 중대는 넘는다며 자랑하셨다. 어쨌든 그 뒤 기성이 어머니는 아버지에게 찾아와 나일론 장판에 코를 박으며 고맙다고 인사했고, 덕분에 학교에서 손가락 안에 꼽히는 싸움꾼 기성이(학년은 같았지만 나이는 나보다 두 살 많았다)도 내 말이라면 꾸벅하게 됐다.

기성이가 선규의 신발로 축구를 하고 연탄재를 집어던지며 괴롭히다 본격적으로 '다구리'(여럿이 한 아이를 집단 린치 하는 짓)를 놓을 찰나, 나랑 기성이의 눈이 마주쳤다.

"야, 최철호! 너 아는 새끼냐?"

흙투성이가 된 선규는 눈물이 가득한 눈으로 나를 쳐다봤다. 고개를 끄덕인 나는 짧게 대꾸했다.

"목사 아들이잖아."

"니미 뽕이다. 씨팔놈아."

기성이는 가래를 돋아 바닥에 탁 뱉은 다음 마지막으로 선규의 옆구리를 발로 지르더니 욕하고 가버렸다. 온몸에 연탄재를 뒤

집어쓴 선규는 흐르는 피를 주먹으로 닦은 뒤 물었다.

"방금 그 애가 너한테 꼼짝 못하던데, 저렇게 큰 애도 네가 이기는 거야? 게다가 네 아버지는 왜 그렇게 힘이 센 거야? 어떻게 하면 싸움 잘할 수 있냐?"

드디어 비치는 광명의 빛. 교회에서 아무리 맛있는 음식과 선물을 많이 준다한들 무슨 소용이랴. 어차피 이 동네에서 살아남으려면 가장 중요한 게 싸움인 것을.

사악한 목사는 많을지 몰라도 어디 싸움 잘하는 목사 봤냐. 목사가 사람 치면 신문에 날 일이다. 그렇지만 스님들은 싸움 잘한다. 장풍에 차력에 축지법까지. 붕붕 날아다니며 일 대 백으로 싸워도 이긴다. 무술의 대명사 소림사. 소림사가 뭐냐. 기독교도, 조로아스터교도, 힌두교나 이슬람교도 아닌 바로 불교! 절 아니던가. 호국 불교라는 말은 있어도 호국 기독교라는 말은 없다. 이소룡도 아마 소림사에서 무술을 배웠을 거다. 싸움 잘하는 목사, 한 명이라도 대봐라. 없지? 없지? 싸움 잘하는 스님은 서산대사랑 사명대사를 비롯해 중국 영화 보면 무지막지하게 많이 나온다.

대충 이런 이야기를 되는대로 떠들었다. 결론은 하나. 절에 오면 무술을 배울 수 있다. 무술을 배우면 얻어터지지 않는다. 한 달만 배우면 기성이 따위는 문제도 아니다. 나도 아버지도 절에 가서 무술을 배운다. 이 동네에서 살아남으려면 싸움밖에 없다.

목사 아들 이선규는 내 손에 이끌려 절로 가게 됐고, 수계를 받았다. 특히 수계 의식은 마치 무술 영화의 한 장면 같아서 리얼리티가 더했다.

우리 절에는 어린이 무술 프로그램 따위는 처음부터 없었다. 여름 방학에 잠깐 온 스님이 무술 기초 자세를 가르쳤을 뿐이다. 이제나저제나 무술 수업 받기만 학수고대하던 선규는 여름 방학이 되기 전에 목사 아버지의 스캔들 때문에 동네를 떠나야 했다. 목사 아들을 불가에 입문시킨 뒤 의기양양해진 나는 아버지에게 약속을 지켰다고 자랑했는데, 아버지는 괜히 화만 내셨다.

　"목사네 이야기라면 꺼내지도 마라."

# 비행기산 동굴 대탐험

산동네의 봄은 산부터 온다. 바람이 부드러워지고 좋은 향기가
솔솔 풍긴다. 요즘 아파트에 사는 아이들은 모른다. 진짜 봄 내음
이라는 게 있다. 온갖 식물이 새싹을 틔우면서 나는 냄새. 지금도
그 향기를 생각하면 가슴이 콩콩 뛴다.

봄이 '스프링(spring)'인 까닭은 만물이 스프링처럼 통통 튕겨
나가기 때문이란다. 개구리, 땅강아지, 개미 같은 곤충부터 목련,
개나리, 등나무와 꽃까지 통통 튀어 나온다. 기껏해야 좁은 골목
에서 구슬치기나 '연탄재 까기'만 하며 날이 풀리기를 기다린 아
이들도 튀어 나갈 마음에 기분이 들떠 있었다.

동네 뒷산은 민둥산이다. 나무는 거의 없고 황토만 벌겋게 드

러나 있어서 그냥 '똥산'이라고 불렀다. 똥산에서 30분 정도 더 들어가면 제법 나무가 있는 산이 나오는데, 꼭대기에 헬기 착륙장이 있었다. 아이들은 그곳을 '비행기산'이라 불렀다.

봄기운이 무르익은 4월 초, 나랑 기성이는 비행기산에 올랐다. 기성이가 그곳에 멋진 동굴이 있다며 함께 가자는 것이다.

"김기성, 공갈치지 마. 비행기산에 동굴 없어."

"너 같은 애들은 몰라. 너 비행기산 반대편에 가본 적도 없지?"

사실 비행기산 반대편은 숲도 울창한데다 제법 험했다. 게다가 옆 동네 형들이 자주 오기 때문에 국민학교 저학년들은 좀처럼 가지 않았다. 우리가 산에 가는 가장 큰 목적은 삐라다. 산에는 김일성을 찬양하는 불온 삐라들이 많았는데, 그걸 주워 파출소에 가져가면 연필이나 공책을 얻을 수 있었다. 나도 삐라를 줍느라 딱 한 번 산 반대편까지 갔다가 옆 동네 형들이 담배를 꼬나물고 욕을 하는 바람에 혼비백산해 도망친 적이 있었다.

"산 반대편으로 한참 들어가면 동굴이 있다구. 칡덩굴에 가려져서 안 보이는데 거기 가면 굉장한 물건들이 많아. 너니까 데려가는 줄이나 알고 얌전히 따라오라구."

기성이를 쫓아서 한 시간 정도 산을 탔다. 산 반대편에는 절벽이 많은데다 흙이 푸석푸석해서 굉장히 위험했다. 그렇지만 기성이는 우리보다 두 살이나 많아서 그런지 겁 없이 수풀 속을 잘도 헤치고 나갔다.

절벽을 지나고 해골바위를 지나서 길도 나지 않은 숲을 나뭇가지로 한참을 치고 들어가니 칡덩굴이 얽혀 있는 막다른 곳이

나왔다. 나뭇가지로 칡덩굴을 걷어내자 놀랍게도 뻥 뚫린 동굴이 나타났다. '동굴에는 보물이 숨겨져 있다.' 이게 그때 내가 알던 상식이었다. 나는 인디안 조의 보물 상자를 찾으러 떠난 톰 소여처럼 기대에 부풀었다. 게다가 기성이가 이미 멋진 물건이 많다고 말하지 않았는가.

기성이는 준비해온 유엔 팔각 성냥을 능숙한 솜씨로 그었다. 순간 동굴 안의 모습이 눈에 들어왔다. 그렇지만 기대하던 보물 상자는 찾을 수 없고, 라면 박스만 몇 개 나뒹굴고 있었다. 그 위에 놓인 토막 초에 불을 붙인 뒤 굴 안을 찬찬히 살펴보니 여기저기 속옷, 휴지 뭉치, 담배꽁초, 소주병 같은 쓰레기가 잔뜩 뒹굴고 있었다.

기성이는 버려진 소주병을 가방에 챙겨 넣으며 말했다.

"잘 찾아보면 돈이 될 만한 게 있다구."

"개천 건너 애들 본부 아냐? 들키면 작살이야. 빨리 튀자!"

"어린 애라 겁이 많구나. 걔들은 낮에는 학교 교문 근처에서 삥 뜯고(아이들 돈을 빼앗는 일), 낮털이(대낮 빈집털이) 하다가 어두워져야 들어온다구. 너도 거기 서 있지만 말고 좀 뒤져봐. 돈 될 만한 게 있다니까."

기성이가 라면 박스 위에 깔아놓은 이불을 들추자 만화책과 잡지가 나왔다. 나도 몇 번 본 적 있는 해적판 포르노 만화였다. 그림에 소질 있는 아마추어가 직접 이야기를 만들고 그려서 인쇄한 만화는 참으로 조잡했다. 게다가 컷 대부분은 남성과 여성의 성기로 가득 채워져 있었다.

　그렇지만 잡지는 거의 보물에 버금가는 수준이었다. 젖소만한 가슴을 가진 외국 여자가 다리를 벌리고 있는 사진을 비롯해 갖가지 포즈를 취한 여성, 여성과 남성이 포개져 있는 사진이 가득했다. 내가 처음 본 전라의 여성이었다. 또한 처음 접한 섹스 정보이기도 했다. 컴컴한 동굴 속에서 촛불 하나 켜놓고 가슴 밖으로 튀어나오려는 심장을 진정시키며 만난 벌거벗은 남녀들. 다양하게 일그러진 그 표정들을 지금도 잊을 수 없다. 마치 3년 넘게 사귀던 여자를 침대로 끌어들이는 데 성공한 것 같은, 말 그대로 '감격'이었다. 사람에 따라 그런 기억을 '불쾌'하게 생각하기도 하지만, 적어도 나는 정반대였다.

기성이랑 나는 동굴에서 얻은 전리품을 짊어지고 산을 내려왔다. 기성이는 가게에서 병을 팔고 만화는 아이들에게 돈 받고 빌려줬다. 돈 없는 아이들은 물건으로, 그런 것도 없는 아이들은 숙제를 대신하면서 값을 치렀다. 잡지 사진은 조심스럽게 낱장으로 뜯은 다음 동네 형들에게 팔았다. 사진은 값이 비싸서 국민학교 아이들을 상대로 '영업'이 어려웠기 때문이다.

기성이를 쫓아 동굴에 다녀온 뒤, 다방구도 구슬치기도 심드렁하기만 했다. 눈앞에는 기묘하게 일그러진 표정을 한 벌거벗은 여자들만 아른거렸다. 기성이에게 사진을 얻고 싶었지만 '큰돈'이 되는 '물건'이라며 절대 주지 않았다.

나는 옆 동네 아이들에게 맞아 죽는 한이 있어도 내 힘으로 잡지를 훔쳐내고 싶었다. 며칠 뒤 고무줄에 심취해 있는 정민이를 꼬셔서 기어이 동굴 탐험을 떠났다. 정민이에게는 동굴에 보물이 잔뜩 있다고 거짓말을 했다.

아슬아슬한 절벽을 지나고 해골바위를 넘어 조심조심 동굴로 접근하려는 순간, 인기척이 들렸다. 분명 칡덩굴 안에서 나는 소리였다. 대낮에도 사람 한 명 지나가지 않는 숲속. 이대로 놈들에게 잡히면 쥐도 새도 모르게 죽을 수도 있었다.

그렇지만 호기심은 두려움을 이기는 법. 정민이는 울상이 돼 돌아가자고 눈짓했지만, 나는 발소리를 죽여 칡덩굴 바로 앞까지 다가갔다. 동굴 속에서는 신음 섞인 교성이 흘러나왔다. 칡덩굴 틈새로 눈을 들이밀자 촛불 밝힌 동굴 속 모습이 드러났다.

형과 누나들 대여섯 명이 뒤엉켜 있었고(중학생과 고등학생이 섞인 무리 중에는 내가 아는 경모 형도 껴 있었다), 주위에는 본드 깡통과 비닐봉지가 나뒹굴었다. 칡덩굴 밖으로 본드 냄새가 진하게 풍겨왔다. 아마 본드에 취해 우리가 다가오는 소리도 못들은 모양이었다. 열대여섯 살 아이들이 본드에 취해 있는 모습을 훔쳐보는 기분은 가슴 큰 서양 여자의 누드 사진을 처음 접할 때처럼 유쾌하지 않았다. 유쾌라니, 말로 표현할 수 없는 공포감으로 다리가 후들거릴 정도였다. 알아들을 수 없는 소리를 내며 흰자위를 드러낸 눈빛을 나는 지금도 잊을 수 없다. 결국 나도 모르게 뒷걸음질하다가 이내 돌아서 달리기 시작했다. 집에 온 뒤에도 누가 쫓아오는 것 같아 이불을 뒤집어썼다. 그렇지만 이불 속 어둠 아래에서 동굴 속 모습이 더욱 생생하게 떠올랐다.

1980년 4월, 무척 따뜻한 봄날의 일이었다. 다음달, 광주에서는 민중 항쟁이 일어났다. 이듬해 봄, 동굴 무리 중 유일하게 내가 아는 얼굴인 경모 형이 사라졌다. 삼청교육대에 끌려갔다고 어른들은 말했다.

# 기름 냄새 너무 좋아

뱃속에 회충이 있었을까. 나는 유난히 '기름 냄새'를 좋아했다. '석유곤로'에 기름이 떨어지면 석유 가게로 기름을 받으러 갔다. 난방을 모두 연탄으로 해서 석유 쓸 곳은 석유곤로뿐이었다. 한 번에 서너 되밖에 안 사기 때문에 석유 배달은 늘 내 담당이었다.

석유 가게는 집에서 아주 멀었다. 산동네를 한참 내려와 버스가 다니는 영림시장까지 나가야 했다. 그렇지만 먼 길을 가는 대신 가는 시장 좌판에 말리려고 널어놓은 국수를 톡톡 잘라먹는 재미가 있어 좋았다. 밀가루 냄새 풀풀 나는 생국수가 어찌나 맛있던지.

석유 가게는 늘 얼음을 함께 팔았다. 왜 그런지 지금도 모르겠다. 그렇지만 요즘도 가끔 시골에 가면 붉은색 페인트로 당당하게 '어름'이라고 쓰고 그 옆에 '석유'라고 써놓은 가게를 만난다. 어쨌든 석유 가게에 들어서면 확 끼치는 석유 냄새. 작은누나는 이 냄새를 지독히 싫어했지만, 나는 아버지 지포 라이터 냄새부터 석유 냄새, 심지어 자동차 매연 냄새까지 아주 좋아했다.

여름 장마철이 지나면 산꼭대기 우리 동네에 소독차가 지나갔다. 동네 아이들에게 소독차는 최고 구경거리였다. 솜사탕처럼 하얗고 뭉게구름처럼 깨끗한 연기가 삼륜차 꽁무니에서 정신없이 쏟아지는 광경은 말 그대로 장관이었다. 열두 살까지 나는 소독차가 쏟아내는 순수하고도 장엄한 흰 연기를 보며 호연지기를 키웠다. 당연하지만 바다나 폭포, 기세 좋은 산, 해돋이 등 국어책에 나오는 호연지기를 키울 수 있는 장소나 소품들을 구경조차 할 수 없었다. 내 원대한 꿈과 희망은 모두 소독차 뒤꽁무니에서 키워온 것이다.

소독차가 나타나면 동네 아이들은 앞다퉈 그 뒤를 쫓았다. 아이들이 신기해한 것도 사실이지만 엄마들이 소독차 왔으니 소독하고 오라며 아이들을 내몰기도 했다. 아직도 벼룩이나 이 같은 해충이 옷과 머리에 많던 때니 소독 효과가 있었을지도 모른다.

어쨌든 나는 소독약 연기 냄새도 엄청나게 좋아해서 소독차가 나타나면 마치 남진이나 나훈아가 나타난 것처럼 열광했다. 소독차가 하얀 연기를 내뿜고 질주하기 시작하면 그 뒤에 매달려 '말로 표현할 수 없는' 독특한 소독 냄새를 흠뻑 즐겼다. 기분 탓인지 소독약 냄새를 흠뻑 뒤집어쓰고 나면 몸도 마음도 깨끗해지고 개

운해진 듯한 느낌이었다.

'기름 냄새'를 좋아하던 나는 '기름 냄새 중독' 때문에 결국 사고를 쳤다. 동네에서 버스가 다니는 남부순환로까지 가려면 20분 가까이 걸어야 했다. 가끔 엄마랑 함께 남부순환로까지 걸어 나가 버스를 타고 친척집에 가는 날이면, 나는 버스 타는 재미에 시간 가는 줄 몰랐다. 창밖의 경치가 내 뒤로 끊임없이 스쳐지나가는 게 정말 신기했다.

차장 누나들이 쓰러지지 않고 절묘한 동작으로 조는 모습, 운전사 아저씨가 기어 넣는 동작이 모두 신기한 구경거리였다. 그렇지만 무엇보다 좋은 것은 버스 안에 은은하게 맴도는 기름 냄새. 향긋한 기름 냄새를 맡으며 달리는 버스 안에서 온갖 신기한 풍경들을 구경하는 재미는 무엇에도 견줄 수 없는 최고의 여행이었다. 그렇지만 국민학생 혼자 버스를 타고 어딘가로 떠나는 일은 콜럼버스가 신대륙을 찾아 떠나는 일만큼 위험했다. 버스 여행. 그때 내가 할 수 있는 최고의 일탈이었다.

이번에 모의한 버스 여행은 정민이도, 기성이도 함께할 수 없었다. 정민이는 작은누나처럼 기름 냄새라면 질색한다. 특히 버스만 타면 10분도 안 돼 토할 것 같네, 머리가 아프네 하고 염병을 떤다. 기성이는 나이가 많다고 이제 나랑 잘 놀려고 하지도 않는다. 게다가 돈 버는 데만 관심이 있어서 내가 버스비를 대준다 해도 대꾸도 안하고 빈병만 찾으러 다녔다.

나는 과감하게 어머니 동전 지갑에서 100원짜리 하나를 훔쳐냈다. 의외로 둔감한 어머니는 지갑에서 동전 한두 개 사라진 정

도는 눈치를 못 채신다. 어린이 할인을 받으면 버스비는 50원. 학교 다녀오자마자 나는 한달음에 남부순환로까지 달려가 150번 버스를 기다렸다. 그때 동네에 다닌 버스는 150번과 333번이었는데, 150번 버스는 작은누나랑 함께 큰누나가 다니는 대학에 심부름 가느라 타본 기억이 있었다. 봉천동에서 북가좌동까지 운행하는 버스로, 내 목적지는 광화문이었다. 그곳은 태어나서 가본 가장 먼 곳이었다. 광화문 너머는 절벽으로 둘러싸여 있는지 유황불이 펄펄 끓고 있는지 알 수도 없었다.

드디어 150번 버스에 몸을 싣고 내가 좋아하는 맨 뒷자리에 앉았다. 맨 뒷자리는 비포장도로를 달리면 머리가 천장에 닿을 정도로 덜컹거려 버스 여행을 두 배로 재미있게 해준다. 버스가 점점 집에서 멀어지면서 내 마음도 덩달아 두근거렸다. 특히 한강 다리를 건널 때는 마치 왜적을 물리친 이순신 장군처럼 당당한 기분이 됐다. 세상에. 나 혼자 한강을 건너다니.

광화문에 도착해서 길을 물어 롯데백화점에 갔다. 2월이면 누나들이랑 백화점에서 공책을 샀다. 그때 백화점에서 타본 에스컬레이터가 얼마나 재미있던지. 게다가 그 '굴러다니는 계단'은 공짜였다. 누나들 때문에 그때는 에스컬레이터에서 뛰거나 장난치지는 못했다. 그렇지만 지금은 혼자. 거꾸로 뛰어오르고 몇 계단씩 풀쩍 뛰면서 미친놈처럼 놀았다. 지겨워지면 엘리베이터도 탔는데, 에스컬레이터처럼 재미있지는 않았다.

'백화점 놀이'를 끝내고 집에 돌아가는 버스를 타려고 다시 길을 헤매고 있는데, 고등학생 정도 되는 형들이 내 앞을 막았다. 연이어 쏟아지는 욕설. 순간 하늘이 노래지고 다리에 힘이 풀려 주저앉았다. 시내 양아치들에게 걸린 것이다. 골목으로 끌려가 호주머니를 홀딱 털리고 몇 대 얻어터진 뒤 풀려났다.

전 재산이자 차비인 50원을 빼앗겼으니, 돌아갈 일이 난감했다. 길에서 모르는 어른들에게 차비를 달라고 애걸할 만큼 용기도 없던 나는 결국 걸어가기로 결심했다. 지금 돌아봐도 왜 그렇게 무모한 생각을 했는지 알 수 없다. 그냥 차비가 없으니 걸어가야겠다는 단순하게 판단한 것이다. 그렇지만 길을 몰랐다. 그래서 150번 버스가 지나가면 그 길을 따라 걷다가, 갈림길이 나오면 다시 기다려서 버스가 어디로 가는지 확인하고 계속 걸었다. 광화문에서 한참을 걸으니 서울역. 거기서 또 한참을 가니 용산. 한강 인도교를 걷고 있자니 너무 무섭고 서러워 눈물이 펑펑 쏟아졌다 (차비를 빼앗은 양아치들이 얼마나 미웠는지, 25년이 흐른 지금도 얼굴을 또렷하게 기억하고 있다). 얼마나 더 가야할지도 모르겠고, 지금 가는 길이 맞는지도 모르겠고, 그냥 버스만 좇아 하염없이 걸었다. 한강을 건너서 노량진을 지나고 장승배기를 넘자 드디어 상도동. 거기부터는 대충 길을 알고 있어 힘이 났다. 오후 네시부터 걷기 시작해서 집에 도착하니 밤 열두 시, 통금 시간이 가까웠다.

걸어오는 동안 '엄마가 나를 얼마나 찾아다닐까. 그동안 구박한 거 얼마나 미안해할까' 하고 생각하며 사달라고 할 맛있는 음식 목록을 궁리했다. 그러자 의외로 힘도 나는 것 같았다. 기진맥진 겨우 집에 왔는데, 발칵 뒤집어졌으리라고 생각한 집이 너무 조용했다.

"지금 오냐. 오늘 아버지 훈련이라 안 들어오신다. 씻고 자라. 그리고 일찍 좀 다녀. 쥐씨알만 한 게 어디를 그렇게 싸돌아댕기는지."

엄마는 졸린 목소리로 이러시더니 계속 주무셨다. 아버지가 계셨다면 박살이 났겠지만, 아버지 안 계시는 날은 엄마도 우리 네 남매도 오랜만에 긴장 풀고 동네 다른 사람들처럼 밤늦은 시간까지 텔레비전 보고 좀 늦게 들어와도 신경 안 쓰면서 '평범하게' 지낸다.

봉천동 산42번지에서 열 살짜리 아이가 밤 11시 30분에 귀가 하는 일은 뉴스도 아니다. 하루이틀 안 들어와도 부모들은 그저 친구네 집에서 자나 보다 하며 걱정도 하지 않는다. 열다섯 살만 넘으면 일종의 성인식처럼 기본으로 한두 번 가출을 한다. 한 일주일 안 들어오고 학교에서 찾아오면 그때서야 이 자식이 또 가출했다며 갈 만한 곳을 수소문한다. 게다가 부모들도 '가출 청소년 찾기'에는 도가 튼 프로들. 반나절이면 집 나간 아이들은 멱살 잡혀 끌려 들어온다. 그러니 내가 한나절 안 보이고 집에 좀 늦게 들어왔다고 호들갑 떨 이유가 없었다. 그날 밤, 나는 오랜만에 내 정체성을 확인할 수 있었다. 아하, 나는 '봉천동 키드'였구나. 그리하여 그날 겪은 파란만장한 여행담은 고스란히 가슴속에 묻어 두게 됐다. 사실, 물어보는 사람도 없었다.

# "보일러 다 고쳤다! 내려와라!"

1979년과 1980년. 박정희 대통령이 서거하고 최규하 국무총리가 대통령이 됐다. 옆집 친구 맹관호라는 녀석은 틈만 나면 자랑했다.

"우리 조상 중에 맹사성이라는 분은 영의정을 지냈다. 그게 얼마나 높은 자리냐면 임금 바로 다음이야."

내가 아는 최씨 중 유명한 사람은 최영 장군뿐이다. 그런데 최영 장군이 무슨 벼슬을 했고 얼마나 높았는지 알 턱이 없으니 늘 찍소리 못하고 찌그러져 있어야 했다. 거기까지는 참을 수 있었는데, 최영 장군이 남긴 '말씀'이 문제였다.

'황금 보기를 돌같이 하라.' 젠장. 돌멩이 보기를 황금같이 해도 사네 못사네 하는 판에 황금 보기를 돌같이 하라니. 친구들은 최영 장군의 '유지'를 이용해 내가 어렵게 모은 딱지, 엄마한테 받은 10원짜리 동전 등을 호시탐탐 노렸다. 놈들은 심지어 이렇게 말하며 나를 코너로 몰아넣었다.

"야, 최철호! 너 조상 말씀을 거역하는 건 천하의 상놈이나 하는 짓이야!"

그때마다 나는 최영 장군은 해주 최씨고 우리집은 경주 최씨 어쩌고 하는 궁색한 변명을 늘어놓았다.

어쨌든 박정희 대통령이 서거하면서 최씨 시대가 열렸다. 나는 마치 내 아버지가 '용상'에 앉은 듯 기뻐했다. 당장 맹관호네 집으로 달려갔다.

"야! 맹관호, 나와! 너네는 죽은 조상이 얼마나 높은지 모르겠는데, 우리 최씨는 드디어 대통령 됐다 이거야. 앞으로 까불지 마."

내 주변에 최영 장군의 '유지'를 받들어 황금 보기를 돌같이 하신 분이 계셨다. 돈벌이에는 별 무관심이고, 버는 족족 술을 사 잡수셔서 기어이 술병으로 돌아가신 분이다. 작은아버지는 평생 건설 현장 일용 노동자로 일하시다 나중에는 보일러 기술(그때는 '새마을보일러'라는 연탄보일러가 유행이었다)을 익혀 자영업자가 됐다. 운이 좋을 때는 하루에 두 건 정도, 대부분 하루 한 건도 일거리를 얻지 못해 말 그대로 입에 풀칠하기도 어려운 형편이었지만.

여름이면 작은아버지는 나를 자전거 뒷자리에 앉히고 골목을 돌며 일을 하러 다녔다. 아주 재미있는 여행이었다. 자전거 꽁무니에서 바라본 세상은 버스 안에서 바라보던 세상이랑 전혀 다르다. 무엇보다 상쾌한 공기와 시원한 바람이 좋았다.

"보일러 고쳐요."

처음에는 그런 작은아버지가 부끄러웠지만, 자꾸 하다 보니 따라 외치는 재미도 쏠쏠했다. 작은아버지가 '보일로 고쳐요!' 하면 나는 장단을 맞춰 '수도 고쳐요!' 하고 외쳤다. 보일러와 수도의 리듬감을 살리려고 '도'를 아래에서 위로 올리며 길게 끌어야 했다. 소리가 작았는지 작은아버지가 퉁을 놓았다.

"그렇게 해서 들리겠냐! 크게 외치랑게!"

"수도오오우 고쳐요오우아."

조용한 골목길에서 꼬맹이가 외치는 소리는 의외로 크게 들려 홍보 효과도 있었다. 그래서 작은아버지는 늘 나를 자전거 뒤에 싣고 다니셨는지 모르겠다. 가끔 일거리가 들어오면 나는 조수 노릇도 꽤 잘했다. 잘사는 집 아이들은 숫기를 기른다고 웅변 학원을 다녔는데, 봉천동 키드인 나는 골목에서 '수도 고쳐요'를 외치며 자신감을 키웠다.

작은아버지의 '보일러 실력'은 변변치 않았다. 콘크리트를 깨고 고무호스를 깐 뒤 그 위에 시멘트로 미장을 해야 하는데, 원래 있는 온돌 위에 고무호스를 깔고 얇게 미장을 해 늘 고무호스 위만 뜨겁고 다른 곳은 냉골이기 일쑤였다. 항의도 많이 들어와, 한번 일을 한 곳은 다시 가지 않는 것이 우리 '팀'의 원칙이었다.

한번은 일거리가 들어와 보일러를 고치러 들어갔는데, 같은 반 아이 서원석네 집이었다. 나는 우리 작은아버지라고 자랑스럽

게 소개했는데, 녀석은 그다음부터 반 아이들 앞에서 나를 놀리기 시작했다.

"최철호는 학교 마치고 보일러 고치러 다닌다네!"

"보일러 고치러 다니는 게 뭐가 어때. 길에서 그렇게 소리치는 게 얼마나 재밌는지 알기나 하냐?"

그게 그렇게 부끄러운 일이라고 생각하지 않았다. 문제는 그다음. 원석이네 집 보일러도 문제를 일으켜 고무호스 지나간 자리만 새까맣게 타고 나머지는 냉골이었다. 친구는 당장 나를 몰아붙이기 시작했다.

"야, 우리 엄마가 너네 작은아버지 불러오래."

나는 작은아버지를 지켜야 한다는 생각에 참으로 다양한 거짓말을 동원했다. 하루는 일하다 다치셨다 하고, 하루는 배탈이 났다고 핑계 대고, 맑은 날은 집에 불이 나고 비 온 날은 집에 홍수가 났다고 둘러댔다. 그렇지만 일주일을 버티기 힘들었다.

나중에는 정말 학교도 가기 싫고 어린 조카에게 이런 고통을 주는 작은아버지가 원망스러웠다. 급기야 수업 중에 원석이 엄마가 나를 찾으러 학교까지 찾아오고 말았다. 너무 놀란 나는 교실을 뛰쳐나와 산으로 도망쳤다. 담임 선생님의 놀란 표정은 지금도 생생하게 기억난다.

마치 빨치산처럼 산속에 숨어 있자니 만감이 교차했다. 당장무서워서 도망을 치기는 했지만 집으로 연락이 갔겠지. 집에 가면 아버지에게 반쯤 죽는 건 당연한 일. 학교에 가도 선생님에게 매를 맞겠지. 도무지 나는 어디로 가야 한다는 말인가.

날은 점점 춥고 어두워졌다. 기성이랑 함께 가본 동굴에 가볼까 생각했지만 어둠 속에서 비행기산 뒤까지 찾아갈 일이 끔찍했다. 사방이 조용해지고 본격적으로 어둠이 밀려오니 정말 무서워죽을 지경이었다. 나는 훌쩍훌쩍 울다가 잠이 들었다. 얼마나 지났을까. 산 아래에서 불빛들이 보이며 사람 소리가 들리기 시작했다.

"최철호! 최철호! 보일러 다 고쳤다! 내려와라!"

아버지 목소리였다. 순간 나는 참던 서러움이 밀려와 으앙 울음을 터뜨렸다. 어른들은 울음소리를 좇아 나를 찾아왔다. 가장먼저 아버지가 나를 끌어안더니 울먹이며 말했다.

"이제 걱정 안 해도 돼. 느이 작은아버지가 친구네 집 보일러 고쳐주기로 했어."

눈물범벅이 된 나는 그 와중에도 '아, 아버지도 울 줄 아는구나' 하고 신기해했다.

"교실에서 도망가는 놈이 어디 있냐? 나쁜 사람들한테 끌려가면 어쩔 뻔했어!"

담임 선생님은 내 엉덩이를 마구 때리며 야단치셨고, 어머니는 거의 사색이 돼 아무 말 못했다. 그 뒤에 경찰도 몇 명 보였다. 선생님에게 앞뒤 사정을 들은 뒤 통금 시간이 돼도 내가 안 들어오자 유괴됐다고 생각해 경찰에 신고한 것이다. 집에 돌아오니 새벽 3시였다.

그 뒤로 나는 '수도오오우 고쳐요오우아'를 더는 외칠 수 없었다. 아버지와 작은아버지는 대판 싸운 뒤 한 달이 넘도록 서로 말도 안 하고 지냈다. 지금도 여름날 조용한 주택가 골목을 지나다 보면 그때 그 소리가 들린다.

# 조광약국 앞 살인의 추억

1981년 7월. 여름이 시작되면서 봉천동 청소년들은 슬슬 가출 준비를 시작했다. 7월 말부터 8월 초. 바야흐로 바캉스 시즌이다. 봉천동 비행 청소년들은 7월 말과 8월 초, 바닷가에서 한번 신나게 '사고'를 치려고 1년을 기다린다.

바캉스는 지금처럼 승용차 타고 '휙' 떠나는 간단한 일이 아니었다. 텐트부터 밥숟가락까지 일일이 준비해야 한다. 텐트가 없으면 빌리고, 빌릴 수 없으면 구멍가게 천막이라도 걷어야 한다. 코펠이 없으면 밥솥을 가져가고, 침낭이 없으면 집에서 덮던 카시미롱 이불을 배낭 위에 얹었다. 얼핏 보면 바캉스를 가는지 이사를 가는지 알 수 없을 정도다. 그렇게 청량리 시계탑 앞에서 모여 춘

천으로, 강릉으로, 대천 해수욕장으로 뜨는 것이다. 기차 안에서도 통기타를 끌어안고 악쓰며 소리를 지른다. 그렇게 다른 패들이랑 시비가 붙어 싸움이 나는 일도 다반사다.

여름이 가출의 계절인 이유는 그렇게 바캉스를 떠난 뒤 아예한두 달 종적을 감추는 청소년도 많은데다, 자금 준비 과정부터합숙을 하려고 집을 나오는 청소년들이 속속 등장하기 때문이다. 합숙하는 아이들은 소매치기나 날털이 등으로 제법 큰돈을 만들어 신나는 여름을 보낸다.

조금 성실한 비행 청소년들은 신문 배달 등을 해 자금을 준비하지만 가출하는 비행 청소년치고 성실한 아이들이 몇이나 될까.

대부분 학교 주변에서 동료나 후배 학생들 주머니를 털거나, 가까운 유원지에 원정을 가 놀러온 학생들 돈을 뺏는다.

장비와 자금도 필요하지만, 바캉스 준비에서 가장 중요한 건 '깔치', 곧 여자들을 조달하는 일이다. 보통 현장에서 즉석으로 해결할 때도 있지만 그럴 때는 토박이 젊은이들이랑 대판 붙을 각오를 해야 한다. 봉천동 형들은 여름마다 한 명씩 칼에 찔렸다. 놀러가서 토박이 청년들이랑 싸움이 붙은 탓이다. 작년에는 형 친구 정환 형이 옆구리에 칼을 맞아 곤욕을 치렀다.

여름마다 여자 문제로 잡음이 있었다. 형들은 특히 삥을 뜯거나 낯털이 나와바리(구역) 문제가 생기면 대충 치고받고 싸운 뒤 좋게 해결을 보는 편이다. 그러나 여자 문제는 언제나 피를 보고 만다. 칼부림 사건은 대부분 여자 때문이다(패싸움에서 형들이 쓰던 '연장'은 오토바이 체인, 쌍절곤, 쇠파이프, 기껏해야 잭나이프 정도였지, 사시미처럼 큰 칼은 볼 수 없었다).

봉천동은 은천국민학교 중심의 산동네 아이들과 난곡 아이들이 한 세력이었고, 내가 사는 쑥고개와 주변 야산을 무대로 하는 관악국민학교 부근 비행 청소년들이 또 다른 세력이었다. 그 사이에는 지금은 복개된 개천이 흐른다. 제법 넓은 지역이지만 개천을 사이에 두고 두 세력의 크고 작은 싸움은 끊이지 않았다.

그해 7월은 이야기가 달랐다. 우리 동네, 조광약국 앞에서 살인 사건이 일어났다. 개천 아랫동네에서 온 검객이 우리 동네 재군(문재군·19세·K공고 야간부 3년) 형을 커다란 칼로 난도질했다(나는 못 봤지만 기성이는 현장을 봤고, 경찰에 증인으로 출석하기도 해서 자세한 이야기를 들을 수 있었다). 재군 형은 그 자리에서 숨지고, 범인도 현장에서 잡혔다. 기성이 말에 따르면 재군 형은 등에 칼이 꽂힌 채로 계속 도망가고 아랫동네 검객은 마구 쫓아가 등에 꽂힌 칼을 뽑아 여러 차례 더 찔렀다고 한다.

재군 형은 사실 우리 동네 비행 청소년 서열에는 못 끼는 허풍만 센 양아치였다. 장점이라면 집이 여관을 해 좀 잘살았다. 여관 돈 통에서 현찰을 곧잘 훔쳐 동료 비행 청소년들을 기쁘게 했다. 주먹도 그저 그렇고 세력도 그저 그랬다. 밖에 나가면 광운(김광운·19세·무직. 동네 비행 청소년 중 최고 대장)이가 내 말이면 꼼짝도 못한다는 둥 별 말도 안 되는 허풍을 떨어 인심을 잃었다.

이번 사건은 광운 형이 공고 후배들이랑 바캉스를 준비하다가 '찍은' 깔치들이 문제였다. 개천 아랫동네에는 K여상을 중심으로 여고생 비행 청소년 클럽도 많이 있었다. 그중 미진 누나(윤미진·18세·K여상 야간부 2년. 작은 누나 친구)를 비롯해 다섯 명 정도가 뭉쳐 나쁜 짓을 일삼는 '블랙 테트라'가 유명했다(비행 청소년 그룹은 이름이 록 그룹이랑 비슷해서 구별이 안 될 정도였다). 미진 누나는 동네에서 알아주는 미인이자 손꼽히는 비행 청소년이었다. 여성 비행 청소년 그룹들도 하는 일은 남자 아이들이랑 비슷하다. 뭉쳐 다니며 힘없는 아이들 돈을 뺏고, 남자 아이들이랑 어울려 술 마시고, 바캉스 가서 신나게 노는 게 목표다.

미진 누나는 '미인'이고 비행 청소년이기 때문에 작은 일이 부풀려져 소문이 나기 일쑤였다. 그 누나가 면도칼을 씹는 모습을 내 눈으로 본 적은 없지만, 아이들은 면도칼이나 유리 조각들을 씹어 뱉는 데 도사라고 했다. 특히 남자관계에 얽힌 스캔들은 꼬리에 꼬리를 물어, 우리 동네에서 좀 논다 하는 비행 청소년하고 모두 연관될 정도였다. 작은누나는 미진이 남자관계가 그렇게 복잡하지는 않다며 모두 헛소문이라고 했지만 말이다.

어쨌든 재군 형은 후배들이랑 바캉스에 함께 갈 상대로 블랙테트라 멤버를 찍었다. 미진 누나는 재군 형이랑 함께 바캉스에 갈 마음이 조금도 없었다. 그런데 미진 누나를 둘러싼 안 좋은 소문이 재군 형에게 용기를 불어넣었다.

'이 동네에서 미진이랑 안 잔 놈은 병신'이라는 소문에 자극받았는지 그날 밤 재군 형은 미진 누나를 덮쳤다. 그 뒤로 얼마나 기세등등했는지 술만 마시면 그 이야기를 떠들어댔다. 당연히 개천 아랫동네까지 소문이 났고, 개천 아랫동네 '오케이 패밀리'의 '넘버 쓰리' 조진강(17세·S공고 2년)도 소문(소문인지 미진 누나가 눈물을 흘리며 일러바쳤는지 알 수 없지만)을 들었다. 한참 잘나가는 열혈 비행 청소년 조진강은 막 동이 트려는 새벽 5시경 포장마차에서 술 마시고 돌아가는 재군 형을 조광약국 앞에서 보내버렸다.

이 사건에는 비밀이 감춰져 있었다. 사람들은 재군 형이 미진 누나를 강간한 탓에 칼 맞아 죽었다고 믿었다. 사실 재군 형은 미진 누나 손끝도 건드리지 않았다. 나중에야 기성이랑 미진 누나에게 조광약국 살인 사건의 숨겨진 진실을 들을 수 있었다. 광운 형이 의도적으로 재군 형을 보내버린 것이다. 광운 형은 주책 맞게 떠들고 다니는 재군 형이 거슬렸고, 빌린 돈도 제법 됐다. 광운 형은 오래전부터 개천 아랫동네 조진강이라는 비행 청소년이 너무 빨리 성장하고 있다는 것과 윤미진에게 푹 빠져 있다는 것, 두 가지 사실을 잘 알고 있었다. 기성이는 이런 작은 정보를 광운 형에게 전하고 매번 50원씩 받았다.

아직 공고 2학년밖에 안 된 조진강은 싸우는 스케일, 오기나 주먹 등이 통제 안 될 정도여서 개천 아랫동네 대장도 은근히 무서워하고 있었다. 재군 형이 미진 누나에게 딱지를 맞자 광운 형은 재군 형을 따로 불러 소주를 한잔하며 바람을 넣었다.

"쪽팔리게, 윤미진 같은 년한테도 딱지를 맞냐. 그런 여자애들은 정작 확 따먹으면 따라 온다. 미진이를 덮치면 내 바로 밑에 자리를 줄게."

이런 호기로운 제안을 받았지만 재군 형은 혼자 여자를 강간을 할 수 있을 정도로 간 큰 사람은 아니었다. 그래서 기성이에게 500원을 주며 자기랑 미진 누나가 그렇고 그런 사이라는 소문을 내달라 부탁했다. 광운 형은 조진강을 보내기로 개천 아랫동네 대장이랑 합의를 본 상태였다. 소문이 나돌자 아랫동네 보스는 단순 무식한 열일곱 비행 청소년 조진강과 포장마차에서 독대를 하며 '남자의 도리'에 관해 일장 연설을 했고, 감동한 조진강은 그 길로 '남자의 도리'를 지켜냈다. 기성이는 경찰에서 죽은 사람 소원대로 재군 형이 미진 누나를 강간하는 현장을 목격했다고 증언했다. 미진 누나도 광운 형이랑 입을 다 맞췄기 때문에 '대세에 어긋나지 않는' 진술을 했다. 그 뒤로 조진강이 어떻게 됐는지는 알 수 없다. 광운 형은 그 동네에서 대장 노릇을 좀더 하다가 '범죄와의 전쟁' 때 감옥에 간 뒤 소식이 없다. 미진 누나는 이 동네 사람이 아닌 돈 많은 아저씨랑 결혼한 뒤, 술집을 냈다는 소식을 들었다. 7월이면 생각나는 살인의 추억이다.

# 50일 치 방학 일기 3인분

인생은 브레이크 없는 자전거 타고 언덕 넘기랑 같다. 처음에는 더디고, 때로는 고통스럽게 흐르던 세월이 어느 정점을 넘는 순간 가속도가 붙기 시작해 통제할 수 없이 빨리 흐른다. 브레이크 따위는 애초부터 없다. 그러다 때가 되면 꽝! 그것으로 끝이다. 적어도 봉천동에 살던 1980년, 나는 지독히 느리게 가는 세월에 화를 내고 있었다. 스무 살이 되면, 뭐든지 할 수 있을 텐데.

국민학교 시절에는 스무 살이면 어른이라 생각했고, 스무 살이 되기까지 팔구 년 세월은 '꿈'을 준비하는 데 충분한 시간이라고 믿었다. 그래서 봉천동 아이들도 '나는, 나는 될 터이다. 육군 대장이 될 터이다' 노래하며 꿈을 키울 수 있었다. 그러나 가출을 할 만큼 머리가 굵어지면 아이들은, 봉천동 개천에서는 주로 미꾸라지가 날 뿐 그 미꾸라지가 용으로 승천한다는 꿈은 사실상 사기랑 크게 다르지 않은 일종의 전설이라는 사실을 누가 가르쳐 주지 않아도 조금씩 알게 된다.

봉천동 산동네 출신 대부분은 학력 미달(중졸 또는 고퇴) 사유로 방위병 근무고, 운이 좋아 봐야 병장 제대가 최고다. 그렇게 자기 위치를 깨달아가면서 아이들은 비슷한 처지의 아이들끼리 뭉치며 '육군 대장'의 꿈을 '조직 보스'로 바꾼다. 조직 넘버원은 악과 깡만 있으면 한번 해볼 수 있는 자리니까.

어쨌든 8월은 개학의 계절이다. 국민학교 때 느끼는 가장 빠른 세월은 방학이다. 특히 여름 방학은 눈 깜짝할 사이에 지나간다.

"벌써 개학이냐. 야, 김정민. 방학 숙제 했냐?"

했을 턱이 있나. 정민이나 나나 '오늘의 일을 내일로 미루자'가 생활신조인 인생이었다. 동네 아이들은 대부분 방학 숙제를 못했다. 정민이나 기성이는 '숙제나 할 만큼' 한가하지도 않았다. 정민이는 방학이면 엄마를 도와 호떡도 빚어야 하고 봉투도 붙여야 하기 때문에 숙제같이 '돈 안 되는 일'을 할 시간이 없었다. 기성이는 방학 때면 하루에 두 번 조간신문과 석간신문을 돌리고 틈틈이 빈병을 주웠으며, 노는 날은 비행기산에 동굴 탐험을 떠났다.

게다가 방학 숙제라는 게 '해변에서 조개 주워 오기', '우리 가족이 이번 여름에 함께 떠난 물놀이에 대해 이야기해 보아요', '시골 원두막에서 할머니에게 들은 이야기', '곤충 채집', '식물 채집',

'과학 실험 — 요지경 만들기' 등, 젠장, 하고 싶어도 할 수 없는 일 투성이다. 방학 때 해변에 물놀이를 가는 일은 국어책에서 봤다. 가난이 싫어 무작정 상경한 도시 빈민들에게 돌아갈 시골이 어디 있다는 말인가. 곤충은 모기나 똥파리가 전부고 민둥산에는 잡초 뿐인데 채집해야 할 곤충이나 식물은 듣도 보도 못한 것들이다. 나머지 만들기는 죄 돈 들어가는 것들뿐.

아이들은 처음부터 방학 숙제 대신 몸으로 때우기를 선택했다. 그래서 25년 전 봉천동 국민학교 고학년 교실의 개학 팡파르는 늘 퍽퍽 매타작 소리로 시작됐다. 아이들은 무엇보다 맷집에 단련돼 있어 매타작은 두려워하지 않았다. 선생님도 산동네 아이들은 안중에 없었다. 뭔가 사정을 말하면 사정은 알겠지만 그냥 넘어가면 숙제한 친구들만 바보가 되지 않느냐는 답이 돌아왔다. 우리에게 개학은 그런 일이었다.

1980년, 5학년 때 담임을 맡은 젊은 여자 선생님은 숙제 검사를 한 뒤 매타작 대신 개별 면담을 했다. 어디 사는지, 부모님 직업은 뭔지 묻더니 다음 주까지 어머니를 모셔오라는 것이다. 아이들이 매타작보다 무서워하는 게 학부모 호출이다. 하루 벌어 하루 먹고사는 '노가다'들은 선생님같이 높은 사람을 만나는 데 입고 갈 옷은 말할 것도 없고 찍어 바를 화장품도, 신고 갈 신발도, 아무것도 없었다. 부모들은 선생님 면담을 두려워했고, 아이들은 그 점을 누구보다 잘 알고 있었다. 새파랗게 젊은 선생님 앞에서 초라한 행색의 어머니가 주눅든 채 나 때문에 머리를 조아리는 모습은 차마 눈뜨고 볼 수 없는 광경이다.

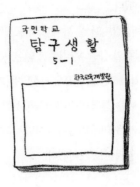

교무실에서 나온 우리 셋은 당장 대책을 마련했다. 기성이는 늘 그렇듯 배 째고 소금 뿌리라 하자고 주장했다. 어머니에게 알리지 않을 테고, 자꾸 그런 식으로 나오면 학교 따위 그만두면 된다는 말이었다. 정민이는 국민학교는 나와야 사람 구실을 할 수 있다며 기성이를 말렸다. 나는 숙제 때문에 이렇게 됐으니 숙제를 하자고 제안했다. 방학 일기에다 시골 할머니랑 보낸 방학, 그밖에 뭔가 쓰는 숙제는 내가 맡기로 했다. 거짓말이라면 언제나 자신 있었기 때문에 세 명의 방학 일기를 만드는 일도 문제없을 듯했다. 글씨체만 다르게 신경쓰면 젊은 여자 선생님 속여넘기기는 일도 아니라고 생각했다. 기성이는 그동안 피같이 모은 돈을 내기로 했고, 정민이는 기성이가 준 돈으로 요지경 상자 만들기 같은 만들기 숙제와 전과를 베끼면 되는 국어, 산수, 사회, 자연 등 학과 숙제를 맡기로 했다.

선생님은 일주일 말미를 줄 테니 그래도 안 모셔오면 직접 찾아간다고 했다. 일주일 동안 우리는 그 많은 숙제를 해치웠다. 나는 50일 치 방학 일기 3인분, 150개 거짓말을 거짓말처럼 끝냈고, 정민이는 봉투 붙이는 틈틈이 전과 베끼고 밤에는 엄마 구박 들어가며 만들기 숙제를 마무리했다. 우리는 북한을 꺾은 국가 대표 축구 선수처럼 얼싸안고 기뻐했다.

엄마 모시고 오라고 한 날, 우리는 당당하게 숙제를 냈다. 선생님은 부모님 중 한 명을 모시고 오라니까 왜 숙제를 했냐고 되묻더니 우리가 낸 방학 일기를 휘리릭 훑어봤다.

"최철호, 이거 혼자 다 쓰느라 고생 무척 많았겠구나."

그러고는 거짓말 지어내는 데 소질이 있으니 소설가를 해보라는 충고까지 했다. 선생님은 우리를 학교 앞 분식집으로 데리고 가 떡볶이를 사줬다.

"부모님 모시고 오라는 건 벌을 주려고 한 게 아니라 의논드릴 일이 있어서야. 너희가 그렇게 싫다면 굳이 안 그래도 돼. 대신 부모님께 드릴 편지를 써 줄 테니 전해줄래? 숙제 안 한 건 너희들 탓이 아니야. 사실 선생님도 이런 숙제는 너희들 현실에 맞지 않다고 생각해."

우리는 떡볶이를 잔뜩 먹었고, 다음날 선생님은 우리에게 편지를 건넸다. 뭐라고 써 있을지 정말 궁금했고, 궁금함을 못 이기는 우리는 감쪽같이 편지를 뜯어봤다. 우리집에 보내는 편지는 철호가 글쓰기를 참 잘하니 신경을 써달라는 내용이었다. 기성이는 부지런하고 어머니를 생각하는 마음이 깊다는 칭찬을 받았고, 정민이는 착한데다 미술 등 예능에 소질이 많다는 내용이었다.

우리 반은 80명이 넘었고 다른 선생님들은 산동네 아이들을 거들떠보지도 않았는데, 그때 처음 선생님의 개인적인 관심을 받았다. 더 놀라운 일이 따로 있었다. 내 거짓말 일기를 본 선생님은 어쩌면 거짓말을 이렇게 감쪽같이 하느냐며 따로 6학년 선배들이랑 글쓰기 공부를 할 수 있는 기회를 마련해줬다. 80명 아이들을 돌보며 단 한 번도 소리를 안 치고 매도 들지 않은 선생님. 그런 선생님이 몇 명만 더 있었어도, 봉천동 산42번지 아이들이 그렇게 많이 전과자가 되거나 삼청교육대에 끌려가지는 않았을 것이다.

# 한가위, 삶은 계란으로 지다

더도 말고 덜도 말고 한가위만 같아라. 1978년 봉천동의 아홉 살
어린이도 이때는 즐거웠다. 추석이 되면 그동안 먹지 못하던 기름
진 음식을 잔뜩 먹을 수 있다. 특히 내가 좋아하는 건 돼지고기를
통째로 삶아 썰어낸 편육. 살코기는 떼버리고 비계만 꼭꼭 씹으면
어느새 입안에 고소한 냄새가 가득하다. 지금은 다들 건강을 이
유로 돼지비계를 일부러 피하지만, 어릴 때는 어른이나 아이나 비
계를 더 좋아했다. 언제부터 내가 비계보다 살코기를 좋아하게 됐
는지는 기억도 나지 않는다. 명절 때 말고도 밥상에 돼지고기가
심심치 않게 올라오게 된 뒤가 아닐까.

또 다른 기쁨은 산에 솔잎을 따러 가는 일. 해마다 추석 전날이

면 아이들이랑 솔잎 따느라 산을 헤맸다. 산에서 다른 아이들을 만나 싸움도 많이 했고, 뜻밖에 '본부'(친한 아이들만 아는 비밀 아지트)로 쓰기 딱 좋은 작은 동굴을 발견하기도 했다.

오랜만에 사촌 형이나 동생을 만나는 것도 즐거움이다. 아버지는 팔 남매(7남 1녀) 중 장남. 추석 명절이 되면 우리집을 찾은 친척들로 봉천동이 떠들썩했다. 고모 한 분을 빼고 일곱 형제가 모두 모이면 정확하게 41명이다(이듬해 할아버지가 돌아가셔서 40명으로 딱 떨어졌다). 거짓말이 아니다. 할머니, 할아버지, 우리 식구 여섯, 첫째 작은아버지 여덟 식구, 둘째 작은아버지 여섯 식구. 이렇게만 모아도 간단하게 스무 명이 넘는다. 거기에 셋째, 넷째 작은아버지 식구가 각각 여섯 명, 다섯째 작은아버지가 네 식구, 막내 작은아버지 세 식구(의심나는 사람은 계산해볼 것).

그 험하고 거칠다는 봉천동 산동네지만 명절 무렵에 나를 건드리는 아이들은 없었다. 우리 사촌 형제들이 모두 모이면, 스무 살 넘는 형을 포함해 스물다섯 명. 말 그대로 '함께 있으면 두려울 게 없는' 형제들이었다.

밤 8시쯤이면 40명이 모두 모인다. 신기한 일은 스무 평도 채 안 되는 방 두 칸짜리 집에 마흔 명이 모두 들어가고, 심지어 방 한구석에 화투판까지 벌어진다는 것. 아이들은 모로 누워 칼잠을 잤고 작은어머니들은 부엌에 앉아 잠깐 눈을 붙였다. 작은아버지들은 대개 밤새 화투를 쳤다. 그래서 그런지 우리집은 동이 트자마자 차례를 지냈다.

봉천동 산동네의 추석이 모두 즐겁지는 않다. 내 단짝 김정민과 김기성은 추석에 지내는 차례가 뭔지도 모르는 아이들이다. 1978년, 그 친구들은 말 그대로 하루하루 끼니를 해결하는 게 지상 최대의 과제였다. 추석 차례가 끝나면 어머니는 아이들을 집으로 불러 남은 음식을 싸주기도 하고 함께 먹기도 했다. 그 해도 마찬가지로 정민이랑 기성이가 오후에 들렀는데, 마침 막내 작은 아버지 식구들이 그때까지 남아 있었다. 다른 집 작은아버지들은 가끔 용돈도 주지만, 우리집은 아이들이 너무 많아 엄두가 나지 않았다. 그런데 때마침 조카 친구들도 왔으니 '가오'를 부려볼 생각이었는지 막내 작은아버지가 물었다.

"얘들아, 니들 가장 좋아하는 음식이 뭐니?"

우리 셋은 평소 이런 주제로 토론하기를 좋아했다. 먹지는 못하지만 돈이 생기면 가장 많이 먹고 싶은 것.

정민이는 기름 발라 구운 김만 있으면 밥을 열 그릇도 더 먹을 수 있다고 큰소리쳤다. 내가 경고를 했지만 정민이는 목에 핏대를 올리며 현장 검증을 요구했다.

"뻥까지 마!"

"일단 한번 줘봐! 먹나 못 먹나."

기성이는 삶은 계란. 돈이 생기면 계란을 두 판 사서 삶아 먹는 게 소원이라고 했다. 정민이랑 나는 다시 발끈.

"김기성, 또 공갈이냐! 100만 원 내기 할래? 네가 삶은 계란 두 판을 어떻게 다 먹냐!"

짜장면이라면 열 그릇도 문제없다는 내 견해에 두 아이들은 별다른 논평이 없었다. 그때까지 짜장면을 먹어본 적도, 구경한

적도 없었기 때문에 궁시렁거리는 게 다였다.

"그게 얼마나 맛있는지 몰라도 삶은 계란보다는 못할걸."

어쨌든 우리는 그런 식의 토론을 몇 차례 걸쳐 반복해서 의견을 모았다. 왜 결론을 내려 했느냐고 묻지 말 것. 그때 우리에게 '맛있는 음식'이라는 주제는 중세 시대 예수는 신의 아들인지 사람의 아들인지를 둘러싼 토론만큼 중요한 문제였다. 개인의 취향에 따라 바뀔 수 없는 확고부동한 음식이어야 마땅했다. 우리에게 음식은 신이자 존재의 이유였다.

여러 차례 토론을 거쳐 가장 먼저 짜장면이 탈락했다. 못 먹어본 사실은 다른 이들의 비난에서 자유로울 수 있지만, 이게 최고의 음식이라고 설득할 때 힘을 갖지 못한다. 그다음 김이 탈락했다. 김 자체는 맛이 없어 반드시 밥이랑 함께 먹어야 한다는 점이 문제였다. 기름 바른 김에 싼 밥. 우리에게 '가장 맛있는 음식'은 그것만 먹어도 배가 부르고 맛이 있어야 했다. 그래서 우리 셋은 세상에서 가장 맛있는 음식으로 '삶은 계란'을 확정했다.

계란은 한 알에 50원쯤으로 꽤 비쌌다. 그래서 '봉천동 중산층'인 나도 계란을 삶아 먹은 적은 거의 없다. 어머니는 한 달에 두 번 정도 깨진 계란(그때는 깨진 계란을 반값에 팔았다)을 사서 양은 냄비에 물과 소금을 넣고 풀어 계란찜을 했다. 삶은 계란은 한 사람이 몇 개를 먹어야 양이 차지만 찜을 하면 여섯 식구가 먹을 특별한 반찬이 됐다. 나는 계란찜을 다 먹고 난 냄비에 밥을 잔뜩 넣어 비벼 먹는 것을 좋아했다. 하도 박박 긁어 먹어서 나중에는 양은 냄비에 구멍이 날 정도였다. 어쨌든 삶은 계란은 '가장 맛있는 음식'의 영예를 얻을 만큼 충분히 귀하고 맛있다.

막내 작은아버지의 '역사적인' 질문에 두 아이들은 기다렸다는 듯 '삶은 계란'이라고 말했다. 기성이는 계란 두 판을 삶아 먹는 게 소원이라고 야무지게 덧붙였다. 막내 작은아버지는 그 길로 우리 셋을 데리고 나가 계란을 두 판 사더니 당장 집에 가서 삶아 먹으라고 했다.

우리는 너무 놀라 서로 얼굴을 꼬집었다. 이게 꿈인가 생시인가. 기성이는 자기네 집에 가서 삶아 먹자고 했다. 그렇지만 기성이네는 병든 아버지가 누워 계신다. 그래서 집이 비어 있는 정민이네로 가기로 했다. 우리는 그때 계란 한 판이 몇 개인지 처음 알았다. 30개. 두 판이면 60개. 한 사람당 20개다. 나는 작은아버지가 사준 계란을 녀석들이랑 나눠 먹는 게 왠지 억울한 기분이 들었다. 게다가 결정적으로 정민이네 집에는 계란 60개를 삶을 냄비가 없었다. 나는 순간적으로 머리를 굴렸다.

"야. 김기성! 너 계란 두 판 다 먹을 수 있다고 했지? 지금 솥이 큰 게 없으니까 열 개를 10분에 다 먹으면 네 말이 공갈 아니라는 걸 인정하고 나머지 계란 다 줄게. 대신 시간 안에 못 먹으면 나머지 계란은 포기해."

이때 정민이가 나서며 말했다.

"야, 나도 기성이만큼 빨리 먹을 수 있어. 최철호, 계란 다섯 개에 5분 어때? 이기는 사람이 계란 다 차지하는 거야. 김기성, 너도 나한테 지면 계란 포기하는 거야."

기성이는 생각도 하지 않고 좋다고 했다. 나는 내 꾀에 내가 넘어간 듯한 위기감을 느꼈다. '내가 생각을 잘못한 걸까. 1분이면 긴 시간이다. 계란 한 개 해치우는 데 충분하다.'

그래서 나는 새로운 제안을 했다.

"그럼 우리 셋 중에서 세 개를 빨리 먹는 사람이 나머지를 다 갖자!"

기성이 몫을 뺏는 게 애초 계획이었는데, 정민이가 끼어들면서 골치 아프게 됐다. 빨리 먹기는 자신이 없지만 가만히 앉아서 내 몫의 계란을 날리고 싶지는 않았다.

추석날 밤. 우리 셋은 둥근 보름달 아래서 보름달을 닮은 삶은 계란 세 알을 각자 앞에 놓고 비장의 결의를 다졌다.

"시작!"

내 구령에 따라 우리 셋은 미친 듯 계란으로 달려들었다. 그러나 계란은 급하게 먹기 참으로 위험한 음식이라는 사실을 우리는 몰랐다. 나랑 정민이는 어차피 한 입에 계란을 넣을 수 없으니 반 토막을 베어 물었다. 기성이는 계란 한 알을 한 입에 몰아넣더니 이내 얼굴이 하얗게 질리며 고통스러워했다. 깜짝 놀란 우리가 계란을 뱉게 하고 물을 마시게 했는데도 기성이는 여전히 가슴을 쥐어짜며 괴로워했다. 나는 순간 어른들에게 알리지 않으면 기성이가 죽을지도 모른다고 생각했다. 한달음에 아버지에게 도움을 청했다. 눈을 뒤집어본 아버지는 기성이를 들쳐 업고 병원으로 달렸다.

'급체'였다. 다행히 기도를 막지 않아 조금 안정을 취하면 된다고 했다. 나랑 정민이는 누가바 사건 뒤 또다시 아버지에게 흠씬 맞았다. 아버지는 문제의 계란 50개를 기성이에게 줬다. 나중에 안 일이지만, 기성이가 '목숨'을 걸고 계란을 차지하려 한 이유가 있었다. 광부로 일한 후유증으로 폐병을 심하게 앓는 기성이 아버지에게 기성이 어머니는 형편이 닿는 대로 계란죽을 끓여줬다. 봉천동 산동네 아이들에게 인생은, 삶은, 계란 이상도 이하도 아니었다. 그래서 요즘도 삶은 계란을 보면 슬퍼진다. 그렇지만 그 맛은 여전하다.

# "엄마, 나 미국 입양 보내줘!"

1978년 10월. 산동네의 겨울은 유난히 빨리 찾아온다. 가을은 추석이랑 함께 끝나고 곧장 찬바람 부는 겨울이다. 고도가 높아서 겨울이 빠른 것은 아니다. 가난한 사람들의 옷은 늘 허술하기 때문에 더 춥다. 판자로 벽을 엮은 탓에 밤이면 바람이 술술 들어와 솜이불을 덮고 자야 한다. 찬바람이 막 불기 시작한 요맘때쯤, 봉천동에서는 해마다 한 명씩 연탄가스 중독으로 사람이 죽었다.

추석이 막 지난 가을. 훈이네는 손수레에 세간을 싣고 봉천동 산동네로 이사 왔다. 훈이 아버지는 우리 아버지 부하였는데, 부대 안에서 사고를 당해 목숨을 잃었다. '군에서 죽으면 개죽음'이라는 말이 공공연한 시절이었다. 죽은 사람만 불쌍할 뿐 가족들이 받는 보상은 형편없었다. 훈이 아버지는 군에 오기 전 훈이를 낳아 지금 네 살이었다. 거기에 부인에다 노모까지 네 식구를 책임지는 가장이었다.

오지랖 넓은 아버지 육군 상사 최상사는 동네 통장과 동사무소 공무원들을 적당히 구워삶아 훈이네 가족이 살 수 있는 판잣집을 산중턱에 지어도 좋다는 허가를 받았다. 허가가 떨어진 뒤 아버지는 군용 5톤 트럭 적재함에 판자와 시멘트 몇 포대, 모래, 사병 몇 명을 싣고 나타났다. 이 군인들은 동화에 나오는 요정들처럼 말 그대로 뚝딱뚝딱 한나절 만에 방 두 칸에 부엌이 딸린 판잣집을 지어냈다.

나랑 기성이는 매일 넉 장씩 훈이네 집으로 연탄을 나르라는 아버지의 명령을 받았다. 연탄재는 아주 가벼워서 던지고 차면서 노는 데 더없이 좋은 장난감이었다. 그러나 생 연탄은 무척 무거웠다. 나랑 기성이는 각각 두 장씩 손으로 들고 날랐는데, 열세 살 기성이는 몰라도 열 살인 내게는 중노동이었다.

"에이 씨팔. 힘들어 죽겠네. 이 짓을 내년 봄까지 맨날 해야 하냐. 그 집 식구들, 확 연탄가스나 마시고 뒈져버려라."

다음날, 그러니까 훈이네가 연탄을 땐 첫날 훈이 엄마가 연탄가스 중독으로 목숨을 잃었다. 다행히 훈이랑 할머니는 다른 방에서 잠을 자 화를 면할 수 있었다. 아버지는 훈이 엄마를 업어 가까운 병원에 갔는데, 그곳에는 연탄가스 중독을 치료할 고압 산소 탱크가 없었다. 서둘러 큰 병원으로 옮겼지만, 너무 늦었다.

아버지는 집을 지은 뒤 미리 불을 때고 연탄가스가 새는지 꼼꼼히 점검했지만 이상이 없었다고 했다. 그러나 하루 만에 '뚝딱' 지은 집이 문제가 없을 턱이 있나. 게다가 구들을 만들 때 시멘트가 모자라 모래를 많이 섞은 것도 사고 원인 중 하나였다. 사고가 난 뒤 아버지는 훈이 할머니 앞에서 얼굴을 들지 못했다.

"죄송합니다. 저 때문에 아들과 며느리를 모두."

그 뒤로 나랑 기성이는 찍소리도 못하고 연탄 배달을 계속했다. 나는 이제 훈이네 가족을 저주하지 않았지만, 훈이네 할머니는 더는 연탄을 때지 않았다. 엄마가 구들을 꼼꼼히 손봐서 걱정 없다고 몇 번을 말해도 우리가 배달한 연탄은 부엌 아궁이 귀퉁이에 쌓여갈 뿐이었다. 나중에는 더 쌓을 수 없어서 배달을 그만 뒀다.

며칠 뒤, 훈이가 미국으로 입양될 거라는 이야기를 엄마에게 들었다. 어찌나 부럽던지. 1978년, 열 살 어린이에게 미국은 초콜릿과 비스킷이 넘치는 지상 낙원이었다. 나도 부모님이 없으면 미국에서 살 수 있을까. 다음날부터 연탄 배달 때문에 미워하던 훈이에게 친절하게 대했다. 훈아, 제발 이 형 잊지 말고 '초청'해다오.

입양 과정은 초고속이었다. 아버지 말로는 입양 보낼 아이들이 줄을 섰는데, '빽'을 써서 남보다 빨리 떠날 수 있게 됐다. 나는 훈이가 떠나기 전날 밤, 훈이 할머니에게 괜히 알랑방귀 뀌어가며 짐 싸는 일을 도왔다. 그리고 내 이름과 주소, 꼭 연락하라는 당부의 말을 공책 겉장에 써서 훈이 짐 사이에 살짝 넣었다. 내용은 대충 이랬다.

'훈아. 돌아가신 어머니를 생각하면 절대로 이 형을 잊어서는 안 된다. 특히 내가 연탄 배달한 것 잊지 말고, 호떡 가져다준 것 잊지 말아라. 지금은 네가 먼저 입양을 가지만, 언젠가는 이 형도

미국으로 입양 갈 기회가 오겠지. 그때 우리 꼭 만나자. 기회가 안 오더라도 네가 어른이 되면 이 형을 초청해다오. 언제나 형이 기다리고 있으니까 꼭 형에게 연락하기 바란다. 봉천동 산42번지. 최철호 형.'

간절히 바라면 이루어진다고 했던가. 훈이가 떠나고 사흘쯤 지난 때, 우리집으로 홀트아동복지회에서 해외 입양 관계자가 찾아왔다.

"최철호 어린이를 입양할 곳이 정해졌습니다. 빨리 수속을 밟으면 다음달 안에 비행기를 탈 수 있을 것 같은데요."

엄마는 어이없다는 표정으로 쳐다봤다.

"우리 막내가 입양이라뇨?"

"최철호 어린이 부모님이 계신가요. 그럴 리가 없을 텐데."

옆에서 이야기를 듣던 나는 냉큼 엄마 치맛자락을 붙잡았다.

"엄마, 나 미국 입양 보내줘!"

엄마는 그런 내 뒤통수를 세게 후려친 다음 소리를 질렀다.

"방구석에 처박혀 꼼짝도 하지 마!"

문제는 훈이 짐 사이에 내가 몰래 넣은 쪽지였다. 훈이의 입양 절차를 처리하던 자원봉사자가 이 쪽지를 읽었다. 최철호라는 어린이가 연탄 배달까지 하며 훈이를 키웠고 결국 힘에 겨워 입양을 보내게 됐다고 생각한 이 자원봉사자는 상상력이 풍부한데다 인정도 많고 자기 일에 철저했다. 두 어린이를 헤어지게 할 수 없다고 생각한 자원봉사자는 급하게 형제를 함께 입양할 양부모를 찾아 '장한 최철호 어린이'에게 깜짝 선물을 주려고 손수 찾아온 것이다.

이 일이 있은 뒤 정말 화가 많이 난 엄마는 나랑 눈도 마주치지 않았다. 배가 고파도 엄마에게 말을 붙일 수 없어 부뚜막에 쪼그려 앉아 찬밥을 꾸역꾸역 먹어야 했다.

# 검은 오형제, 날다

1978년 11월, 봉천동 산동네 산42번지는 매우 을씨년스러운 겨
울을 맞고 있었다. 훈이 엄마가 연탄가스를 마시고 세상을 떠나
고 훈이가 미국에 입양된 뒤, 훈이 할머니는 차갑게 식은 냉골 방
에서 쥐약을 마시고 스스로 목숨을 끊었다. 우리 아버지가 뚝딱
만든 슬레이트 판잣집에서 한 달 새 두 명이 목숨을 잃은 셈이다.

아버지는 이 일로 눈에 띄게 달라졌다. 저녁 9시에 우리 네 형
제를 모아놓고 일장 연설을 하는 일석점호도 하지 않았다. 경찰
조사 과정에서 훈이네 집 공사를 눈감아준 공무원들은 나 몰라라
발을 뺐고, 모든 잘못을 뒤집어쓴 아버지는 심지어 군납품을 사
적으로 유용한 혐의까지 받았다. 결국 아버지는 군 수사대로 넘

겨졌다. 천만다행으로 정상이 참작돼 가벼운 주의만 받고 일이 마무리됐다.

동네를 쩌렁쩌렁 울리던 아버지 목소리도, 하늘 높은 줄 모르던 기세도 사라졌다. 집에 늘 떨어지지 않던 건빵과 라면도 더는 찾아볼 수 없게 됐다. 세상인심이라는 게 이렇다. 건빵과 라면이 사라지면서 내게 호의적이던 아이들이 슬슬 정민이에게 가기 시작했다. 게다가 겨울은 바야흐로 호떡의 계절이다.

겨울이면 정민이네 호떡집 매출이 올라가고 호떡 재고량도 많아진다. 호떡 재고량이 많아질수록 산동네 아이들 사이에서 정민이의 지위도 높아진다.

"야, 김정민. 요즘 남은 호떡 구경하기가 왜 이리 어렵냐?"

"다른 애들은 다 뭐 해주고 호떡 달라 그런다. 너는 친하다고 맨날 공짜로 얻어먹잖아. 미안하지만 오늘 남은 호떡도 분단장 민혁이 주기로 했어. 오늘 우리 분단 청소하는 날인데, 나 빼줬거든. 앞으로 너도 호떡 먹고 싶으면 숙제라도 대신 해주라구."

"야! 이 치사한 새끼. 호떡 꿀설탕에 혓바닥이나 데어버려라."

내게도 서광이 비쳤으니, 엄마가 덧버선 장사를 시작했다. 엄마는 생전 돈벌이는 해본 적 없는 분이다. 그런데 얼마 전부터 우리집에 매우 '폭발적인' 변화가 생겼다. 아버지가 며칠 째 집에 들어오지 않았다. 훈이네 집 사건으로 너무 심한 충격을 받은 뒤 어디에서도 위로를 얻지 못하던 아버지의 슬픈 가슴을 묘령의 젊은 여인이 나타나 감싸줬다.

쉽게 말하면 육군 최 상사가 바람이 났다. 두 집 살림은커녕 한

집 살림도 하기 힘든 육군 상사 월급이 엄마에게 들어올 리 만무. 며칠을 월남치마에 눈물을 찍어내던 엄마는 기어이 보따리를 머리에 이고 장사에 나섰다.

어쨌든 나는 마냥 신이 났다. 매일 공포 분위기를 만드는 아버지가 오지 않는다는 게 좋았고, 잘난 척하는 정민이의 콧대를 누를 수 있어 기뻤다.

"김정민, 너네만 장사하냐. 우리집도 덧버선 장사한다. 까짓 식어 빠진 호떡 먹어봐야 배나 아프지. 사람이란 모름지기 발이 따뜻해야 온몸이 편한 거라구. 야! 너 오늘도 쪽팔리게 빵꾸난 양말 신었지? 우리 덧버선 주나 봐라."

나는 녀석의 눈앞에서 내가 신은 분홍색 덧버선을 내보이며 잔뜩 자랑을 늘어놨다. 이어지는 정민이의 반격.

"발만 따뜻하면 뭐하냐. 배가 고프면 당장 죽는데. 한 달 동안 호떡만 먹으면 죽냐, 사냐? 살지? 대신 한 달 동안 덧버선만 먹어봐라. 사냐? 당장 죽지!"

1970년대는 이런 황당한 주장이 먹히는 시절이었다. 삶의 질보다는 생존 논리가 앞섰다. 덧버선 같은 '웰빙' 제품은 '식량' 앞에서 명함을 내밀지 못했다.

"덧버선도 꼭꼭 오랫동안 씹으면 단물 나온다. 이 자식아!"

말이 궁해진 나는 이렇게 쏘아붙이고 집으로 달려왔다. 학교가 파한 뒤에는 엄마가 덧버선을 파는 상도동 언덕까지 달려갔다. 엄마는 질색을 하고 싫어했지만, 나는 길에서 장사하는 게 마냥 신기하고 재미있었다. 단속반이 오는지 망을 보다 엄마에게 알려주는 게 내 일이었다. 반경 100미터까지 뱅뱅 돌며 단속반을 '단속'하다가 낌새가 있으면 잽싸게 엄마에게 알렸다. 덕분에 엄마 주변에서 노점을 하는 아줌마들까지 나를 아주 좋아했다.

엄마의 덧버선 좌판 옆에는 나물 파는 할머니가 내 또래의 손자하고 함께 나왔다. 우리 둘은 자연스럽게 친해졌다. 이근수라는 그 애는 얼굴에 주근깨가 잔뜩 있고, 머리칼이 가늘고 갈색이었다. 흰 피부에 눈동자도 환한 밤색이라, 마치 찰스 디킨스의 《올리버 트위스트》에 나오는 고아 같았다.

할머니랑 난곡에 산다는 근수의 꿈은 '아버지 응징하기'였다. 좀더 거창한 꿈은 '아버지 응징 비밀 특공대'를 만들어 세상의 모든 아버지들을 혼내주는 일이라고 했다.

"다섯 명이면 충분해. 더 많으면 조직의 비밀이 탄로 나기 쉽거든. 팀 이름도 정했어. 검은 오형제. 늘 검은 옷만 입어야 해. 이미 세 명은 함께하기로 했어. 하고 싶으면 너도 붙여줄게. 너는 몸이 빠르고 깡도 있으니까 다른 애들도 좋아할 거야."

지난번에 갑자기 단속반이 들이닥칠 때 내가 놈들의 다리를 붙들며 악을 쓰는 모습을 본 뒤 녀석은 내가 싸움을 좀 한다고 믿는 모양이었다. 근수가 아버지를 응징하려 하는 이유는 엄마를 죽인 일 때문이란다.

"엄마를 죽였으면 지금 감옥에 있어?"

"남편이 자기 부인을 죽이는 건 별로 큰 죄가 아니라서 금방 나온다구. 아버지도 석 달 만에 다시 나타나서 이제는 나랑 할머니를 죽이려고 해. 일주일에 한 번 정도 집에 오는데, 잔뜩 술이 취해서 나랑 할머니를 때려. 그런데 이제 나도 가만히 안 당하지. 도망치는 비밀 통로를 봐뒀거든."

"그런데 자기 부인을 죽이는 게 정말 살인이 아닌가?"

"당연하지. 재판관들도 다 아버지들이잖아. 그래서 검은 오형제가 아버지들을 응징해야 한다구."

나는 근수를 쫓아 난곡에 가서 검은 오형제의 마지막 형제가 되기로 약속했다. 새엄마랑 살고 싶어진 아버지가 집으로 돌아와 엄마를 때리는 상상을 하자 참을 수 없이 미워졌다. 나머지 형제도 대부분 근수처럼 주정뱅이 폭력 아버지를 둔 아이들이었다.

검은 오형제 본부인 숲속 야산에 있는 움막에서 다섯 소년이 근엄하게 둘러앉았다. 리더인 근수가 말했다.

"우리 검은 오형제는 죽는 순간까지 서로 배신하지 않고 이 땅의 아버지들을 응징한다."

근수는 작은 면도칼을 꺼내 내 팔뚝에 다섯 군데를 그어 피가 나게 했다. 검은 오형제에 가입하는 의식이라고 했다. 꽤 깊숙이 베어 상처가 오래갔다. 그 뒤 나는 정민이랑도 기성이랑도 놀지 않고 혼자 방에 처박혀 고민하는 시간이 많아졌다. 솔직히 말하면 다른 아이들하고 다르게 비밀 조직의 일원이라는 우월감에 취해 헤어나지 못할 지경이었다.

검은 오형제는 '과업 달성'을 하려고 문방구에서 파는 딱총용 빨간색 화약을 돈이 생기는 대로 모았다. 그러나 작은 요구르트 병에는 화약이 좀처럼 차지 않았다. 이 병에 화약이 가득 차면 꽉 꽉 다져 넣은 뒤 실에 석유를 적신 심지를 넣어 불을 붙이면 판잣

집 정도는 끝장이라고 근수는 말했다.

요구르트 병에 화약이 반쯤 찬 어느 날, 근수가 급하게 '거사'를 감행하자고 제안했다. 어젯밤에 아버지가 찾아와 발로 걷어차는 바람에 할머니가 곧 돌아가시게 생겼다는 것.

"이 정도면 아버지를 따끔하게 혼낼 수 있어. 그 양반, 아마 내일 아침까지 잠들어 있을 거야. 할머니는 옆방에 계시는데, 거기는 괜찮을 거야."

그날 검은 오형제는 통금이 풀린 새벽 네 시에 각자 집을 나와 근수 집 앞에 모였다. 사방은 아직도 어두웠다. 근수는 준비한 요구르트 병을 방안에 넣고 석유에 적신 심지에 불을 붙였다. 우리는 잽싸게 몸을 피한 뒤 귀를 막았다. 그런데 한참을 지나도 폭발하는 소리가 들리지 않았다. 살금살금 가 확인하니 심지가 너무 가늘어 중간에 꺼져 있었다. 근수는 여기서 포기할 수 없다며 화약에 성냥개비를 꽂은 다음 불을 붙여 수류탄처럼 던졌다. 그러자 방안에서는 맹렬한 불꽃하고 함께 콩 볶는 소리가 들렸다. 우리는 거기까지 확인하고 사방으로 흩어져 도망갔다.

다음날 검은 오형제 다섯은 모두 파출소로 끌려갔다. 우리가 던진 엉터리 사제 폭탄은 다행히 다른 곳에 옮겨 붙지 않고 제풀에 꺼졌다고 한다. 불꽃에다 연기 때문에 잠에서 깬 근수 아버지는 그길로 파출소에 신고했다. 파출소 순경들은 화약이 장난감 딱총인 사실을 확인하고 학교 앞 문구점을 탐문해 근수를 비롯한 다섯 명을 '일망타진'했다.

보호자들에게 연락을 했지만 파출소로 찾아온 사람은 우리 부모님뿐이었다. 나머지 아이들의 보호자는 연락이 닿지 않거나 아예 없었다. 아버지는 우리가 쓴 자술서를 읽어본 뒤 말없이 내 손을 잡고 밖으로 잡아끌었다. 나는 나머지 네 아이들하고 함께 나간다며 고집을 피웠다. 아버지가 군인 신분을 밝히자 파출소에서는 아이들 넷을 모두 넘겼다.

집으로 돌아온 뒤 아버지는 '모두 내 잘못'이라며 엄마와 내게 잘못을 뉘우쳤다. 그리고 다시 예전 모습으로 돌아왔다. 엄마는 이제 덧버선 보따리를 이고 노점에 나서지 않았다.

# 천사 철호의 크리스마스 악몽

올해도 어김없이 크리스마스가 돌아왔다. 나는 크리스마스가 되면 동네에서 가장 우울한 아이가 된다. 부모님 모두 철저한 불교 신자라서, 크리스마스 시즌은 특별 단속 기간이다. 지난해처럼 혹시라도 선물에 눈이 멀어 교회에 갈까봐 엄마는 나를 더욱 심하게 단속했다.

선규네가 떠나버려 동네에 하나뿐이던 교회가 없어진 게 그나마 다행이었다. 선규네가 떠난 이유는 사람들 사이에 말이 많았다. 어떤 아줌마는 선규 아버지가 헌금을 횡령했다고 했고, 기성이는 선규 아버지가 동네 여자 신도랑 바람이 났다고 했다. 궁금해서 물어보면 엄마도 화만 낼 뿐 가르쳐주지 않았다. 그리고 그해 크리스마스에 나는 선규를 다시 만날 수 있었다.

1978년 크리스마스. 나, 기성이, 정민이는 '연말 대목'을 그냥 지나칠 수 없었다. 동네에 교회가 없으니 겨울 방학이 시작한 뒤 틈나는 대로 '물 좋은' 교회를 찾느라 여념이 없었다.

"난곡동 교회가 최고라니까. 거기는 공책 두 권에다 빵이랑 사탕도 줘."

정민이의 의견에 기성이가 가소롭다는 듯 말했다.

"그러니까 너네는 아직 애들이라구. 그깟 빵이나 사탕이 뭐가 대수냐. 내 친구가 그러는데 신림동 교회는 새로 온 애들한테 성경책하고 찬송가를 선물로 준대. 우리 그리로 가자."

"성경책으로 뭐하게? 딱지도 못 접어. 얼마나 얇은데?"

내 말에 기성이는 한심하다는 듯 말했다.

"그걸 헌책방에 파는 거야. 내가 다 알아봤어. 새 성경책은 못해도 500원은 받을 수 있대. 거기에 찬송가도 200~300원은 받을 수 있다더라. 우리는 셋이니까 2500원을 벌 수 있을 거라구. 대신 내가 정보를 알려줬으니까 너네는 찬송가 판 돈은 나한테 내는 거야. 어때?"

역시 기성이다. 녀석은 돈 버는 쪽으로는 머리가 팽이보다 빨리 돈다. 거기다 커미션까지 먹으려는 철저한 장사 수완에 우리 둘은 새삼 감탄했다. 그래도 찬송가 판 돈을 모두 녀석에게 주자니 왠지 억울한 생각이 들었다.

"야. 김기성, 너무 많이 떼는 거 아냐. 우리끼리 가서 성경책하고 찬송가 받아서 올 수도 있는데."

"바보들. 너네가 성경책하고 찬송가를 헌책방에 팔 수 있을 것 같아? 애들이라 당장 주인이 신고할걸. 최철호, 너 파출소 또 끌려가고 싶냐?"

장물 처리 문제까지는 미처 생각하지 못했다. 게다가 기성이 말대로 나는 검은 오형제 사건으로 이미 파출소에 잡혀간 전과자였다. 이번에 다시 끌려가면 정말 소년원에 갈지도 몰랐다. 아니면 아버지에게 맞아 죽든지.

할 수 없이 나랑 정민이는 기성이가 한 제안을 받아들였다. 내가 크리스마스이브에 집을 빠져나오는 게 문제였지만, 이미 시나리오와 알리바이는 열 가지도 넘게 만들었다. 동네에 교회가 없다는 점이 엄마의 경계를 느슨하게 한 것도 사실이다.

나는 정민이네 모여 방학 숙제를 한다는 말도 안 되는 거짓말을 하고 신림동 한 교회의 성탄 예배에 갔다. 지난해 경험한 대로 '열매'를 얻으려면 참으로 인고의 세월이 필요했다. 기도하고, 찬송하고, 또 기도하고, 목사님 설교까지. 이윽고 마지막 순서. 새로 오신 '형제님과 자매님'들을 소개하는 시간이 됐다.

내가 가장 증오하는 자기소개. 한 사람씩 앞으로 나가 '무슨 이유로 예수님 품에 안기게 됐는지' 간단히 간증했다. 그러면 목사님은 짧은 기도에 더해 '형제들'에게 성경책과 찬송가 세트를 선물로 줬다. 새 성경책은 정말 근사했다. 새로 온 아이들은 우리 셋을 더해 열 명 정도였다.

이윽고 우리 차례가 됐다. 기성이는 예수님을 영접해 천국에 가려고 한다며 능청스럽게 말했다. 정민이는 얼굴이 빨개져서 거의 울먹이며 모르겠다고 말했다. 그러자 친절한 목사님이 그냥 넘어가 줬다. 거짓말 지어내기 천재인 나는 친구 성경책을 읽었는데 이야기가 재미있더라고 말했다. 매우 감탄한 목사님은 남들보다 더 오랫동안 내 머리를 쓰다듬은 뒤 멋진 성경책과 찬송가 세트를 선물로 줬다.

목표를 달성하고 자리에 돌아가려는 순간, 나는 이선규랑 눈이 딱 마주쳤다. 이런 낭패가. 선규가 그 자리에서 쟤들 다 '나이롱 신자'라고 말하면 모든 계획은 수포로 돌아간다. 그런데 웬일인지 선규는 힘없는 눈으로 웃기만 할 뿐이었다. 예배가 끝난 뒤 나는 선규 곁으로 갔다. 혼자 왔는지, 선규 아버지나 어머니는 보이지 않았다.

"이제부터 교회 다니기로 한 거야? 하기는 너는 싸움 잘하니까 이제 절에서 무술 배울 필요도 없겠지."

선규는 절에 다니면 무술을 가르쳐준다고 한 거짓말을 여전히 믿는 눈치였다.

"아빠랑 엄마는 어디 있어? 왜 혼자 왔어?"

"아빠는 감옥에 있다 얼마 전에 나왔어. 엄마는 집 나갔고 사람들이 그러는데 아빠가 교회 헌금을 빼돌렸대. 누가 그걸 신고했대. 아빠는 이제 교회도 안 다니고 목사도 안 할 거래. 사람이 변했어. 하나님이라면 이제 치를 떨어. 나는 교회 나오면 마음이 편해서 아빠 몰래 교회에 나와."

지금 생각하면 봉천동 산동네에서 헌금이 모이면 얼마나 모였겠으며, 그런 일로 신고까지 했으면 뭔가 내막이 있을 듯싶다. 가장 의심 가는 사람은 우리 아버지였다. 누가 뭐래도 선규네를 싫어했으니까. 어쨌든 늘 쥐어 터지기만 하던 선규가 그날은 더 불쌍해 보였다.

"나 다음달에 미국으로 이민 가. 아버지가 한국에서는 살 수가 없대. 고모가 미군이랑 결혼했는데, 초청장 보내줬어. 오늘 예배가 마지막이 될 것 같아. 이제 이 성경책도 끝이야. 미국에 가면 아버지 몰래 교회에 갈 수도 없을 테니까. 이 성경책 너 가져. 대신 나를 위해 가끔 기도해줘. 미국 아이들은 덩치가 크니까 싸움도 잘하겠지. 거기도 너네 절처럼 무술 가르쳐주는 곳이 있으면 좋을 텐데."

선규는 내게 낡은 성경책과 찬송가를 준 뒤 어깨를 공처럼 움츠린 채 교회를 빠져나갔다. 나는 사라지는 선규의 뒷모습을 바라봤다. 미국에 이민 간다는 선규가 조금도 부럽지 않았다.

기성이는 교회에서 받은 찬송가 세 권과 성경책 세 권을 청계천이라는 곳에서 판다고 했다. 함께 가고 싶었지만, 버스 타고 한 시간도 더 가야 하는 먼 곳이라는 말에 포기하고 말았다. 기성이는 선규가 준 낡은 성경책과 찬송가도 팔아버리자고 한 시간 정도 꼬드겼지만, 나는 왠지 미안한 마음이 들어 거절했다. 자기를 위해 가끔 기도해 달라던 선규의 모습이 눈에 밟혔기 때문이다. 덕분에 나는 마치 박해받던 로마 시대 기독교도처럼 책상 깊숙한 곳에 신문으로 꽁꽁 싼 선규의 성경책을 감춰둬야 했다.

다음날 개선장군처럼 우리 앞에 나타난 기성이는 약속대로 이순신 장군이 그려진 500원짜리 지폐를 손에 쥐여줬다. 지폐가 생

기다니. 나 스스로 처음 번 돈이자 내 소유가 된 첫 지폐였다. 그러나 기쁨은 채 일주일도 지나지 않아 산산조각이 났다.

새해 첫 일요일, 신림동 교회에서 나온 목사님과 전도사가 '오직' 우리 셋을 만나려고 동네에 나타났다. 정민이랑 나는 일요일 오후에 연탄재 축구를 하다 목사님 일행을 발견한 뒤 불에 덴 듯 뒷산으로 도망갔다. 성탄 예배 때 받은 쪽지에 사실대로 주소를 적은 게 잘못이었다.

1월 초순. 낮이지만 영하 10도는 됐겠다. 스웨터에 털바지, 구멍난 운동화 신고 산에서 버티기란 보통 일이 아니다. 딱 30분이 지나자 정민이가 기권을 했다.

"얼어죽겠다. 씨팔. 나는 엄마한테 별루 혼나지두 않는다구. 나 먼저 간다. 최철호."

"야, 이 의리 없는 새끼야. 올해 또 걸리면 나는 죽어. 야, 야, 김정민!"

나는 거의 울면서 정민이를 불렀지만 그놈은 매정하게 내려갔다. 그 뒤로 한 시간을 더 버티고 나도 투항하는 빨치산처럼 산을 내려왔다. 이미 날이 어두워지려 했기 때문이다.

"아주 잘한다."

새파랗게 얼어붙은 내가 집에 들어서자 엄마는 화를 냈다. 대신 때리지는 않았다.

엄마는 추위에 얼어붙은 나를 앉혀 놓고 자초지종을 캐물었다. 목사라는 사람이 찾아와서 천사 같은 철호가 교회에 나오지 않아 많이 아픈 줄 알았다고 했다는 것이다. 나는 모든 것을 포기하고 사실대로 다 말했다. 대신 선규를 만난 일, 선규가 찬송가와 성경책을 선물로 준 일은 말하지 않았다. 그랬다가는 당장 성경책을 꺼내 불태울 게 뻔했다.

나는 지폐를 빼앗기고 온갖 야단을 들은 뒤 풀려났다. 목사님 말씀처럼 그 뒤로 사흘 동안 몹시 앓았다. 덕분에 500원보다 약값이 더 많이 들었다. 〈다이하드〉 시리즈도 아닌데, 나는 왜 크리스마스만 되면 불행이 꼬리를 무는 걸까. 그래도 500원을 잃은 것보다 선규가 건네준 성경책을 지켰다는 생각에 기분이 좋았다.

# 불타는 군고구마

1980년 1월 1일. 나는 열한 살이 됐고, 드디어 '무서운 10대'의 새내기로서 인생의 첫걸음을 내딛기 시작했다. 10대라는 말은 이제 어린이가 아니라 '청소년'이라는 뜻이라고 나는 굳게 믿었다.

봉천동에서 10대 청소년으로 폼나게 살려면 '가출'이 기본이었다. 그 시절 대학생이라면 당연히 화염병 한두 번은 던져봐야 하는 것하고 비슷하다. 10대는 가출, 20대는 데모! 낭만의 시절이었다. 열한 살 새해를 맞으며, 나는 첫 장난을 가출로 시작해볼 참이었다. 그렇다고 겨울에 가출을 했다가는 비용도 많이 들고 얼어죽을지도 모른다. 가출은 늘 여름에, 바캉스 시즌하고 함께 시작됐다. 나는 그때를 대비해 가출 파트너, 가출 장소, 돈 등을 준비하기로 마음먹었다.

시골에서 저수지를 헤엄쳐 건너는 게 성인식이라면 산동네에서는 가출이 성인식인 셈이다. 일단 가출을 하면 또래 아이들보다 높은 계급을 부여받는다. 나는 내심 첫 가출의 파트너로 이 동네 최고 주먹인 광운 형을 생각했다. 그 형은 1년에 두어 번 반드시 가출을 해서 가출 경험도 풍부할 뿐 아니라 동반 가출을 성사시키면 내 계급은 급상승하게 된다. 10대 시절에는 동네에서 얼마나 높은 계급을 부여받는지가 가장 중요했다.

광운 형하고 가출을 하려면 기성이를 꼬시는 게 중요했다. 기성이는 의외로 광운 형의 심복이었다. 게다가 기성이도 아직 가출해본 적이 없으니 이번 기회에 가출계에 '데뷔'할 수 있는 좋은 기회 아닌가. 그러나 기성이는 냉담했다.

"뭐하러 가출을 하냐. 집 떠나면 고생인데."

"가출을 해야 형들한테 인정받잖아. 안 그러면 병신 취급 받는다구."

"가출할 시간 있으면 돈을 벌겠다. 이번 겨울 방학에는 군고구마 팔 거야. 너도 관심 있으면 붙어."

세상에 군고구마 장사라니. 겨울 군고구마 장사는 비행 청소년들 사이에 영업권을 놓고 종종 칼부림이 날 정도로 험한 일이었다. 우리처럼 국민학생들은 엄두도 못 내는 큰 '비즈니스'다.

"너 그걸 말이라고 하냐. 광운 형도 군고구마는 함부로 못 팔잖아. 경찰 끈이든 깡패 끈이든 하나는 있어야 하는데."

"광운 형이랑은 이미 이야기했어. 형도 이번에 한번 붙어본대.

본동 애들이 덤빌 텐데 그 정도는 막을 수 있을 거래. 놈들이 아저씨(조직폭력배)들까지 끌고 나오면 그때는 죽어라 튀어야지. 그런데 군고구마 깡통 하나 때문에 아저씨들이 나오겠냐. 쪽팔리게."

"어딘데?"

"학교 앞 새들약국에서 팔려고. 본동 애들은 건너편에서 파니까 그렇게 방해되는 것도 아니라구."

나는 '가출 자금 마련'과 '광운 형이랑 친해지기'라는 두 마리 토끼를 한꺼번에 잡을 기회를 얻었다. 손님을 끌고 혹시 본동 아이들이 쳐들어오는지 망을 보는 게 내 일이었다. 영업은 기성이랑 미진 누나가 했다. 미진 누나는 조광약국 앞 살인 사건에 등장한 여성 비행 청소년 대표다. 그러나 1980년에는 아직 고등학교 1학년이었고, 빼어난 미모 덕에 광운 형이 관심을 갖는 정도였다. 물론 이미 비행 청소년의 길을 가기로 작정한 미진 누나는 고위층 비행 청소년들하고 즐겨 어울렸다.

신정 연휴가 끝나고 우리는 마침내 군고구마 리어카를 끌고 새들약국 앞으로 나갔다. 봉천동에서 통행량도 많고 번화한 곳이다. 리어카와 군고구마 통은 '투자 여력 있는' 기성이가 준비했다. 기성이는 이걸 마련하느라 모아둔 돈의 절반 정도를 썼다. 말 그대로 사활을 건 빅 비즈니스였다. 대신 수익이 나면 기성이가 반, 광운 형 30퍼센트, 나머지는 미진 누나랑 내가 갖기로 했다.

첫 장사를 시작하는 날, 함박눈이 내리기 시작했다. 미진 누나는 개시부터 눈이 오니 돈을 많이 벌 모양이라며 호들갑을 떨었다. 미모가 빼어난 미진 누나하고 불쌍해 보이는 기성이의 환상적 조화 덕인지 첫날 장사는 아주 잘됐다. 게다가 경찰도, 본동 아이들도 보이지 않았다. 우리는 영화에 나오는 가난한 오누이들처럼 함박눈을 맞으며 시린 손을 호호 불어가면서 군고구마를 팔았다. 첫날, 나는 무려 1000원을 손에 쥘 수 있었다. 기성이는 5000원이라는 거금을 벌었다.

다음날 밤에는 눈이 오지 않았다. 대신 본동 아이들이 각목과 오토바이 체인 등으로 무장하고 새들약국 앞으로 쳐들어왔다. 광운 형을 비롯한 우리 동네 비행 청소년들은 참으로 열심히 맞짱을 떴다. 우리 편이 어려워지면 재빨리 파출소에 신고를 하는 게 내 임무였다. 다행히 본동 아이들은 만반의 준비를 하고 있던 우리 동네 비행 청소년들의 상대가 되지 못했다.

군고구마 리어카를 끌고 재빠르게 골목으로 피한 기성이는 안도의 한숨을 내쉬었다. 그러나 싸움은 시작일 뿐이었다. 다음날 두 배나 되는 본동 아이들이 몰려 내려왔고, 우리는 더는 장사를 할 수 없었다. 광운 형은 이왕 이렇게 된 김에 끝장을 보자며 본동 아이들이 장사하는 곳으로 아이들을 이끌고 쳐들어갔지만 형편 없이 두들겨 맞고 쫓겨났다.

광운 형은 그쯤에서 발을 빼고 내년을 모색하고 싶었다. 어쨌든 투자한 돈이 없으니 손해 볼 게 없었다. 그러나 기성이는 달랐다. 적어도 2주는 장사를 해야 본전을 뽑을 수 있었다. 게다가 돈 앞에서 기성이는 독하고 용감한 아이였다. 학교 뒷골목이나 본동 아이들 눈에 띄지 않는 곳으로 피해 다니며 '치고 빠지기' 영업을 했다. 번화가보다 장사는 절반밖에 안 됐지만 수익을 모두 가질 수 있으니 그게 그거라고 기성이는 말했다. 그러나 분명히 아주 위험한 일이었다.

투자금을 거의 뽑고 막 손익 분기점을 넘어서는 시점. 영림시장 뒷골목 주택가에서 혼자 장사를 하던 기성이가 드디어 본동 아이들 눈에 띄었다. 본동 아이들은 몇 번 싸움을 하면서 우리 동네 아이들에게 앙심을 품고 있었고, 혼자 장사하던 기성이는 말 그대로 복날 개 맞듯이 맞았다. 다행히 부러진 곳은 없었지만, 리어카와 군고구마 통은 박살이 났다.

기성이는 그날부터 꼬박 일주일을 폐병 걸린 아버지하고 나란히 누워 있어야 했다. 기성이 어머니는 부모가 못나 자식이 고생이라며 눈물을 찍어냈다. 기성이는 싸움해서 맞은 게 아니라 군고구마 리어카하고 함께 언덕에서 굴렀다고 거짓말을 했지만.

일주일 뒤 자리를 털고 일어난 기성이는 광운 형을 찾아갔다. 그리고 본동 아이들 중 주요 인물을 이야기해달라고 했다. 광운 형은 혼자 치면 위험하다며 함께하자고 했다. 기성이는 그럴 필요 없으니 이름만 알려달라고 고집을 피웠지만, 일주일 사이에 광운 형은 이미 몇 가지를 준비했다.

먼저 본동 아이들이 군고구마 통을 숨겨둔 장소를 알아냈다. 기성이랑 나는 남몰래 그곳에 들어가 리어카와 군고구마 통에 석유를 끼얹고 불을 질렀다. 광운 형은 놀라서 튀어나온 본동 행동대장 윤관범(18·S직업전수학교 3년)을 기성이가 당한 만큼 손을 봐줬다.

광운 형이 한 조사가 좀 부족한 게 문제였다. 윤관범의 아버지가 관악경찰서 경찰이라는 사실을 몰랐다. 본동 아이들은 윤관범이 그리 주먹이 세지 않지만 경찰인 제 아버지도 어떻게 하지 못할 정도의 꼴통이라는 점, 윤관범의 아버지가 아들이 연관된 작은 사건은 남몰래 신경을 쓴다는 점 때문에 높은 자리를 주고 있었다. 윤관범은 자기가 왜 테러를 당했는지 정확히 알았고, 아버지에게 자세히 이야기했다. 그 뒤로 나, 기성이, 광운 형에다 미진 누나까지 넷은 한겨울에 어쩔 수 없이 가출을 해야 했다. 내 첫 가출의 추억이다.

내 가출은 1주 정도 이어졌다. 우리는 비상식량으로 팔다 남은 생고구마를 한 가마니나 들고 도피 행각을 벌였다. 계획하던 가출이 이렇게 빨리 시작되자 기쁜 마음에 나는 형과 누나를 열심히 쫓아다녔다. 여름 가출은 돈을 충분히 준비해서 고생을 덜 하는데, 이번에는 겨울인데다 갑작스럽게 집을 나올 수밖에 없어서 고생이 심했다.

가출의 달인 광운 형은 있는 돈을 모두 모아 차표를 사서 경기도 어딘가로 우리를 '인도'했다. 자기가 마지막에 몰리면 가는 아지트라며 비밀을 꼭 지켜달라고 당부했다. 버스에서 내려 한 시간 정도 걸어 도착한 그곳은 방에는 불당을 모셔놓고 바깥에는 붉은 깃발이 펄럭이는 시골의 작은 무당집이었다. 광운 형이 들어가니 웬 아주머니가 매서운 눈으로 쏘아봤다.

"또 집 나왔나?"

"이분이 내 친엄마야."

광운 형이 우리를 돌아보며 말했다. 내가 꿈꾼 가출은 거리에서 난장도 까고(노숙) 구멍가게에서 빵도 훔쳐 먹는 모험이었는데, 무당집이라니. 그 집도 가난해 우리 넷이 먹을 게 없었다. 구멍가게는 어디 있는지 보이지도 않았다. 점 보러 오는 사람도 전혀 없었다. 어쨌든 사방을 둘러봐도 집이라고는 이 무당집 딱 하나뿐이었다. 게다가 광운 형 친어머니라는 분은 한마디 말도 안 하고 밥을 줄 생각도 없었다. 아주머니만 하루에 두 끼, 김치에 보리밥을 먹었다. 우리는 가져간 고구마를 아침저녁으로 두 번 먹었다. 이틀이 지난 뒤 광운 형은 어디서 얻어왔는지 무를 몇 개 가져와서 간식으로 먹었다. 생각보다 맛있었다. 밥은 없냐고 미진 누나가 물었더니 광운 형은 소리를 버럭 지르며 화를 냈다.

"돈 있으면 쌀 사와!"

고구마를 주식으로 먹으니 화장실에도 자주 가야 하는데, 화장실이 아주 멀리 떨어져 있어 밤에는 무서웠다. 화장실에서 돌아오는 길에 보이는 무당집은 더 무서웠다. 방이 두 개뿐이라서 우리는 모두 한 방에서 잤다. 미진 누나, 나, 기성이, 광운 형 순서였다. 보통 비행 청소년들의 혼성 가출이 혼음으로 이어지는 경우가 많은데, 적어도 잠자리는 매우 건전한 편이었다.

미진 누나가 가장 먼저 백기를 들었다.

"차라리 감옥에 갈래. 거기는 밥이라도 주잖아. 낮에는 배고프고 밤에는 무섭고."

그다음은 나하고 기성이였다.

"형. 우리 그냥 들어가자. 고구마 통 불냈다고 감옥이야 보내겠어요? 그 새끼들도 나 때렸으니깐 치고받은 건 피장파장이잖아요. 에이, 씨팔! 나는 뒤지게 맞고 돈도 손해 봤다는 말이에요."

"갈 테면 가. 대신 내가 어디 있는지 부는 놈은 죽을 줄 알아."

광운 형은 돌아가는 길을 가르쳐줬다. 우리가 가는 순간까지 광운 형 친어머니라는 분은 한마디도 안했고, 인사를 하는 우리에게 눈길도 주지 않았다.

버스가 나오는 길에서 나는 떨리는 손으로 공중전화에 동전을 넣고 다이얼을 돌렸다. 엄마는 전화를 받자마자 울었다.

"아버지가 치료비랑 군고구마 통 값 다 물어줬으니 빨리 와."

전화기 뒤로 그런 놈은 다시는 집에 들이지 말라고 소리치는 아버지의 목소리가 들렸다. 어쨌든 그렇게 해서 군고구마 통 방화 사건으로 큰 피해를 본 사람은 아무도 없었다. 나는 소원대로 계급이 엄청나게 뛰었다. 그 대가로 난생처음 아버지에게 뺨을 맞았다.

# 돼지 잡아 개고기 사기 프로젝트

2월에는 설날이 끼어 있다. 신정 연휴가 길었고, 차례를 지내는 진짜 설은 '빨간 날'도 아니었다. 그런데도 작은아버지들과 사촌들은 좁아터진 산동네로 그믐날 밤부터 모여들어 다음날 아침에 차례를 지내고 출근했다.

'휴일에 차례를 지내면 편할 텐데.'

어린 나도 이런 생각을 했지만, 어른들은 당연하다는 듯 빈둥거리며 텔레비전에서 틀어주는 〈바람과 함께 사라지다〉 같은 오래된 영화를 보거나 김일이 막판에 박치기로 역전하는 프로레슬링(나는 늘 왜 처음부터 박치기를 쓰지 않는지 궁금했다)에 흠뻑 빠져 보내다가 평일 새벽에 급하게 차례를 지내고 헤어졌다.

그때나 지금이나 설날의 하이라이트는 세뱃돈이다. 그러나 우리 동네에서 세뱃돈을 받는 사람은 한 명도 없었다. 설날에 세뱃돈을 받는다는 사실은 알았지만 어른들에게 돈 이야기를 했다가는 매만 돌아온다는 현실을 아이들은 몸으로 알고 있었다.

우리집도 사정은 마찬가지였다. 게다가 아버지 일곱 형제가 모두 모이면 고만고만한 아이들이 30명 가까이 되니 세뱃돈은 엄두도 내지 못했다. 작은아버지와 사촌들이 모두 돌아간 뒤, 아버지는 회사에 다니는 큰누나부터 나까지 우리 네 남매에게 세뱃돈을 주셨다. 아버지는 형제나 사촌들에게는 인색했지만 정민이나 기성이 등 내 친구들에게는 '기마이'(한턱 쏘는 일)를 가끔 썼다.

설날과 추석도 그런 날이다. 아버지는 아이들을 불러 100원씩 주셨다. 아버지에게 세뱃돈을 받으면 정민이랑 나는 다정하게 라면땅 등을 사먹었다. 기성이야 두말할 나위 없이 돼지 저금통에 넣었다.

1981년. 6학년이 되는 그해 설날에도 우리 셋은 나란히 아버지에게 세배를 드리고 100원짜리 동전을 하나씩 받았다. 집에서 나온 뒤 정민이랑 나는 말도 안 하고 가을 운동회 때 100미터 달리기 하듯 구멍가게로 뛰었다. 그때 뒤에서 기성이가 소리쳤다.

"최철호! 김정민! 멋진 거 보여줄 테니 우리집에 안 갈래?"

우리는 〈미래 소년 코난〉의 포비랑 코난처럼 급제동을 걸며 똑같이 뒤돌아봤다.

"뭔데?"

기성이는 동전을 모으던 돼지 저금통을 거의 잡을 때가 됐다고 자랑했다. 어느 집이나 빨간색 돼지 저금통이 하나씩 있었다. 게다가 나라에서 돼지 저금통에 동전을 모으라고 장려도 했다. 심지어 노래도 있었다. '땡그랑 한 푼, 땡그랑 두 푼, 벙어리저금통이 아휴 무거워.'

아직 돈이 귀한 시절이라 돼지가 꽉 차서 잡는 집은 거의 없었다. 나도 아버지가 넣은 동전을 저금통에서 꺼내는 데 선수였지만 10원짜리 동전 한 닢도 넣어본 적은 없다. 지독하게 더운 8월 어느 날 '아이차' 하나 사서 둘이 나눠 먹으려고 정민이는 망을 보게 한 다음 칼끝으로 잡힐까 말까 하는 50원짜리 동전을 꺼내는 '도둑질'은 스릴 만점이었다. 돼지 저금통 속 동전을 빼내며 나는 '인

내는 쓰지만 그 열매는 달다'는 격언을 뼛속 깊이 실감했다. 노력 끝에 맛본 아이차는 어찌 그리 달고 시원하던지.

기성이는 우리를 자기 집으로 데려가더니 장롱을 열고 서랍장 깊숙한 곳에서 뭔가를 꺼냈다. 중간 정도 되는 빨간 돼지 저금통이었다. 들어보니 묵직했다. 정민이나 나나 그렇게 무거운 돼지 저금통은 처음 만져봤다. 게다가 그 안에 꽉 찬 게 전부 돈 아닌가.

참 묘한 경험이었다. 돈이 모여 이렇게 무거울 수 있다니. 나는 기성이네 컴컴한 판잣집이 마치 〈알리바바와 40인의 도적〉에 나오는 보물 동굴 같다는 생각을 했다. 그리고 기성이는 내가 아는 사람 중 최고 부자였다. 정민이랑 나는 입이 쩍 벌어져 서로 얼굴만 마주봤다.

"야! 짱인데! 김기성, 너 언제 이렇게 많은 돈을 모았냐?"

"이거 채우느라 3년 걸렸다. 병 팔고, 폐지 모으고. 어쨌든 종이돈은 새마을금고에 넣고 동전은 다 모았어."

"새마을금고에 돈이 또 있다구? 도대체 너는 얼마나 부자냐? 이 돈으로 뭘 할 건데?"

"돼지가 꽉 차면 잡아서 아버지 개고기를 사드릴 거야. 폐병에 개고기가 좋대."

기성이는 이렇게 말하며 어른처럼 흐뭇하게 웃었다. 나보다 두 살이나 많은 기성이는 이제 수염도 나고 키도 머리 하나는 더 커서 정말 어른 같았다. 옆방에서는 폐병을 앓고 있는 기성이 아버지의 숨넘어가는 기침 소리가 계속 들렸다. 그날부터 나는 돼지 저금통의 묵직한 느낌 때문에 잠을 잘 수 없었다. 아. 정말 갖고 싶다. 그 돼지를 뜯으면 얼마나 나올까.

'아다리'가 맞는다고 해야 하나. 방학 때마다 신문을 조간과 석간, 아침저녁으로 두 번 돌리는 기성이가 나를 찾아왔다.

"아버지가 오늘 따라 기침이 심하고 많이 아픈 것 같아. 두 시간만 우리 아버지 좀 봐줄래."

아버지가 3년째 폐병으로 누워 계신 기성이는 전에도 이런 부탁을 종종 했다. 건빵 한 봉지랑 《소년중앙》을 가방에 챙겨 넣고 정민이하고 함께 기성이네 집으로 갔다. 배 깔고 누워 머리 맞댄채 만화를 보던 우리 눈에 '홈런왕' 장난감 광고가 눈에 들어왔다.

박노준과 김건우 등이 활약하며 고교 야구가 큰 인기를 끌던 때였다. 제대로 된 야구를 하는 데 필요한 글러브나 배트는 아주 비싸서 우리 동네 아이들은 신문지로 만든 글러브와 고무공으로 야구를 했다. 산 아랫동네 아이들이 멋진 장비를 갖추고 산동네에 야구하러 오면 괜히 심술이 나 싸움을 걸었다.

어쨌든 홈런왕은 발로 페달을 밟으면 통 튀어 오르는 야구공을 방망이로 치는 장난감이었다. 야구를 좋아한 나는 꼭 갖고 싶었지만, 장난감을 사달라는 말은 한 번도 해본 적이 없었다. 그런데 《소년중앙》 칼라 면에 나온 홈런왕 사진을 보자 갖고 싶어 참을 수 없었다. 가격은 2000원. 엄두가 안 나는 돈이었다. 비행기 산에서 힘차게 스윙해 담장 너머로 공을 날리는 내 모습이 눈에 보이는 듯했다. 그때 기성이의 묵직한 돼지 저금통이 생각났다. 병든 기성이 아버지는 옆방에 계시고, 우리 머리맡에는 돼지 저금통이 있다. 그리고……기성이가 돌아오려면 아직 멀었다.

"정민아, 홈런왕 정말 갖고 싶지 않냐?"

"당근 빠지지. 비행기산에서 이거로 야구하면 진짜 재미있을 텐데."

"야! 우리 기성이 저금통에서 100원짜리 스무 개만 뽀리치자?"

"사실 나두 이거 보니까 딱 그 생각 나던데. 이렇게 많은데 스무 개 정도 빠져도 티 나겠냐. 너네 아빠가 준 것도 있잖아."

기성이 아버지 병간호하러 온 우리는 순식간에 어린이 2인조 도둑으로 변했다. 나는 동굴에 숨어든 알리바바처럼 기성이네 옷장을 열고 서랍 속에서 묵직한 돼지 저금통을 꺼냈다.

정민이는 밖에서 망을 보고, 나는 동전을 하나씩 꺼냈다. 너무 초조해서 평소 실력이 나오지 않았다. 애써서 꺼낸 동전은 10원짜리가 많아 백동전은 세 번에 한번 꼴이었다. 30분쯤 '작업'을 했는데도 동전을 세어보니 1000원도 안됐다. 그때 갑자기 정민이가 소리쳤다. "기성이 엄마 오신다!"

당황한 나는 순간적으로 동전과 돼지 저금통과 칼을 책가방 안에 쓸어 넣었다. 장롱 문을 닫고 상황을 수습하자 기성이 엄마가 들어왔다. 나는 최대한 침착하게 인사를 했다. 당황한 빛이 뚜렷해 의심할 만도 했는데 그날따라 기성이 엄마는 몸이 아파서 일찍 들어왔다며 요를 깔고 누우셨다. 우리는 인사를 하고 부엌에 식칼을 몰래 놔둔 채 황급히 집을 빠져나왔다. 내 가방에는 훔친 돼지 저금통이 고스란히 들어 있었다.

그날 밤, 나랑 정민이는 전전긍긍 똥 마려운 강아지처럼 어쩔 줄을 몰랐다. 친한 친구를, 그것도 믿고 아버지 병시중까지 맡긴 친구의 돈을 훔치다니. 자려고 누워 있는데 '아버지 개고기 해드리려고 3년 동안 동전을 모았다'며 웃는 기성이의 얼굴이 격자무늬 천장 위로 떠올랐다. 돌려주고 싶은 마음은 굴뚝같은데 사실대로 말할 수도 없는 노릇이었다.

잠 못 자고 고민하던 그날 밤, 11시쯤이었다. 누가 대문을 쾅쾅 두드리며 소리쳤다. 기성이였다. '올 것이 왔구나.' 나는 이불을 뒤집어쓴 채 내 운명을 받아들이기로 했다.

"아저씨! 아저씨! 아버지 돌아가시려고 해요! 좀 도와주세요!"

대문을 박차고 들어온 기성이는 아버지에게 울먹이며 매달렸다. 아버지는 그길로 기성이네 집에 달려가 기성이 아버지를 들쳐업고 병원으로 옮겼다. 그러나 응급실에 도착하고 한 시간 정도 지나 기성이 아버지는 숨을 거뒀다. 의사는 지금까지 많이 버티신 거라며 담담하게 받아들이라고 했다.

장례식장에서 기성이는 상복을 입고 정말 서럽게 울었다.

"하루만 기다리면 개고기 사드릴 수 있었는데. 개고기 잡수시면 더 오래 사셨을 텐데. 아버지! 죄송해요!"

그렇게 통곡하는 기성이를 바라보며 나도 많이 울었다. 기성이 아버지보다 기성이가 불쌍했고, 그런 기성이 저금통을 훔친 내가 너무 미웠다.

기성이네 식구들이 병원에서 장례를 치르는 동안, 나랑 정민이는 영화 〈광복절 특사〉처럼 저금통을 돌려주려고 기성이네 집을 찾았다. 이번에도 정민이가 망을 보고 내가 기성이네 허름한 창문으로 방안에 들어가 장롱 서랍 깊숙이 돼지 저금통을 넣었다. 부억 구석에는 기성이가 모아둔 빈병들이 가득 쌓여 있었다.

아버지는 장례식장을 사흘 내내 지키고 발인까지 보신 뒤 돌아왔다. 기성이는 삼우제를 지낸 뒤 개고기를 들고 찾아왔다.

"아버지 살아계실 때 드리려 했는데 못했어요. 아버지 살아계실 때나 돌아가신 뒤에도 신경써주셔서 고맙습니다."

"쓸데없는 데 돈을 썼구나. 이제 아버지 돌아가셨으니 네가 가장이야. 정신 바짝 차리고 살아라."

아버지는 이렇게 말씀하시며 기성이 어머니 드리라고 개고기 절반을 돌려보냈다. 기성이는 우리는 상중이라 못 먹는다고 사양했지만 아버지도 막무가내였다. 그날 아버지는 개고기 수육에 소주를 두 병이나 드시며 기성이 아버지 이름을 불렀다.

"기성이는 잘살 거네."

기성이 아버지가 돌아가신 뒤 정민이는 마치 '아빠 없는 아이' 선
배라도 되는 듯 기성이에게 거들먹거렸다.

"아빠 없으면 좋은 것도 되게 많아. 집에서 큰소리치는 사람도
없고 담배 심부름 시키는 사람도 없으니까. 전에는 좋은 건 뭐든
다 아빠만 줬는데 이제는 같이 먹으니깐 그게 제일 좋지. 요즘은
'애비 없는 자식'이라고 놀리는 사람도 없어."

"그래, 넌 애비 없어서 좋겠다."

"정말 나쁠 게 없다니까. 한 달만 지나봐, 아빠 있을 때보다 훨
씬 낫다구."

기성이는 정민이를 보지도 않고 심드렁하게 대꾸했고, 정민이

는 그러거나 말거나 신나서 말했다. 기성이는 정민이를 한심하다는 듯 한 번 쳐다본 다음 일어나서 엉덩이를 털고 가버렸다.

정민이는 기성이가 아버지 돌아가신 뒤로 우리하고 놀지도 않고 말도 잘 안 하는 게 불만이었다. 기성이랑 노는 일은 산동네 골목 코흘리개들하고 차원이 달랐다. 동네 고물상 개구멍을 속속들이 알고 있는 기성이는 몰래 들어가 자전거 바퀴나 자동차 백미러 등을 훔치는 데 선수였다. 나하고 정민이도 몇 번 같이 가봤다. 자전거 체인부터 자동차 엔진까지, 어쩌면 '로보트 태권브이'도 조립할 수 있을 만큼 신기한 물건들이 많았다.

기성이가 놀아주지 않자 정민이랑 나는 너무 할 일이 없어 나란히 아랫목에 배 깔고 누워 '동화책'을 보는 지경에 이르렀다. '책 보기'는 놀다 놀다 정말 놀 게 없으면 '심심한 세상'을 원망하며 선택하는 일이었다. 우리가 책을 갖고 한 일은 교과서를 아무 데나 딱 펴서 사람 많이 나온 쪽이 이기는 놀이가 전부였다. 주로 겨울철 실내 놀이였는데, 벌칙은 사람 수 차이만큼 맞기.

한번은 눈물이 쏙 빠지도록 맞고 간 정민이가 신문에서 오린 사람 사진을 교과서에 잔뜩 붙이는 비겁한 방법으로 나를 이긴 뒤 달려들었다.

"씨팔놈아! 대!"

나는 반칙이라고 우겼지만, 정민이는 사전 룰 미팅에 오려 넣은 인물 사진은 무효라는 조항은 없었다고 맞섰다. 선생님이나 우리 엄마에게 물어보자며 진실을 밝히려 노력했지만, 전날 머리에 혹이 날 만큼 맞은 정민이는 나를 깔아뭉개고 신나게 꿀밤을

먹였다. 그 놀이도 지겨워질 때, 우리는 비로소 책을 펼쳐들고 활자들을 눈에 넣었다.

　우리집에는 엄마가 아버지의 '전우'라며 찾아온 월부 책장사에게서 산 '소년소녀 명작동화'가 있었다. 교과서만 한 크기에 빨간색 하드커버였다. 글씨가 너무 작아 한 권 읽으려면 1년은 걸릴 듯했고, 한 권에 두 장 정도 컬러 삽화가 들어 있던 책. 그걸 들여놓은 뒤 엄마가 책 좀 읽으라는 잔소리를 시작해 오히려 누가 가져다 불태워버리면 좋겠다고 생각한, 무식한 60권짜리 전집이었다. 내가 이른바 '명작'에 거부 반응을 보이기 시작한 때가 아마 그 무렵일 듯하다.

정민이는 여자 나오는 책이 좋다며 《소공녀》를 뽑았다. 나는 조그만 놈이 까졌다고 핀잔을 준 뒤 《소공자》를 골랐다. 무척 재미없었다. 지독하게 지루하고 외국 이름이라 낯선데다, 주인공이라는 놈이 잘사는 집 아이들이랑 친해지려고 알랑방귀를 뀌는 이야기라 따분하기만 했다. 고무줄이나 순정 만화 같은 여성 취향을 좋아한 정민이는 《소공녀》에 빠져들었다. 금세 그 두꺼운 책(어릴 때라 그렇게 느꼈지만 250쪽 안팎이었다)의 3분의 1을 읽은 뒤 나중에 돌려준다며 집으로 가져갔다.

다음날 정민이는 《소공녀》가 완전 자기 이야기라며 흥분했다. 소공녀는 사립학교에 다니는 귀족의 딸이 아빠가 돌아가시며 '평민'으로 전락해 고초를 겪다 나중에 아빠의 막대한 재산을 물려받으며 다시 신데렐라가 된다는 내용이었다.

"우리 아빠도 어딘가 큰 재산을 남겨뒀을지 몰라. 엄마가 나는 다리에서 주워왔다고 했으니까, 사실 나는 우리집 식구가 아니라 무슨 사연 때문에 우리 엄마가 대신 키우고 있는 거라구."

"아직도 다리 밑에서 주워왔다는 걸 믿냐? 너네 아버지가 부자였으면 너네 엄마는 왜 호떡 장사를 하겠냐?"

나는 정민이를 잔뜩 놀렸고, 며칠 뒤 정민이가 '가출'했다며 정민이 엄마가 찾아왔다. 정민이는 공책 겉장을 찢어 연필로 편지를 썼다. '진짜 부모님을 찾아가겠습니다. 키워주셔서 감사합니다.' 나랑 광운 형하고 셋이 가출해본 적은 있지만, 정민이 혼자 집을 나간 일은 처음이었다. 가출 청소년 찾는 데 도사라는 봉천동 산 42번지 아줌마들도 모두 나서 만화방과 놀이터 등을 뒤졌지만 정민이를 찾을 수 없었다.

"국민학교 6학년이나 되서 진짜 엄마 찾으러 나가는 애는 전 세계에 없을 거야."

기성이는 끌끌 혀를 차면서도 광운 형에게 연락해 '애들'을 풀어 찾아달라며 나름대로 '조치'를 취했고, 나하고 함께 우리가 자주 가던 야산과 고물상을 뒤졌다. 어디에도 흔적은 없었다.

사흘째 되는 날, 우리집으로 정민이를 보호하고 있다는 전화가 왔다. 훈이를 미국 입양시킬 때 알게 된 홀트아동복지회 사람이었다. 엄마하고 정민이 엄마가 부리나케 신촌으로 달려가 정민이를 데려왔다. 순경이 정민이를 홀트로 데려왔고, 순경은 동교동에 사는 김 모 씨 운전사에게서 정민이를 인계받았다고 했다.

순경과 동교동에 사는 모 기업 사장 운전사의 말을 종합하면 이렇다. 가출한 정민이는 버스를 타고 동교동 김 모 씨 집에 가 초인종을 누른 뒤 잃어버린 아들이 왔다고 말했다. 황당한 김 사장은 운전사를 시켜 아이를 쫓아냈는데, 정민이는 대문 밖을 맴돌며 눈치만 살피다 밤이 되자 아예 담벼락에 기대어 잠이 들었다. 아이가 얼어죽을까봐 걱정된 운전사는 정민이를 자기 방에서 재우고 아침을 먹인 뒤 집에 돌아가라고 했다. 정민이는 우리 아빠는 이 집 주인이고 나는 숨겨둔 아들이라며 고집을 피웠고, 운전사는 파출소에 신고했다. 정민이는 말을 바꿨다.

"엄마랑 아빠는 미국에 사는 큰 부자예요. 지금은 부모를 잃어버려 힘들게 살고 있지만 곧 다시 만날 거고요. 부모님을 만나야하니 저를 미국에 보내주세요."

파출소 소장은 신상에 관해 물었지만 정민이는 아무 대답도 안 하고 미국 타령만 계속했다. 파출소 소장은 고아원으로 보내야 할지 어떨지 몰라 가까이 있는 홀트 사무실을 찾았다. 그때 훈이 입양 문제 때문에 우리 동네에 몇 번 찾아온 홀트 간사가 정민이를 알아보고 우리집으로 전화를 걸었다. 제 엄마를 만난 정민이는 키워주셔서 고맙고 이 은혜는 잊지 않겠다고 말했다. 기가 막힌 엄마가 때리고 흔들어도 정민이는 헛소리를 계속했다.

정민이는 집에 돌아온 뒤 한마디도 하지 않고 일주일을 앓아누웠다. 땀을 비 오듯 흘렸고 열이 끓었다. 열이 40도가 넘어 위험할 지경이 되자 아버지가 직접 의무 중대에서 가져온 해열제를 놓고 포도당 링거도 맞혔다. 놀랍게도 정민이는 지난 사흘 동안 자기가 한 일을 전혀 기억하지 못했다.

"공갈치지 마. 쪽팔려서 그런 거 다 아니까 솔직히 말해."

나는 이렇게 말했고, 정민이 엄마는 우리 엄마를 붙잡고 애가 너무 못 먹어 정신이 없다며 통곡했다. 엄마는 애들이 클 때는 그럴 수도 있다며 철호 아버지에게 영양제를 자주 놔달라고 하자고 말했다. 정민이 엄마는 은혜는 잊지 않겠다며 몇 번이고 머리를 조아렸다.

정민이네 밥상에는 이제 적어도 계란찜 정도는 올랐다. 세상을 먹을 것과 못 먹을 것, 맛있는 것과 맛없는 것으로 나누는 정민이는 입을 함지박만큼 벌리며 좋아했다.

나는 정민이 행동이 쇼인지 진짜인지 정말 궁금했다. 자기가 한 일을 기억하지 못한다는 게 상상이 안 됐다. 그 일이 있고 석 달이 지난 뒤 정민이에게 풀빵을 사주며 매우 다정히 말했다.

"이제 다 지난 일이니 솔직히 이야기해."

정민이는 풀빵 하나를 맛있게 먹더니 대답했다.

"홀트 새끼가 나를 알아보는 바람에 산통이 다 깨졌잖아. 안 그랬으면 지금쯤 미국 부잣집에 양자로 들어가 살고 있을 텐데."

나는 속으로 생각했다. '그럼 그렇지. 미친 새끼.' 그래도 정민이의 연기는 정말 흠잡을 데 없었다. 나는 뭔가 사기를 치려면 반드시 정민이하고 함께하겠다고 다짐했다.

정민이의 그런 '정신병 증상'은 중학교에 간 뒤에도 나타났다. 대부분 '현실과 공상'을 구별하지 못하고 다른 사람처럼 바뀌는 증상이었다. 그때마다 정민이 엄마는 애가 허해졌다며 없는 살림에 보약을 해줬다.

"이제 그만할 때도 됐어. 나이가 한두 개냐!"

"이게 내 1년 치 스트레스 해소법이야."

이 말은 거짓말이었다. 정민이는 특유의 여성성 때문에 따돌림을 많이 받았다. 사실 정민이는 자기가 생각하는 성과 생물학적 성이 뒤바뀐 트랜스젠더였다. 의사가 한 사람 속에 여러 인격이 숨어 있는 '다중 인격 장애'라고 한 증상도 더 심해졌다.

정민이는 말했다.

"미국에서 성전환 수술을 받은 다음 아무도 모르게 살 거야.
너한테는 연락처 줄 테니 꼭 찾아와라."

"너 여자가 되더라도 제발 나한테 고백은 안 했으면 좋겠다."

나는 이렇게 말하며 낄낄댔다.

# 가난한 사랑 노래

"최철호, 일루 와바."

환상적으로 날씨가 좋던 1980년 3월의 어느 일요일 아침, 큰누나가 나를 불렀다. 스타킹이나 생리대 심부름 시킬 때를 빼고는 누나는 나를 부른 적이 없었다. 그게 아니면 내가 누나 물건을 건드린 게 들통나 흠씬 두들겨 맞을 일이 있다거나.

큰누나 이름은 최수경이다. 첫 딸을 낳은 뒤 아버지는 10초도 고민하지 않고 이 이름을 지었다고 한다. 뭐든 '수'만 받으라는 뜻이다. 당연히 작은누나 이름은 우경이다. '수'는 늦게 태어난 죄로 언니에게 뺏기고 평생 이인자로 물러나 살아야 할 운명이다. 다행히 미경, 양경, 가경이의 이름을 가지고 평생 살아야 할 불행한 최씨네 딸들은 더는 태어나지 않았다.

이름이 사람의 운명에 영향을 미친다는 속설은 두 누나를 보면 분명 일리 있는 말이다. 수경이 누나는 학생 때부터 줄곧 수만 받았다. 우경이 누나는 늘 있는 듯 없는 듯 묻혀 지냈고, 전문대를 졸업하자마자 안정된 직장을 가진 공무원하고 결혼해 지금도 무난하게 살고 있다.

수경이 누나는 사남매 중 맏이로 내가 열 살 코흘리개일 때부터 회사에 다니는 어른이었다. 게다가 성격이 날카롭고 히스테리로 뭉쳐 있는 여자다. 자기 물건을 건드리는 짓을 보거나 자기 마음에 맞지 않으면 온 집안을 뒤집어놓는다. 스물다섯 살에 봉천동을 떠난 큰누나가 환하게 웃는 모습을 본 기억이 없다.

누나의 히스테리컬한 성격은 아버지 탓도 있다. 최씨네 네 남매 중 큰누나만 공부에 취미가 있었는데, 아버지는 '큰딸은 살림 밑천'이라는 옛 어른들의 말을 따라 억지로 여상을 보냈다(아버지는 옛날에는 부잣집 딸들도 다들 여상 가는 게 대세였다고 변명을 했다). 나중에 주경야독하며 대학을 나오기는 했지만, 어쨌든 '여상 출신'이라는 콤플렉스도 누나의 이런 성격이 만들어지는 데 큰 몫을 한 듯하다.

어이없게도 그렇게 쌀쌀맞은 큰누나가 남자들에게는 인기가 있었다. 인정이라고는 눈곱만큼도 없는 큰누나를 좋다고 쫓아다니는 그 남자들을 속으로 미친 사람이라고 생각했지만 말이다.

누나가 나를 부르자 또 무슨 일일까 덜컥 겁부터 났다. 흰색 스커트 속으로 무릎을 세워 앉은 누나는 마당에 막 피기 시작한 개나리와 잡초들을 물끄러미 바라보며 말했다.

"요즘은 재중이가 너한테 편지 안 주나?"

이건 또 무슨 개나리가 웃을 이야기인가. 재중 형은 누나를 쫓아다니던 남자들 중 하나로, 누나가 가장 재수없다고 여기는 동네 형이었다. 누나는 재중 형이 한동네인 봉천동에 산다는 이유로 '벌레 보듯' 싫어했다.

누나는 어서 돈 벌어 봉천동을 뜨는 게 소원이다. 자기 친구들(성질이 더러우니 친구도 두세 명뿐이다)에게도 절대 봉천동에 산다는 이야기를 하지 않는다. 지하철 2호선이 막 개통된 때도 집은 봉천역이 가까운데 일부러 서울대입구역에서 내려 걸어 다닐 정도였다.

재중 형은 '개천에서 용 났다'고 할 때 그 용이다. 봉천동 산 42번지가 '배출'한 유일한 서울대학교 학생으로, 동네의 자랑이었다. 재중 형은 고등학교 때부터 큰누나에게 마음이 있어서 나한테 편지 심부름을 자주 시켰다. 많을 때는 일주일에 한 번, 뜸할 때는 한 달에 두 번, 날이 좋은 날은 분홍색 편지지, 흐린 날은 무채색 편지지, 어떤 날은 말린 꽃잎을 붙이고 때로는 말린 낙엽을 붙인, 참으로 다양한 편지들이었다.

형이 편지하고 함께 주는 노을빵(정민이랑 둘이 나눠 먹어도 배부를 정도로 양이 많다) 때문에 심부름을 하기는 했지만, 그때마다 누나는 이 따위 심부름 하지 말라며 마구 때렸다. 편지는 뜯어보지도 않고 박박 찢었다. 그런 속도 모르고 재중 형은 혹시 답장이 없느냐며 물었다. 어린 나이지만 차마 찢어버렸다는 말은 못하고 거짓말을 꾸며댔다.

"누나가 앞으로 이런 편지 하지 말래."

누나에게 맞을 때마다 다시는 편지 심부름을 하지 않겠다고 다짐했지만 노을빵의 유혹은 너무 강렬했다. 그래서 나중에는 형이 편지와 빵을 건넬 때마다 '맞고 먹을까, 먹고 맞을까'를 놓고 정민이하고 진지한 토론을 하기도 했다. 마음을 졸이며 먹으면 빵 맛도 떨어지지만 일단 맞고 나면 마음도 편하고 맞는 동안 배도 고파져 빵 맛이 더 좋다는 결론에 이르렀다. 코흘리개 국민학교 1, 2학년(그때 누나와 재중 형은 고 2, 3이었다) 때 나는 큰누나 덕분에 인생을 이야기할 자격을 얻었다. 눈물 젖은 빵을 씹으며 '내 인생은 왜 이럴까' 고민했으니 말이다.

그런 큰누나가 재중 형을 찾다니. 재중 형은 서울대 2학년이었고, 큰누나는 여상을 나와 작은 회사에서 경리로 일하고 있었다. 하늘 높은 줄 모르던 누나의 콧대도 '가방끈' 앞에서는 약해지는가. 하기는 재중 형의 버라이어티한 편지질도 대학에 입학한 뒤에는 끊겼으니 아쉬울 수도 있었다.

"재중 형 요즘 얼굴도 못 봤어. 공부하느라 바쁜가봐. 왜?"

누나는 묻는 말에는 대답도 않고 피식 웃더니 엄포를 놓았다.

"혹시 나중에 재중이 만나더라도 내가 뭔가 물어봤다는 이야기 하면 죽는다."

누나가 재중 형 소식을 물은 다음날, 나는 내 눈을 의심할 정도로 '쇼킹'한 장면을 봤다. 월요일 저녁, 나는 기성이를 꼬여내 고물상을 돌아다니며 자동차 백미러나 고장 난 모터 등을 구경하고 있었다. 엄마가 월부로 들여놓은 《과학백과사전》에서 로켓 설계도를 본 나는 모형 로켓을 만들 생각이었다.

"니가 에디슨이냐. 너네 아빠한테 박살나기 전에 집에 가."

기성이는 면박을 줬지만, 우리는 어둑해지는 7시까지 고물상을 돌아다녔다. 그러다 서울대가 있는 신림동 근처 찻집을 같이 나오는 재중 형과 누나를 봤다.

"수경이 누나가 재중 형이랑 같이 있네. 너네 누나, 뭐 잘못 먹었냐?"

나도 내 눈을 의심했다. 우리는 호기심이 생겨 두 사람의 뒤를 밟았다. 누나와 재중 형은 적당히 거리를 두고 걷다가 근처 놀이터에서 팔짱까지 낀 채 이야기를 나누다 헤어졌다.

'둘이 그동안 사귀고 있었나?'

생각해보니 누나가 요즘 많이 부드러워진 듯도 했다. 가끔 연속극을 보며 웃기도 하니까. 그렇지만 재중 형이라니. 그때 처음 나는 부모님이 왜 귀에 딱지가 앉도록 공부하라고 잔소리를 하는지 알게 됐다. '명문대 입학하니 최수경이 김재중을 사람 취급해 주는구나.'

집에 돌아온 나는 아버지를 뺀 모든 가족이 모인 자리에서 누나를 신나게 놀렸다.

"알나리깔나리, 최수경은, 누구누구랑, 어디어디에서 연애한대요, 연애한대요."

누나는 얼굴이 새파랗게 질리더니 내 입을 막고 등짝을 퍽퍽 치기 시작했다. 나는 울음을 터뜨리며 대들었다.

"왜 때려! 엄마한테 다 이를 거야!"

폭력 진압이 안 통할 상황이라는 사실을 알아차린 누나는 나를 방으로 끌고 들어갔다.

"너 그게 무슨 말이야!"

"공갈치지 마. 다 봤어. 재중 형이랑 놀이터에서……."

누나는 화들짝 놀라 내 입을 막더니 지갑에서 500원짜리 한 장을 잽싸게 꺼내주며 협박했다.

"다른 사람한테 말했다가는 아주 죽을 줄 알아!"

"생각해볼게."

한발 물러선 나를 노려보며 누나는 작은 입술을 꼭 깨물었다. 그 뒤로 엄마는 틈만 나면 누나 만나는 남자 있냐며 나를 떠봤는데, 이미 여러 번 맞은 경험이 있는 나는 절대 입을 열지 않았다. 대신 누나는 데이트한 이야기를 해줬다.

누나는 재중 형이 아주 똑똑하고 아는 게 많다고 했다. 게다가 대학을 졸업하고 학교 선생님이 되면 봉천동을 떠날 생각이라고 했다. 누나는 재중 형이랑 데이트한다는 사실을 한 번도 인정한 적이 없다. 일주일에 한 번씩 수학과 영어를 배우러 만난다고 했을 뿐이다. 누나는 새벽 4시에 일어나 학원 새벽반을 듣고 퇴근하면 단과반에서 공부한 뒤 10시쯤 집에 들어오는 바쁜 생활을 하고 있었다. 목표는 국민학교 교사였다(누가 누나에게 배울지 모르겠지만 지독히 운 없는 어린이가 분명했다).

"재중이도 나도, 졸업하고 선생님이 되면 당장 봉천동을 떠날 거야."

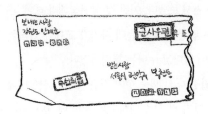

"그럼 재중 형이랑 결혼할 거야?"

깜짝 놀라 내가 묻자 누나는 내 등짝을 짝 소리가 나게 때리며 당황해했다.

"내가 언제 결혼한다고 했어!"

콧대 높고 쌀쌀맞은 누나의 첫사랑은 이름처럼 '수'를 받지 못하고 안타깝게 마무리됐다. 누나는 지독하게 공부해서 교대에 들어갔다. 재중 형은 그해 봄, 그러니까 광주 민주화 운동이 있고 얼마 뒤 경찰에 연행돼 곧장 끌려가다시피 군대에 갔다. 재중 형 어머니는 대수롭지 않게 여겼다.

"재중이는 데모를 안 했는데 친구를 잘못 사귀어서 재수없이 그렇게 됐어. 어차피 갔다 올 군대, 시절 어수선할 때 갔다 오니 오히려 잘됐지."

누나는 군대에 간 재중 형에게 꽃분홍 편지지에 만년필로 정성껏 편지를 써서 보냈다. 이런 걸 상전벽해라 해야 하나. 처음 서너 달 동안은 답장이 잘 왔는데 자기가 교대에 합격한 무렵인 겨울부터 소식이 없다고 누나는 투덜거렸다.

얼마 뒤 답장 대신 재중 형이 직접 봉천동 산동네에 나타났다. 그런데 군대 가기 전 재중 형하고는 전혀 달랐다. 어른들 말이 술 마시고 고참에게 대들다 흠씬 두들겨 맞았는데 머리를 잘못 맞은 건지 정신이 이상해졌다고 했다.

재중 형이 그런 모습으로 돌아온 뒤에도 지독한 누나는 단 한 번도 병문안을 가지 않았다. 내게도 재중 형 소식을 묻지 않았고, 내가 재중 형 이야기를 하면 눈에 핏대를 세우며 화를 냈다.

수경이 누나는 교대를 졸업하자마자 일부러 지방 근무를 신청해 봉천동을 떠났다. '봉천동의 용'은 그 뒤에도 정신이 돌아오지 않았다. 가끔 학교에서 공부하다 보면 창밖으로 파란색 추리닝 바지를 입고 산 중턱에 똥 누는 자세로 앉아 있는 재중 형을 볼 수 있었다.

누나가 지방으로 떠난 뒤, 그러니까 재중 형이 군에서 돌아온 지 4년이 지난 1985년 봄, 미안한 생각이 든 나는 재중 형을 찾아 갔다.

"재중 형, 우리 큰누나 오늘 지방으로 떠났어요. 형이 옛날에 좋아했잖아. 수경이 누나 말이야. 일주일에 한 번씩 공부도 가르쳐주고, 둘이 데이트도 하고 그랬잖아요. 몰라요?"

재중 형은 멍하게 천장만 바라봤다. 나는 재중 형 책상 서랍에 고스란히 보관된 군대 시절 편지들을 찾아냈다. 누나가 보낸 편지들도 있었다. 호기심이 생겨 하나씩 읽기 시작했다. 뜻밖의 내용도 있었다.

'80년 8월 13일. 재중아, 네 부탁대로 학교 교무과에 알아보니 네 시위 경력 때문에 교사 임용이 어렵다고 하는구나. 학생과 교수 말씀이 대기업 취업도 쉽지 않을 거라며 전문 직종으로 전공을 바꿔보는 게 어떠냐고 하시더라.'

그 뒤로는 일주일에 한 번씩 오던 편지가 한 달에 한 번 꼴로 뜸해졌다. 내용도 '언제 면회 갈까, 어떤 음식을 싸 갈까'에서 '이번 주에는 바빠서 면회를 못갈 것 같다'로 바뀌더니, 1981년 2월에 재중 형이 술 마시고 고참에게 대들다 몰매를 맞기 일주일 전 누나가 쓴 편지에는 이렇게 써 있었다. '재중아, 우리는 참 좋은 친구야. 앞으로는 편지 자주 못할 것 같아. 우리 각자의 길을 성실히 가도록 하자.'

'가난하다고 사랑을 모르겠는가.' 신경림의 시를 읽을 때마다 왠지 누나가 생각난다.

# 슈퍼 철호 1호

산동네에서는 불이 가장 무서웠다. 대부분 얼기설기 엮은 판잣집
이라 작은 불에도 삽시간에 불바다가 됐다. 골목이 좁아 소방차
가 들어서지도 못했다. 산동네 사람들은 작은 불이 나도 온 동네
사람들이 놀라운 팀워크를 발휘해 진화에 나섰다. 대신 개천 가
까이 사는 집들이 홍수가 나 물에 잠기면 우리 동네는 어른 아이
할 것 없이 변소 뒤에서 킥킥거리며 웃었다. 산동네는 가끔 산사
태나 축대가 무너지는 일만 빼면 홍수 피해는 거의 입지 않았으니
장마철에는 개천가 빈민촌에 '상대적 우월감'을 느꼈다.

'불'이 최대의 적인 우리 동네에서는 정월 대보름에 쥐불놀이
도 하지 않았다. 어른들은 다른 일은 용서해도 아이들 불장난만

큼은 매까지 때리며 호되게 야단쳤다.

4월에서 5월로 이어지는 봄철은 큰불이 자주 났다. 그즈음에는 학교에서도 불조심 표어나 불조심 포스터 등을 '공모'해 상을 주기도 했다. 부상은 공책 두 권이었다. 한 반 어린이 80여 명이 낸 표어들이 대부분 불조심 표어의 '고전'이라 할 수 있는 '너도나도 불조심, 꺼진 불도 다시 보자'를 이리저리 비튼 '패러디'였다. 천편일률 스타일이 싫던 내가 조금 튀어보려고 낸 '작품'은 '한 번보고 두 번 보고 자꾸 보자 꺼진 불'과 '불고기도 불 주사도 다 싫다 불조심이 최고'였다. 지독하게 고지식하고 경상도 사투리가 심한 6학년 담임은 80여 편의 '작품' 중 내 것만 '콕' 찍어 아이들에게 보여준 뒤 '개망신'을 줬다.

"이제 머리 쪼매 굵어졌다꼬 선생이랑 장난할라 카나?"

선생님에게 혼난 그날 오후, 봉천동 산 42번지에는 산동네가 생긴 이래 가장 큰 불이 났다. 우리집, 정민이네, 기성이네는 피해를 입지 않았지만, 한 반인 중권이네와 승기네, 생선 가게 하는 영자네, 온 가족이 봉투를 붙여 먹고사는 흥기네 등 판잣집 10여 채가 불에 탔다. 그리고 치덕 형네 집 세 살 난 남자아이가 목숨을 잃었다.

불은 산에서 먼저 시작됐다. 비행기산 아래 숲에서 시작된 불은 바람을 타고 삽시간에 동네 뒷산까지 번졌다. 남자 어른들은 재빨리 삽을 들고 산으로 올라가고 아줌마들은 통마다 물을 채워 동네에 불이 번지면 곧바로 끌 준비를 했다. 우리 아이들도 그릇마다 물을 떠놓고 '비상 체제'에 돌입했다.

처음에는 맹렬한 기세로 동네 뒤까지 번진 산불은 육군 상사 최 상사가 진두지휘 아래 동네 사람들이 일사불란하게 대처해 거의 잡은 듯했다. 그때 어디서 불씨가 날아왔는지 치덕 형네 집에서 연기가 솟더니 판자촌을 불바다로 만들기 시작했다. 산에서 넘어오는 불만 신경을 쓰고 있던 사람들은 등 뒤 동네 한복판에서 느닷없이 피어오른 불길에 당황했다. 아줌마들은 준비한 물동이를 부었지만 역부족이었고, 남자 어른들은 산에서 불 끄기를 하느라 초기 진화가 제대로 되지 않았다. 산동네는 점점 화마에 휩싸였다.

산동네 '자치소방대원'들로 불길을 잡을 방법은 없었다. 진짜 소방대원이 필요했지만 산동네에는 소방차가 들어올 수 없었다. 산 아랫동네에 소방차를 대고 소방 호스를 연결해 올라오는 방법밖에 없었다. 산동네 사람들은 그때까지 피해를 줄여가며 버텨야 했다.

치덕 형네 집을 집어삼킨 불길은 산비탈 쪽인 창수네 집과 흥기네 집으로 옮겨 붙었다. 혹시 남아 있을지도 모를 어린이나 노약자를 찾아다니던 아버지는 불길이 번지는 집을 부수고 들어가 외쳤다.

"창수야! 흥기야!"

불길이 더 커지자 아버지는 소방관들 오기 전에 동네가 몽땅 잿더미가 된다며 불길 가까운 곳에 있는 판잣집들을 부숴야 조금이라도 시간을 벌 수 있다고 소리쳤다.

막노동을 하는 철환이 아버지는 최 상사네 집 살리려고 내 집

을 부술 수는 없다며 노발대발했다. 철환이 아버지뿐 아니라 집을 부숴야 하는 숙경이네나 진수네 모두 한마디씩 했다. 그러나 아버지를 비롯한 동네 사람들은 다수를 위해 소수가 희생해야 한다는 '논리'를 앞세워 폭력으로 '철거'를 집행했다. 그때 산 아래 도착한 소방차들이 울리는 요란한 사이렌 소리가 들렸다. 소방관들이 산42번지까지 올라오려면 적어도 10분은 더 기다려야 했다.

동네 사람들은 판잣집 세 채를 순식간에 '치워'버리고 가마니에 흙을 담아 방화벽을 쌓았다. 철환이 아버지는 사십 평생에 처음 마련한 보금자리인 판잣집이 사라지는 모습을 보며 가슴을 쳤고, 숙경이와 진수는 쪼그려 앉은 채 말없이 눈물을 훔쳤다.

아버지가 예상한 대로 불길은 더 번지지 않고 주춤했다. 그 사이에 우리 꼬맹이들과 아줌마들은 꼬랑지에 불붙은 강아지처럼 정신없이 양동이를 날라 물을 부었다. 어른들은 삽을 들고 불길을 잡으려 안간힘을 썼다.

숨을 헐떡이며 도착한 첫 소방관이 긴 물줄기를 뿜어내기 시작했다. 속속 도착한 소방관들이 불길을 잡았다. 판잣집 열 채가 타고 철환이네 집 등 세 채가 부서졌다. 그게 다가 아니었다. 뒤늦게 치덕 형네 막내인 세 살 치영이가 죽은 채 발견됐다. 제법 큰 불이고 인명 피해도 났으니 경찰은 화재 원인을 조사하기 시작했다.

그 뒤 나는 내 인생 최악의 며칠을 보냈다. 그날 산불을 낸 사람이 바로 나였다. 1981년 봄. 나, 기성이, 정민이 등 봉천동 키드들은 생애 마지막 어린이날을 앞두고 열린 '교내 어린이 축제'에 멋진 발명품을 선보이려 연구 중이었다. 그때 내 관심사는 로켓이었다. 어떻게든 내 손으로 만든 로켓을 하늘로 띄우고 싶었다.

엄마가 사준 《과학백과사전》을 보니 기성이에게 로켓 몸체가 될 수 있는 자동차 배기통과 휘발유를 조금 얻으면 성공할 수 있을 듯했다. 게다가 책에는 무척 간단한 로켓 구조도도 들어 있었다. 나는 누나가 준 용돈 500원을 기성이에게 주고 배기통과 휘발유를 얻었다. 일주일에 걸친 작업 끝에 모형 로켓을 만들 수 있었다. 이름은 '슈퍼 철호 1호'였다.

불이 난 날, 나는 심혈을 기울인 슈퍼 철호 1호를 띄우려고 비행기산으로 떠났다. 생각 같아서는 친구들을 모두 불러 올라가고 싶었지만 만에 하나 실패할 때를 대비해 혼자 떠났다. 일단 로켓이 날아오르는지를 확인한 뒤 기성이에게 휘발유만 조금 더 얻어 아이들을 불러 자랑할 생각이었다.

책에 나온 대로 충분한 반작용을 받으려고 배기통 출구를 좁힌 뒤 액화 연료, 그러니까 휘발유를 채웠다. 불만 붙이면 휘발유의 폭발력으로 로켓이 멋지게 날아오를 터였다. 나는 떨리는 마음으로 심지에 불을 붙인 뒤 바위 뒤에 숨어 지켜봤다. 조금씩 타들어가던 심지가 꽁무니에 닿는 순간 '꽝' 소리가 나더니 로켓은 주둥이가 열린 풍선처럼 제멋대로 춤을 추다 절벽 아래 숲속으로 사라졌다. 다시 말하면 휘발유로 가득 찬 깡통이 숲속에 떨어졌다. 절벽 아래에서는 흰 연기가 피어올랐다. 나는 그길로 집까지 도망오고 말았다.

그런데 치덕 형 동생 치영이가 불에 타 죽었다. 나는 말 그대로 죽고 싶은 심정이었다. 치영이는 우리집에서 애니메이션《딱따구리》를 본 뒤 윌로우비 경감처럼 우산을 쓰고 뛰어내려도 사뿐히 바닥에 내릴 수 있다며 옥상에 올라가려고 해 겨우 말린 적이 있는 귀여운 남자아이다. 치영이 아빠는 고속버스 기사로 일하다 사람을 치어 죽게 한 뒤 살던 집을 팔아 합의금으로 주고 우리 동네에 들어와 공사장을 전전하고 있었다. 고속버스 안내양을 한 치영이 엄마는 키가 큰 미인이었다. 치덕 형이 열두 살 때 이혼한 치덕 형 아빠를 만나 결혼한 뒤 치영이를 낳았다. 그런 치영이가 죽었다.

수사가 시작되고 난 뒤 사흘 동안 나는 몸에 불이 붙은 채 뜨겁다고 소리치며 다가오는 치영이 꿈을 매일 꿨다. 더는 견디기가 괴로워 기성이와 정민이에게 이 사실을 털어놨다. 정민이가 내 심정을 그대로 말했다.

"어서 자수해서 광명 찾아라."

"자수는 하겠지만 치영이한테 미안해서 견딜 수가 없어."

기성이도 물었다.

"이 얘기를 다른 사람에게 한 적이 있어?"

"아니."

"지금부터 내 얘기 잘 들어. 철호 너는 로켓 이야기는 입 밖에도 꺼내지 마. 너는 이번 산불은 아무것도 모르는 거야. 그리고 자수는 생각하지도 마."

나는 무슨 영문인 줄 몰라 눈물이 그렁그렁한 채 기성이만 쳐다봤다. 그날 오후 경찰은 기성이의 손에 수갑을 채워 끌고 갔다. 나중에 알고 보니 기성이는 경찰서에 전화를 걸어 산에서 몰래 담배를 피우다 불을 냈다며 거짓 자백을 했다.

너무 놀란 나는 기성이 어머니에게 사실대로 얘기하고 내가 벌을 받겠다고 말했다.

"기성이한테 대충 얘기 들었다. 네 아버지가 기성이 아버지 살아계실 때 잘하셔서 기성이가 은혜를 갚는 거야."

순간 나는 머리가 어지러웠다.

"그럼 기성이는 어떻게 되는 건가요?"

"담뱃불 잘못 던진 죄로 감옥살이까지 하겠냐. 유치장에 며칠 있으면 나오겠지."

기성이가 경찰서에 끌려가고 일주일 뒤, 형사 두 명이 치덕 형의 손에 수갑을 채워 끌고 갔다. 대신 기성이는 풀려났다. 경찰서에서 나온 기성이는 아무렇지도 않은 듯이 웃었다.

"경찰에서 아직 어리다고 몇 대 쥐어박더니 나가라고 하더라."

나중에 기성이의 머리, 어깨, 허벅지, 정강이에 든 피멍을 본 나는 아무 말도 하지 않았다.

화재 원인은 산불이 아니라 엉뚱한 데 있었다. 아빠와 새엄마에게 매일 구박을 받던 치덕 형이 일부러 집에 불을 냈다. 경찰은 처음부터 치덕 형네 집에 난 불이 방화라고 결론짓고 수사를 시작했다. 중학교 3학년인 치덕 형이 날마다 매를 맞은 사실을 알고 수사망을 좁혔다. 어린 치영이만 감싸는 부모가 너무 싫던 치덕 형은 산불에 동네 사람들이 정신을 판 사이에 석유를 뿌린 뒤 집에 불을 질렀다고 자백했다. 어린 동생이 잠자고 있는 줄은 알았지만 날마다 때리고 구박하는 아빠와 새엄마가 너무 미워 모른 체하고 불을 지르고 나왔다고 했다.

치덕 형은 감옥에 갔고, 치영이네 식구는 성남으로 이사를 갔다. 2주 뒤, 비행기신에 놀러 간 나랑 기성이는 흰색 페인트로 '슈퍼 철호 1호'라고 쓴 자동차 배기통을 발견했다. 주변 숲에는 불에 탄 흔적이 전혀 없었다. 그 순간 기성이는 일주일 동안 형사들에게 맞은 일이 억울한지 내게 달려들었다.

"최철호! 이 개새끼!"

도망치다 붙잡힌 나는 기성이에게 싹싹 빌어 겨우 목숨을 건졌다.

"앞으로는 형이라고 할게!"

# 흔들린 우정

기성이가 하드 껍데기를 잔뜩 구해왔다. 정확히 말하면 하드 얼리는 나무 막대기인데, 우리는 그렇게 불렀다. 한 번도 쓰지 않은 새 것들이다. 기성이는 이것으로 올 여름 새로운 '빅 비즈니스'를 시작하려 준비 중이라고 했다.

하드 껍데기는 나랑 정민이도 많았지만 다 길에서 주운 것이었다. 요즘은 길에서 뭔가를 줍는 아이를 본 적이 거의 없지만, 1970년대 말이나 1980년대 초에 봉천동 아이들은 필요한 모든 것을 민둥산과 길에서 주웠다. 길바닥과 쓰레기통은 늘 보물 창고였다. 하드 껍데기, 핫도그를 먹은 다음에 나오는 나무젓가락, 빨대, 요구르트 병이 인기 품목이었다. 이것들을 모으면 모형 배를 비롯해 고무줄 총, 표창, 부메랑 등 여러 가지 장난감을 만들 수 있었다.

손재주가 좋은 정민이는 어린이날 교내 어린이 축제에 하드 껍데기 500개와 나무젓가락 100개를 붙여 만든 멋진 군함을 출품했다. 로켓 슈퍼 철호 1호를 만들려다 산불을 낼 뻔한 나와 그런 친구를 대신해 억울한 옥살이를 마다하지 않은 기성이는 평소처럼 몸으로 때웠지만 말이다.

5학년 때 담임 선생님이 천사라면 6학년 때 담임은 최악이었다. 돌이켜보면 아이들에게 못할 말도 참 많이 했다. 담임은 출품, 정확히 말해 만들기 숙제를 하지 않은 10여 명을 모아놓고 10분 넘게 잔소리를 늘어놓은 뒤 대걸레 자루를 뽑아 매타작을 했다.

"너희 어디 살아? 산동네 새끼들은 따로 가르쳐야 해. 부모들이 가정 교육을 어떻게 시키길래 이 모양이야."

담임은 기성이를 콕 찍어 악담을 퍼부었다.

"그래서 집안에 아버지가 없으면 안 돼. 벌써부터 경찰서 출입이나 하니 앞날이 뻔하다."

기성이는 얼굴이 새빨개져서 고개를 들어 담임을 한 번 쳐다봤다.

"와, 꼴나! 니 이루 나와봐라. 이기 대가리가 굵었다고 선생을 째리보나!"

담임은 교탁에 시계를 풀어놓더니 뺨을 때리기 시작해 교실 맨 뒤편의 '우리들 솜씨' 코너까지 기성이를 몰아갔다. 우리 반에서는 흔히 있는 일이지만 기성이가 당하니 기분이 더러웠다. 하굣

길에 기성이는 퉁퉁 부은 얼굴로 절뚝거리며 운동장 바닥에 침을 탁 뱉었다. 침에는 아직도 피가 배어 있었다.

그날 오후, 함께 있을 때는 두려울 게 없던 우리 삼총사의 팀워크에 처음으로 금이 가기 시작했다. 기성이랑 나는 산불 사건도 있는데다 함께 담임한테 맞은 뒤에 더욱 신뢰가 두터워졌다. 정민이는 혼자 숙제를 해가는 등 팀 분위기를 해치는 '만행'을 저지르며 서서히 고립되고 있었다.

여성스럽고 내성적인 정민이는 점점 의기소침해졌다. 계절도 여름이라 정민이가 지닌 단 하나의 무기인 호떡을 이용한 화해 작전도 쓸 수 없었다. 정민이는 내게 풀 죽은 목소리로 말하면 나는 성의 없이 대꾸했다.

"숙제해 간 게 잘못은 아니잖아."

"누가 뭐래."

정민이 앞에서는 일부러 기성이랑 친한 모습을 보여줬다. 그러나 기성이는 정민이 편을 들었다.

"정민이도 아버지가 없어서 외로운 애야. 너는 우리같이 '애비 없는 아이들' 심정을 몰라."

그해 초여름, 정민이는 지독히 외롭게 지냈다. 전봇대에서 하드 껍데기로 만든 장난감 표창을 멀리 날린 뒤 터덜터덜 표창을 주워 다시 반대편으로 날리며 놀았다. 가끔 동네 여자아이들이 고무줄을 하자면 심드렁한 표정으로 줄을 넘었다. 예전처럼 화려한 테크닉을 구경할 수 없어서 아이들은 무척 실망했다.

정민이가 소외되고 있을 때 기성이랑 나는 하드 장사를 준비

하느라 정신이 없었다. 하드 장사는 지난겨울 참담한 실패를 맛
본 군고구마 장사처럼 위험한 일이었다. 여름 한철 반짝 돈벌이
로 좋아서 노리는 사람이 많았고, 싸움이 붙으면 커졌다.

기성이가 팔려는 하드는 말하자면 '핸드메이드 하드'였다. '셔
벗' 만들어 먹기가 유행이었다. 시엠송도 기억할 수 있다. '내가 만
든 스노우 샤벳. 빨리 얼어라 스노우 샤벳. 살짝 맛볼까? 살짝 맛
볼까?' 기성이는 아이스박스에 넣은 스노우 샤벳을 관악산이나
낙성대 같은 유원지에서 팔 생각이었다. 기성이가 나 때문에 파출
소를 다녀온 뒤 형이라 부르기로 약속했지만 늘 왠지 손해 보는
느낌이 들어 말이 꼬였다.

"야. 김기성······형. 전처럼 또 고구마 통이나 날리고 손해 보면 어떡하려고······요."

"너는 잠자코 구경이나 해. 다 몫을 봐뒀으니까 전처럼 당하지는 않을 거라구. 게다가 안전하게 팔 곳도 준비해놨다니까."

기성이는 장사 천재였다. 샤베트 파는 일도 문제였지만 냉장고도 없었다. 텔레비전 광고로 나올 만큼 샤베트가 대중화됐지만 산동네에서 냉장고는 여전히 귀한 가전제품이었다. 기성이는 냉장고 문제와 판로 문제를 한꺼번에 해결하는 놀라운 능력을 발휘했다. 지난해 여름 조광약국 앞에서 살해된 재군 형 어머니를 찾아간 것이었다.

아들을 낳고 얼마 지나지 않아 남편을 사고로 잃은 재군 형 어머니는 그때 받은 보상금을 밑천으로 지독하게 돈놀이를 해서 남부순환로 근처에 건물을 사 여관을 차렸다. 남부순환로에 통행량이 늘어나면서 재군 형네 여관 '은일장'의 매출도 늘었다. 봉천동 은일장은 봉천동판 러브호텔이었다. 재군 형 어머니 과부댁 아줌마는 근처에서 가장 현찰이 많은 부자로 꼽혔다. 그런데 유일한 피붙이인 아들을 잃은 뒤 일손을 놓고 있었다.

기성이는 과부댁 아줌마를 기가 막히게 구워삶았다. 은일장을 찾아가 객실 청소와 세탁 등 온갖 궂은일을 자청했고, 전처럼 깨끗해진 여관에는 손님도 늘어나기 시작했다. 과부댁 아줌마는 마치 잃어버린 아들을 되찾은 듯 활발해졌다.

과부댁 아줌마랑 친해진 뒤 여관 냉장고를 빌려 손님들에게 하드를 파는 게 기성이가 세운 계획이었다. 기성이는 무료로 청소를 해줄 테니 장사를 할 수 있게 해달라고 부탁했다. 과부댁 아줌마는 아버지 돌아가신 뒤에 어른이 다 됐다고 칭찬하며 기꺼이 허락했다.

그 뒤로 기성이는 여관, 관악산, 낙성대에서 하드를 팔았다. 장사는 군고구마에 견줄 수 없을 정도로 잘됐다. 게다가 리어카 없이 아이스박스만 들고 다니면 돼 다른 양아치 녀석들이 나타나면 빨리 달아날 수 있었다. 그래도 사흘에 한 번은 늘 본동이나 101번지 아이들에게 걸려 몰매를 맞았다. 그럴 때마다 과부댁 아줌마는 친아들 대하듯 상처에 약을 발라주며 여관 안에서만 장사하라고 말했다. 기성이는 겉으로는 그러겠다고 대답했지만 언제나 유원지에서 하드를 팔다 매를 맞았다.

기성이랑 내가 장사에 정신이 팔려 돈을 세고 있을 때, 정민이는 학교 아이들과 동네 아이들한테 매를 맞고 있었다. 원래 여자 같아서 따돌림을 많이 당한 정민이지만 삼총사로 뭉쳐 있을 때는 아이들이 건드리지 못했다. 요즘 부쩍 혼자 노는 모습이 보이니까 괴롭히기 시작한 모양이었다.

"야, 계집애! 니 남편은 어디 가고 혼자 노냐?"

"야, 너네 엄마가 너 어릴 때 내시 만들려고 고추 뗐다며?"

6학년이 되면서 정민이는 점점 더 여성스럽게 변했고, 아이들은 점점 더 심하게 놀렸다. 언젠가 신문을 돌리고 온 기성이가 정민이를 놀리는 아이들을 쫓아버리고 오는 길이라며 말했다.

"최철호, 너는 장사하는 데 나오지 말고 정민이랑 놀아줘라."

그럴 수는 없었다. 기성이랑 노는 게 훨씬 재미있을뿐더러 일이 끝나면 꼭 내 몫의 돈까지 챙길 수 있었다. 땀 흘려 일하고 노동의 대가를 받는 재미는 무엇하고도 바꿀 수 없었다. 그래서 기성이에게 제안했다.

"나도 미안하기는 하지만 정민이 때문에 하드 장사를 그만하고 싶지는 않아. 대신 이달 25일이 정민이 생일이니까, 돈 모아서 그림물감하고 스케치북을 사주자. 그림 도구 있는 애들을 부러워하니까, 정민이도 좋아할 거야."

우리는 정민이 그림 도구 살 돈까지 벌려고 학교만 마치면 가방을 집어 던지고 은일장으로 달려가 밤새 꽁꽁 얼린 셔벗을 아이스박스에 차곡차곡 쌓았다. 기성이는 장사를 하고 나는 망을 보면서 여기저기 옮겨다녔다. 밤에는 여관에 돌아와 객실에서 팔았다. 한 개에 50원을 받았는데, 운 좋으면 200개도 넘게 팔렸다.

그렇게 20일 정도 팔자 큰돈이 남았다. 기성이는 그 돈으로 정민이 그림 도구와 과부댁 아줌마 내복을 샀고, 나머지 중 20퍼센트는 나를 주고 80퍼센트는 자기가 가졌다. 좀 억울했지만, 기성이가 셔벗도 사고 여관 청소까지 하니 토를 달 수 없는 노릇이었다.

과부댁 아줌마는 기성이를 마치 죽은 재군 형 대하듯 잘해줬다. 게다가 걸핏하면 양자로 들이고 싶다고 말했다. 소문은 조금씩 부풀려져 봉천동에 퍼졌다. 심지어 동네 아줌마들이 기성이 어머니에게 비아냥거리기도 했다.

"아들 잘 둬서 나중에 호강하겠수."

기성이가 양자로 입적하면 일가친척 하나 없는 과부댁 아줌마

재산이 모두 기성이 차지 아니냐는 말이었다. 기성이 엄마는 비아 낭거리는 아줌마들에게 화를 내기는커녕 은근히 자랑하듯 근거도 없는 소문을 흘리기도 했다.

"좀 있으면 봉천동 떠나 한강변 아파트로 이사 갈 거요."

6월 25일이었다. 느닷없이 쳐들어온 북한군처럼 나타난 경찰이 기성이에게 수갑을 채운 뒤 끌고갔다. 한 손에는 정민이에게 줄 그림 도구를 들고 한 손에는 과부댁 아줌마에게 선물할 빨간 내복을 든 채 기성이는 지난달에 이어 이달에도 수갑을 찼다.

"작년에 조광약국 앞 살인 사건 때, 네가 법정에서 위증했다는 제보가 있어."

취조하는 형사들 뒤에 숨어 기성이를 노려보는 아이는 바로 정민이였다. 정민이는 자기를 따돌리는 나랑 기성이에게 심한 배신감을 느꼈다. 기성이가 과부댁 아줌마 양자로 들어간다는 소문까지 나자 두려워졌다. 그렇게 되면 셋이 어울릴 일은 이제 다시 없을 테고, 그럼 자기는 평생 혼자 남게 되니까.

그래서 정민이는 과부댁 아줌마에게 우리끼리만 알고 있던 1년 전 비밀을 털어놨다. 사실 재군 형은 미진 누나 손끝도 건드리지 않았는데 소문을 듣고 화가 난 101번지 넘버 투 조진강이 휘두른 칼에 억울하게 맞았다는 이야기 말이다.

과부댁 아줌마는 그길로 경찰서를 찾아가 재수사를 해달라고 했다. 과부댁 아줌마는 하나밖에 없는 자식이 강간범으로 몰려 죽은 게 평생의 한이었다. 피해자면서도 늘 동네 사람들에게 떳떳하지 못했다. 그런데 아들 대신으로 생각한 기성이가 그런 소문의 중심에 있었다는 말에 큰 배신감을 느꼈다. 게다가 기성이네가 과부댁이랑 같이 봉천동을 떠나 아파트로 이사 간다는 어이없는 소문까지 듣게 됐다. 과부댁 아줌마는 새파랗게 질린 얼굴로 영문도 모르고 끌려온 기성이의 뺨을 후려쳤다. 뺨을 여러 대 맞으며 아줌마 뒤에 떨고 서 있는 정민이를 멍한 눈으로 쳐다보던 기성이는 양손에 든 빨간 내복과 미술 도구를 차례로 떨어뜨렸다.

이렇게 1년 전에 벌어진 조광약국 앞 살인 사건은 봉천동 산 42번지에 부활하고 있었다.

# "느그들 아버지 뭐하시노?"

1981년 7월. 어린이로 맞는 마지막 여름을 나, 김기성, 김정민은 참으로 힘겹게 넘어가고 있었다. 우리 셋뿐 아니라 다른 봉천동 비행 청소년들도 마찬가지였다. 그해 7월에는 여느 여름처럼 들떠서 바캉스 준비를 하는 비행 청소년들을 찾아볼 수 없었다.

정확히 1년 전 일어난 조광약국 앞 살인 사건에 연루된 청소년들은 말 그대로 오금이 저렸다. 동네 양아치부터 무시무시한 조직폭력배들까지 검거 열풍이 몰아치던 때였다. 실적에 쫓긴 경찰은 떠돌이 거지나 술 취해 길에 쓰러져 자는 아저씨들까지 삼청교육대로 몰아넣었다.

조광약국 사건은 범인이 현장에서 잡힌 만큼 더 파헤칠 거리가 없었다. 그런데 정민이가 한 이야기 때문에 상황이 바뀌었다. 경찰은 우리 동네 주먹 대장 이광운, 101번지 넘버원 김정섭, 넘버 쓰리 윤관범에다 주먹 조직하고는 아무 연관이 없는 김기성까지 조직으로 엮어서 '청소년 범죄 조직 청부 살인' 사건으로 크게 터뜨릴 생각이었다. 처음 정민이가 과부댁 아줌마에게 한 이야기는 재군 형이 미진 누나를 강간하지 않은 사실인데, 그 건은 수사 대상조차 되지 않았다. 처음에 미진 누나를 불러 조사한 뒤로는 아무 조치도 없었다.

문제가 커지자 늘 그렇듯 우리 아버지 최 상사의 목소리가 커지기 시작했다. 이번 일은 걱정할 필요 없다며 특히 큰소리를 쳤다.

"김 반장, 나 최 상사요. 거 다 지난 일 가지고 애들한테 너무 하는 거 아뇨?"

"국민학생이 한마디한 걸 갖고 다 지난 사건을 또 들쑤시나?"

"아, 애들 아니요, 애들……."

"기성이라는 놈은 홀어머니 밑에서 고생하는 애요. 폐병 걸려 죽은 지 아버지 수발도 다 하고……."

"김 반장, 곧 군대 가는 아들이 하나 있는 걸루 아는데……."

"그래요. 내일 요 앞 대폿집에서 한번 봅시다."

퇴근해 돌아오는 아버지를 기다린 적이 단 한 번도 없는 나지만, 그날은 반듯한 군복에 반짝반짝 닦은 군화를 신고 집에 돌아오시는 아버지가 무척 기다려졌다. 군대 가는 아들까지 들먹이며 김 반장을 만난 날, 잔뜩 취해 들어온 육군 상사 최 상사는 군홧발로 다짜고짜 양은 세숫대야를 깡 소리 나게 걷어찼다.

"개애 쉐리드을…… 겨엉찰 노무 쉐이들이 이 육군 최 상사를 엿을 먹여……. 이 개애에 같은 쉐이드을……."

분명 일이 꼬인 모양이다. 아버지에게 곧바로 묻지는 못했다. 어른들 일에 끼어든다고 양은 세숫대야처럼 걷어차이게 되니까. 엄마에게 들은 그날 군과 경찰 수뇌부의 대담 요지는 이렇다.

**최 상사** 기성이라는 놈은 내 부하의 아들이다. 나라를 위해 충성하다가 세상을 떠난 국가 유공자의 자식에게 이게 무슨 짓인가.

**김 반장** 탄광에서 일하다 폐병으로 죽은 게 무슨 유공자인가. 지금 나도 위에서 머릿수 채워 넘기라고 안달이다. 게다가 이번 건은 굉장히 크고, 김기성은 조직에서 연락책을 맡은 혐의가 인정된다.

**최 상사** 자식 키우는 사람이 제 욕심 때문에 젊은 애 인생 망치려 드나. 당신 군대 갈 아들, 곧 신체검사 받는 거 안다. 신경쓸 테니 기성이는 풀어줘라.

**김 반장** 웃기지 마라. 당신 전두환 쪽 끄나풀 하나도 없다는 거 다 안다. 내일모레면 전역할 노털이 무슨 끗발이 있냐. 내 아들은 이미 손을 써놨으니 신경 꺼라.

육군 상사 최 상사는 그날 관악경찰서 강력3반 김 반장에게 얻은 것 하나 없이 말 그대로 개망신을 당했다. 앞으로 일주일 안에 기성이를 꺼내오지 않으면 삼청교육대에 끌려간다고 아버지는 말했다. 삼청교육대에 끌려가면 성한 몸으로 돌아오기 어렵다고 했다.

상황은 점점 어렵게 바뀌었다. 광운 형이 죽은 재군 형에게 빌린 돈이 20만 원 정도 된다는 사실이 밝혀지며 청부 살해 동기까지 명확해졌다. 게다가 범인인 조진강은 말을 바꿔 선배들에게서 은근한 압력을 받았다고 진술을 시작했다.

수사는 완벽하게 '청소년 범죄 조직 청부 살인'이라는 시나리오로 진행됐다. 기성이는 더욱 힘들어졌다. 통장에서 광운 형보다 더 많은 30만 원 정도가 발견됐다. 기성이는 3년 동안 조간신문과 석간신문을 돌리며 돈을 모았고 이번에 하드를 팔아서 많이 벌었다고 설명했지만 소용없었다.

"쥐씨알만 한 게 별걸 다하네."

부지런히 일해 모은 돈이 결국 자기 심장을 겨누는 꼴이 됐다. 기성이에게는 불법 영업과 탈세 혐의까지 더해졌다.

정민이랑 나는 공책에 기성이가 얼마나 착한 아이인지, 아버지 간병에 얼마나 헌신했는지, 얼마나 고생하면서 집안 생계를 책임지고 있는지 구구절절 쓴 다음 서명을 부탁했다. 반 전체가 80명도 넘어 기성이를 잘 모르는 애도 있었지만 '착한 일 한다는 데 이름 석 자 적는 게 뭐 대수야' 하는 마음이었는지 대부분 서명하는 분위기였다. 그러나 서명 용지가 돌고 있다는 이야기가 담임 귀에 들어갔고, 종례 시간에 우리 둘은 교탁 앞에 불려 나갔다.

"느그들, 누구 허락 맡고 반에서 이따위 연판장 돌리노."

출석부로 머리 두 번, 빡, 빡.

"쥐씨알만 한 새끼가 간뎅이가 부었나. 느그들도 김기성이 쫓아 감옥 가고 싶나."

손으로 뒤통수 두 번, 빡, 빡.

그리고 지금도 잊히지 않는 명대사.

"느그들 아버지 뭐하시노?"

1981년, 산동네 국민학교 6학년 교실에서 담임은 열세 살 된 아이들에게 이렇게 물었다. 나는 아버지가 군인이기 때문에 혹시나 담임이 조금 기가 죽을 줄 알고 잽싸게 대답했다.

"직업 군인이요."

예상대로 담임 목소리가 조금 떨렸다.

"계급이 뭔데?"

"상사요."

"아하, 사앙사!"

담임은 가소롭다는 내 대답을 되풀이한 뒤 매타작을 시작했다. 그때까지 나는 상사 계급이 별 바로 아래인 줄 알았다. 아버지는 별자리 빼면 아무도 안 무섭고 별자리들도 당신 앞에서 눈치를 슬슬 본다고 입버릇처럼 말했다. 하사관 중 최고 계급인 상사는 사실 밥풀 하나인 소위보다 낮은 계급이었다.

"니가 지금 느이 아부지 '빽'을 믿고 이따위 짓을 하나."

담임은 머리통을 더 때렸다. 다음은 정민이 차례였다.

"아버지는 돌아가셨어요."

"바라, 바라, 아들아. 이런 짓을 하니 애비 없는 자식 소리를 듣는 기다."

정민이는 나보다 세게, 더 많이 뺨과 머리와 등을 맞고 발길질을 당했다. 담임은 그날 받은 서명 용지를 우리가 보는 앞에서 박박 찢더니 교탁에 확 뿌렸다.

"김기성이 그놈 아는 나이도 느그들보다 두 살이나 더 처먹어가 반 분위기만 배리는 놈이다. 콩밥 좀 먹고 나오면 정신 채릴 끼다. 핵교는 언감생심 무슨 핵교……."

담임이 나간 뒤 정민이랑 나는 벌겋게 부어오른 얼굴로 찢어진 종잇조각을 모두 주웠다. 그런 우리가 불쌍한지 아이들 몇 명이 나와 찢어진 종이를 함께 주웠다. 우리는 퍼즐 맞추듯 종잇조각을 맞춰 테이프로 붙였다. 두어 군데는 조각을 찾을 수 없어 구멍이 났다.

정민이는 누더기가 된 종이들을 하나로 붙여 기성이가 선물한 미술 도구로 멋진 그림을 그렸다. 환한 얼굴로 조개탄을 두 양동이나 나르는 기성이 뒤로 아이들이 웃고 있는 그림이었다. 그림 밑에는 '서장님, 기성이를 풀어주세요'라고 썼다.

"김정민, 이게 뭐냐. 기성이가 머슴이냐?"

"겨울에는 기성이가 조개탄 혼자 다 나르잖아. 김기성이 그렇게 착한 어린이라는 걸 보여줘야 경찰서장님도 감동할 거야."

내가 볼 때는 감동보다는 반 아이들이 기성이를 부려먹으며 좋아하는 모습이었다. 그래도 우리는 마치 예술 작품처럼 누더기가 된 종이 위에 그림까지 그려진 커다란 서명 용지를 들고 우리에게 유일하게 관심을 보여준 5학년 때 담임 장연주 선생님을 찾았다.

"선생님, 이거…… 경찰서장님한테 전해주세요. 우리는 애들이라 서장님이 안 만나줄 것 같아서……"

"빵꾸난 건 4분단 애들 거예요. 변은주, 김광식, 최근태랑, 또 김화숙, 이숙자요. 걔들도 분명히 서명했어요. 물어보세요."

장연주 선생님은 왼팔로 정민이를 끌어안고 오른팔로 나를 끌어안더니 한동안 펑펑 울었다. 어른이 우는 모습은 왠지 이상했다. 지금까지 우는 일은 늘 아이들 몫이었기 때문이다.

선생님이 그렇게 우니까 우리도 덩달아 따라 울었다. 왠지 서러워서 엉엉 소리 내 울었는데, 그러는 사이에도 처녀 선생님의 가슴이 내 얼굴을 짓누르자 나도 모르게 고추가 뻣뻣해졌다. 혹시 선생님에게 들킬까봐 엉거주춤 엉덩이를 빼자 자세가 영 불편했다. 교무실을 나와 정민이에게 물었다.

"선생님 왼쪽 가슴은 느낌이 어때? 자세히 이야기 좀 해주라."

"이런 짐승 같은 새끼야!"

정민이는 악을 쓰며 돌멩이를 집어던졌다.

"나도 오른쪽 가슴 이야기 해주면 되잖아!"

도망가면서 이렇게 말했지만 돌은 계속 날아왔다.

장 선생님은 우리 '작품'을 소중하게 서랍에 넣은 뒤 꼭 경찰서장에게 전하겠다고 했다. 다음날 장 선생님이 말했다.

"너무 걱정하지 마. 너희들이 기특하다며 서장님께서 기성이는 삼청교육대에 보내지 않고 풀어주기로 했어."

기성이가 삼청교육대로 넘어가기로 한 날, 경찰서에 끌려간 기성이, 광운 형, 101번지 김정섭, 윤관범 등이 모두 풀려났다. 청소년들이고 초범이라 용서해준다고 했다.

기성이는 경찰서에서 지낸 열흘 사이에 나이를 10년은 더 먹은 듯했다. 까진 입술은 피가 말라붙어 있었고 다리도 절뚝거리는 것 같았다. 기성이는 꼬박 일주일을 앓아누웠다. 기성이가 신문을 안 돌리고 앓아누운 일은 처음이었다. 잡혀간 아이들이 모두 풀려나자 봉천동 42번지 육군 최 상사는 당신이 경찰서장과 보안대에 줄을 대서 겨우 풀려났다고 목소리를 높였다. 나중에 장연주 선생님이 우리를 따로 불렀다.

"선생님이 알아보니 삼청교육대에 잡아넣는 건 올 초에 끝났다고 하더라. 게다가 청소년 청부 살인은 증거가 없어서 검찰로 넘기지도 못한다더라. 벌써 풀어줘야 할 애들을 경찰이 무슨 꿍꿍이로 열흘이나 붙들고 있었는지 모르겠다."

기성이는 자리를 털고 일어나자마자 광운 형, 미진 누나, 나, 정민이를 불러 한턱 쐈다. 평소 기성이 같으면 상상도 할 수 없는 일이었다. 확실히 기성이는 경찰서를 다녀온 뒤 바뀌었다. 나랑 정민이는 고기에 사이다를 신나게 먹었고, 기성이까지 나머지 셋은 소주를 마셨다. 나는 술 마시는 기성이를 그날 처음 봤다.

이날 셋이 마신 소주가 열 병이고, 나랑 정민이가 마신 사이다가 다섯 병이었다. 광운 형은 테이블에 엎드려 코를 골며 잠들었고, 기성이랑 미진 누나가 대작했다.

"개애 같은 겨엉찰 쉐이들. 첫날 딱 조사받을 때 김 반장 그 새끼가 대놓고 그러더라. 서 밖에서 한번 보자구. 경찰이 도둑놈을 왜 서 밖에서 따로 보냐. 통빡이 뻔하지. 개애 같은 쉐이들. 다음

날 만났는데, 자기가 이번에 진급 케이스래. 이번에 떨어지면 옷
벗어야 한다더라. 높은 사람을 접대해야 하는데, 눈 딱 감고 술 한
잔만 따라주면 된대. 높은 양반이 영계라면 사족을 못 쓴다나. 자
기가 시키는 대로 하면 나하고 늬들 다 풀어주고, 아니면 나도 구
속시킨다는 거야. 자기 옷 벗기 싫으니까 내가 대신 벗으라는 거
지. 그러더니 하는 말이 '늬들 어떻게 노는지 다 아는데, 어차피
한강에 배 지나간 자리 아니냐' 이러더라."

　기성이를 빼낸 건 최 상사가 걸핏하면 들먹이는 보안사도 아
니고, 나랑 정민이가 담임에게 뺨 맞아가며 만든 서명 용지도 아
니었다. 미진 누나의 치마였다. 그때 나는 선생님 품에 안겨 엉엉

울면서도 나도 모르게 고추를 서게 한 그 힘이 얼마나 센지 깨달았다.

묵묵히 듣고 있던 기성이는 내가 마시던 사이다 컵에 소주를 꾹 눌러 따르더니 단번에 들이켰다.

"고맙습니다. 그런데 혹시 그 이야기 광운 형도 알아요?"

"당연히 알지."

"뭐래요?"

"기성이 돈 많던데 빼준 값 받아야지 그러더라."

아무렴. 그래야 봉천동 키드지.

# 좋은 귀신, 나쁜 귀신

"내가 진짜 봤다니까. 비 오는 날이면 비옷 입은 귀신이 귀신 집 무덤을 파헤친다구. 맹관호랑 이영규랑 다 같이 봤다니까."

"귀신이 자기 무덤 파헤치는데 뭐가 문제냐."

기성이는 내 말은 들은 척도 하지 않은 채 빈병만 정리하고 있었고, 정민이는 실망한 표정이었다.

"귀신이라면 소복 입은 처녀귀신이 예쁜데, 왜 우중충하게 비옷을 입고 나와?"

봉천동에서 신림동으로 이어지는 큰길인 남부순환로에는 아이들이 '귀신 집'이라고 부르는 큰 양옥집이 있었다. 그 집에 누가 사는지, 어떻게 생겼는지 아무도 본 사람이 없었다. 주변은 온통

산인데 그 집 하나만 서양 성처럼 뾰족하게 솟아 있었고, 색깔도 거무스름한 회색이어서 음산했다. 사방을 아주 높은 담이 둘러싸고 그 위로 정원수들이 솟아 있었다. 집 주위를 둘러싼 숲조차 철조망으로 막은 뒤 '이곳은 사유지이므로 무단출입을 금함'이라는 문구를 써서 붙여놓았다.

어른들은 재벌의 노부모가 사는 별장이라고 했다. 그 집으로 들어가는 까만 고급 승용차를 봤다는 사람도 몇 있었다. 그 집을 드나드는 사람은 우편배달부 아저씨뿐인데, 아저씨도 편지함에 편지만 넣을 뿐 누가 사는지 얼굴을 본 적은 없다고 했다.

5학년 8월이었다. 친구 맹관호랑 이영규하고 함께 해골바위에 놀러갔다. 장마철이라 계곡에 물이 갑자기 불어 놀지 못하고 지름길로 쫓기듯 내려오는 길이었다. 길도 없는 숲을 구르듯 내려오다 귀신 집 뒷담 근처까지 와버렸다. 갑자기 소름이 끼치며 두려움이 밀려왔다. 영규가 내 옆구리를 툭툭 치더니 손가락으로 담 아래 뚫린 개구멍을 가리켰다.

어린아이 머리가 들어갈 수 있는 작은 구멍이었다. 그 구멍으로 귀신 집 정원이 절반 정도 보였다. 우리 셋은 개구멍으로 귀신 집을 들여다봤다. 놀랍게도 어린아이 것으로 보이는 작은 무덤이 있었고, 남자인지 여자인지 모를 웬 비옷 입은 사람이 호미로 그 무덤을 파고 있었다.

우리는 〈전설의 고향〉에 나오는 구미호를 떠올렸다. 밤마다 나가 무덤을 파헤쳐 간만 빼먹는 천년 묵은 여우 구미호. 아, 귀신 집에는 보통 귀신이 아니라 구미호가 사는구나. 나는 무서운 와

중에도 이 '진실'을 알릴 생각을 하니 은근히 기분이 좋아지기도 했다. 구미호가 무덤을 열어 간을 빼먹는 모습을 기대한 우리는 침을 꼴깍 삼키며 끝까지 지켜봤다. 그때 바보 같은 맹관호가 징징대는 게 아닌가.

"야, 나 똥 마려 죽겠어. 무서우면 똥 마렵다구."

참든지 대충 싸든지 하라며 구박했지만 관호는 휴지도 없고 무서워서 못 싸겠다며 빨리 가자고 사람을 피곤하게 했다. 영규랑 나는 동시에 눈을 부라리며 조용하라고 한 뒤 계속 구미호의 동태를 살폈다. 그때 '뿌우웅' 하는 엄청난 방귀 소리가 들렸고, 동시에 구미호가 우리 쪽으로 얼굴을 홱 돌렸다.

우리 셋은 구미호의 얼굴을 봤다. 사람 얼굴이 아니라 유령에 가까웠다. 비옷 모자 때문에 그늘이 져 정확히 보이지는 않았지만, 눈, 코, 입이 모두 뻥 뚫린 전형적인 서양 유령이었다. 혼비백산한 우리는 비에 젖은 숲을 굴러서 겨우 산을 빠져나와 차가 다니는 도로까지 내려왔다. 어기적어기적 걷는 관호는 곧 울음을 터뜨릴 듯했다.

"똥 쌌다는 말이야. 그러니까 빨리 집에 가자고 했잖아."

귀신 집 유령 이야기를 진지하게 들어준 단 한 사람은 작은아버지였다. 귀신 이야기 수집광인 작은아버지는 귀신을 직접 만난 적도 몇 번 있다고 말했다. 귀신에는 좋은 귀신, 나쁜 귀신, 별 볼 일 없는 귀신 등이 있는데, 지금까지 별 볼 일 없는 귀신만 만났다는 말도 덧붙였다.

나쁜 귀신은 말 그대로 해코지하는 귀신이고, 별 볼 일 없는 귀신은 득도 실도 없는 귀신이라고 했다. 좋은 귀신은 자기가 이승에서 이러저러한 한이 있으니 풀어달라며 뭔가 부탁을 하는 귀신이다. 이런 부탁을 들어주면 운이 풀려 큰 복을 얻고 부자가 된다고 한다. 그래서 작은아버지는 뭔가 부탁을 하는 좋은 귀신을 찾아다니고 있다고 말했다. 작은아버지는 귀신 탐험을 주식이나 부동산 투자처럼 재테크 수단이나 로또 복권으로 여긴 듯하다. 귀신 한도 풀어주고 부자도 되는 원원 비즈니스라고 우긴다면 그럴 수도 있겠다. 이야기를 들은 작은아버지는 금세 반색하며 빨리 '현장'에 가보자고 했다.

나는 오랜만에 작은아버지 자전거 뒷자리에 앉아 '수도오오우 고쳐요오우아'를 외치며 귀신 집으로 향했다. 우리는 마치 귀신 잡는 고스트 버스터즈나 된 듯 나름대로 철저히 '무장'했다. 나는 엄마의 염주를, 작은아버지는 작은어머니의 십자가 목걸이를 훔쳐 깊숙이 숨겼다.

"지형지세를 살펴보니 드라큘라 스타일 귀신이 살 것 같다. 드라큘라에는 마늘이 직빵이지."

귀신 전문가 작은아버지는 생마늘을 잔뜩 털어 넣더니 내게도 억지로 먹였다. 생마늘을 한 알 씹은 나는 차라리 귀신에게 잡아먹히고 싶은 마음이 들었다. 작은아버지는 숨만 쉬어도 마늘 냄새가 진동을 할 정도로 준비를 단단히 했다. 귀신 집 앞에 도착한 작은아버지는 일부러 더 큰 소리로 외쳤다.

"보일러 고쳐요. 수도 고쳐요."

이윽고 귀신 집 대문 앞. 작은아버지는 문을 살짝 밀었다. 의외로 문은 쉽게 열렸다. 2인조 귀신 사냥꾼은 열린 문으로 용감하게 귀신 집에 들어갔다. 정원은 개구멍으로 볼 때보다 훨씬 크고 예뻤다. 마당에는 잔디를 깔았고 작은 연못도 있었다. 우리는 살금살금 뒤뜰로 발걸음을 옮겼다. 배추나 고추 등을 심은 텃밭이 있었고, 구석에는 그 작은 무덤이 보였다. 지난번 만난 유령이 떠올라 섬뜩한 느낌이 든 바로 그때 갑자기 뒤에서 심장이 멎게 하는 목소리가 들렸다.

"거기 누구요?"

목소리의 주인공은 덩치가 무척 큰 60대 노인이었다. 노인은 우리에게 다시 물었다.

"무슨 일로 들어온 거요?"

"보일러나 수도 고칠 일 없나요?"

작은아버지는 천연덕스럽게 대답했고, 노인은 여전히 무뚝뚝한 표정이었다.

"따라오세요."

정원 수도가 고장 나 며칠째 나무에 물을 못 주고 있다고 했다. 노인은 우리에게 일을 맡긴 뒤 다시 정원으로 들어갔다.

"장마철에 따로 정원에 물을 주다니, 이상하네."

작은아버지는 귓속말로 경계를 늦추지 말라고 했다. 노인은 커다란 쟁반에 주스를 들고 나왔다. 내가 불쑥 마시려 하자 작은아버지는 눈치를 주며 말렸다. 우리가 머뭇거리자 노인이 먼저 시원하게 한 모금 마셨다.

"시원하게 한잔하세요. 독은 안 탔으니."

노인에게 속마음을 들킨 우리는 눈치를 보며 주스를 마셨다.

작은아버지가 일하는 사이 노인은 내게 어느 학교 몇 학년 몇 반이고 오늘 학교에서 뭘 배웠는지 묻고 작은아버지 일을 도와주는 착한 어린이라며 칭찬했다. 수도를 다 고치자 노인은 작은아버지에게 두 배나 되는 품삯을 주며 내일은 구들장을 손봐달라고 했다.

"귀신 집이 아니거나 좋은 귀신이 사는 집일 것 같다. 그렇지만 아직 경계를 게을리하지 마라."

다음날도 우리는 귀신 집에 찾아갔다. 노인은 점심까지 대접하며 더 친절해졌다. 내일은 화장실 변기를 고쳐달라고 했다. 또 품삯은 다른 집 두 배였다. 노인은 작은아버지에게 세상 돌아가는 이야기를 물었고, 작은아버지는 특유의 입담을 발휘해 동네 아줌마들에게 주워들은 여배우 아무개가 아프리카 '깜둥이' 대통령 아이를 낳은 이야기, 또 다른 여배우 아무개가 영부인 눈에 나 미국으로 쫓겨난 이야기를 술술 풀었다. 노인은 심지어 국민학생인 나도 소문으로 들은 철 지난 이야기를 추임새까지 넣어가며 재미있게 들었다.

노인은 갈 때마다 품삯을 두 배 줬고, 싱크대가 샌다는 둥 욕조에 물이 잘 안 빠진다는 둥 하면서 끊임없이 일을 맡겼다. 작은아버지는 귀신 잡으러 갔다가 석 달 치 벌이를 일주일에 챙기는 횡재를 했다.

어느 날 노인이 석유곤로를 마당에 꺼내놓더니 작은아버지에게 삼겹살을 구워 소주 한잔을 하자고 했다. '술 사주는 사람은 누

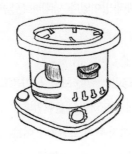

구든 좋은 사람'이라는 인간관계론을 가진 작은아버지는 마지막
경계를 풀었다. 게다가 노인은 삼겹살을 상추에 싼 뒤 생마늘을
두 쪽이나 얹어 먹는 게 아닌가. 작은아버지는 마늘 먹는 귀신은
없다며 '경계경보 해제'를 명했다.

　밤이 어둑해진 뒤에도 둘은 얼큰하게 취해 '형님'이니 '아우님'
이니 하며 술을 마셨다. 그러다 작은아버지가 화장실에 간다며
거실로 들어갔다. 조금 뒤 비명소리가 들리더니 혼비백산한 작은
아버지가 달려 나왔다.

　"거실에 유령이 있어요!"

　노인은 무슨 소리냐며 거실로 들어갔고, 작은아버지는 위험하

다며 내 손을 잡아끌고 귀신 집 밖으로 나왔다. 진정한 작은아버지가 이야기한 상황은 이렇다. 거실에 들어가 화장실 문을 열었는데 화장실이 아니라 방이었다. 당황해 문을 닫으려는데 말소리가 들렸다.

"당신이유?"

자세히 보니 웅크린 사람이 보였다. 이윽고 그 그림자가 고개를 들었는데, 얼굴이 문드러진 괴물이었다.

"너무 놀라고 술까지 취해 소원을 물어보는 걸 잊었네. 그런데 생긴 게 흉측하니 좋은 귀신은 아니었을 거야."

키가 닿지 않는 포도를 보고 투덜거리는 여우처럼 작은아버지가 말했다. 작은아버지 통신을 따라 동네에는 '귀신 집에 귀신 있다'는 소식이 삽시간에 퍼졌다. 최초 목격자인 나, 영규, 관호는 졸지에 영웅이 됐다.

귀신 집의 비밀은 두 달쯤 뒤에 밝혀졌다. 추석을 일주일 앞두고 귀신 집으로 검은색 승용차가 줄잡아 수십 대가 들어갔다. 그리고 며칠 뒤 귀신 집 노인이 검은 승용차를 타고 우리 동네에 나타나 작은아버지를 찾았다.

작은아버지는 여전히 동네 선술집에서 아줌마들에게 귀신 집에 사는 괴물과 도깨비 이야기를 하느라 열을 올리고 있었다. 노인이 나타나자 작은아버지는 마늘을 가져와라, 왼쪽 다리를 집중 공격해라 하면서 수선을 피웠다. 노인은 자기는 도깨비가 아니라며 자리에 앉았다. 흥분을 가라앉힌 작은아버지가 마주앉자 노인이 말했다.

"그날 본 건 귀신이 아니라 제 집사람입니다."

겉모습은 60대 중반처럼 보이는 노인은 사실 아들 둘과 딸 하나를 둔 일흔다섯 살 평범한 농부였다. 두 아들은 서울에서 사업을 해 큰돈을 벌었고, 딸은 의사였다. 그런데 아내가 몸이 아파 병원에 갔더니 한센병 진단을 받았다.

무엇하나 부러울 게 없던 집안에 큰 우환이 생긴 셈이었다. 자식들은 어머니를 '나병 환자촌'으로 차마 보낼 수 없었다. 의사인 딸은 어머니가 병을 얻은 뒤 한센병 연구에 몰두해 전문가가 됐다. 선입견하고 다르게 한센병은 전염되는 종류와 전염되지 않는 종류로 나뉘는데, 대부분 전염되지 않았다. 노인의 아내도 마찬가지였다.

그 뒤 부부는 한적한 곳만 찾아다니며 사회에서 격리된 채 살게 됐다. 치료는 한센병 전문가가 된 딸이 와 직접 해줬다. 알고 보니 노인의 딸은 한센병 환자들하고 동고동락하며 봉사하는 사람으로 가끔 방송에 나온 유명한 의사였다. 귀신 집에서 진돗개 '차돌이'를 친구 삼아 지내던 노인의 아내는 얼마 전 진돗개가 죽자 그나마 웃음도 잃어버리고 병세가 빠르게 나빠졌다고 한다. 그날 내가 본 귀신은 차돌이 무덤에 물이 찰까봐 호미로 물길을 내는 귀신 집 할머니였다.

노인은 20년 넘게 사람들하고 떨어져 살아 그날 작은아버지랑 내가 제 발로 찾아오자 무척 반가웠다. 일부러 멀쩡한 수도가 고장 났다고 했고, 여기저기 일부러 망가뜨린 뒤 고쳐달라는 핑계로 우리를 또 불렀다. 게다가 할머니도 오랜만에 집에서 사람 소리가 들리니 좋다고 해 우리를 더 반가워했다. 특히 뉴스나 신문으로 접할 수 없는 작은아버지의 '유비 통신'(유언비어)은 신세계였다. 우리가 발길을 끊은 뒤 귀신 집은 전처럼 다시 조용해졌고, 할머니 병세도 나빠져 얼마 전에 돌아가셨다고 했다. 며칠 전 그 집에 검은색 승용차가 몇 대 들어간 이유는 할머니 장례식이었다.

노인은 20년 간 숨어 살며 부인 병시중을 하다 이제 감옥에서 풀려났는데, 어떻게 살아야 할지 모르겠다며 한숨을 쉬었다. 그러고는 '최 선생'이 해주는 이야기가 유일한 낙이니 혹시 시간 있으면 찾아와 집수리도 해주고 세상 돌아가는 소식도 전해달라고 부탁했다. 결국 작은아버지는 꽤 괜찮은 고객하고 거래를 텄으니 귀신 집 귀신은 '좋은 귀신'인 셈이다.

엄마는 어릴 때 문둥이들이 어린아이를 잡아먹으면 병이 낫는다고 해서 아이를 잡아간다는 소문이 나 다섯 명 이상씩 모여 산을 넘었다고 말한 적이 있다. 그날 나는 노인 이야기를 하며 엄마의 잘못된 상식을 비난했다. 엄마는 내 이야기를 듣자마자 펄쩍 뛰더니 옷을 홀딱 벗기더니 커다란 통에 넣고 가루비누를 팍팍 뿌려 삶았다. 그러고는 내일 당장 병원 가서 검사받으라며 혀를 끌끌 찼다.

"늬 작은아버지는 어째 그리 철이 없다냐."

# 방기에서 온 방귀쟁이

내가 다닌 국민학교는 한 달에 평균 한 명꼴로 전학을 왔다. 대신 전학 가는 아이는 거의 없었다. 그래서 학기 초에는 70명으로 시작한 아이들이 겨울 방학쯤 되면 80명 정도로 늘어났다.

1981년, 6학년 가을에 이현주라는 아이가 전학 왔다. 전학생의 90퍼센트는 시골에서 농사짓다가 동네 판잣집에 정착한 집 아이들이었다. 바야흐로 박정희 정권의 저곡가 정책 탓에 농촌 해체가 정점으로 치닫는 때였다. 여기저기서 헐값 노동자, 곧 도시 빈민이 무럭무럭 늘어났고, 그 한복판에 봉천동 산동네가 있었다.

이현주는 이런 봉천동 스타일하고 완전히 딴판인 아이였다. 세련된 옷차림과 외모를 지니지는 않았지만 매우 특이한 아이인

점은 분명했다. 피부는 아프리카 흑인처럼 새까맣고, 빨간 머리 앤처럼 깡말랐으며, 키는 반 1등인 기성이 다음으로 커 보였다. 까맣고 작은 얼굴에 눈은 왕방울처럼 커서 얼굴의 반이나 차지했고, 다른 여자아이들하고 다르게 가슴도 제법 불룩했다. 그때는 전혀 볼품없었는데, 지금 돌이켜보면 꽤 섹시한 스타일이었다.

담임은 이현주를 '방기'에서 왔다고 소개했다. 아이들은 책상을 치고 깔깔거리며 웃었다. 당연했다. '방귀'에서 왔다고 하지 않는가. 교탁에 지구본을 올려놓은 담임이 방기를 설명했다.

"이래 무식한 것들, 웃지 말고 좀 배아라! 방기라 카는 곳은 느그들이 생각하는 기처럼 뿡뿡 방귀가 아니고, 자, 여 바라……느그들 아프리카라고 알제. 그 아프리카 중에서도 여그, 여 중앙아프리카의 서울이 방기인기라. 서울이랑은 억수로 멀다. 이현주 아부지가 여그서 외교관을 하셨다드라. 이현주, 느그 아부지 외교관 맞제?"

이현주는 큰 눈을 생글거리고 웃으면서 말은 하지 않고 고개만 끄덕거렸다. 산동네 아이들이 그랬다면 당장 뺨을 때리는 담임이 오히려 칭찬을 했다.

"오야, 오야, 외교관 딸이라 인사성도 바르구마."

어쨌든 방귀인지 방기인지에서 온 현주는 그날로 우리들의 놀림감이 됐다. 1980년대 초반 국민학교에는 왕따 같은 것은 없었다. 그러나 이번에는 달랐다. 다른 전학생들은 배달되는 소포처럼 툭 던지면 그만인데, 현주는 '취급 주의' 딱지를 다섯 개 정도 붙인 소포였다. 게다가 아이들은 외교관이 뭐하는 직업인지도 모르고 훌쩍 큰 키도 마음에 들지 않았다. 결정적으로 반 전체의 8할 이상을 차지하는데도 매일 차별당하는 산동네 아이들의 공공의 적인 담임이 이 전학생을 편애하기 시작했다. 그 사실 하나 때문에 현주와 담임은 같은 편으로 묶였다. 가위바위보나 '데덴찌'로 갈린 편하고는 확실히 달랐다.

현주를 골려먹을 거리는 많았다. 현주가 나타나면 아이들은 '얼라리 꼴라리, 방귀쟁이' 하며 놀렸다. 아프리카에서 온 약점을 잡아 약을 올리기도 했다.

"야, 아프리카 깜둥이! 거기는 식인종이 득실득실한다며? 너도 사람 먹어봤냐?"

아이들은 노력에 견줘 별다른 효과를 거두지 못했다. 한국말에 서툰 현주는 '식인종' 같은 어려운 단어를 알아듣지 못했다.

"방구쟁이, 너 식인종이지?"

"하이! ……식……, 그게 뭐야?"

"이 바보가 말도 못 알아듣고. 사람 잡아먹는 거 말이야. 사람. 쩝쩝. 오케이?"

"오우. 노우. 너, 사람 먹어? 오우. 노우. 우욱."

이러면서 현주는 도망친다. 결국 놀리는 아이만 입 아프고 땀을 뺀다. 현주의 또 다른 약점은 한글을 전혀 못 읽는다는 사실이다. 어느 날 현주를 예뻐하는 담임이 국어책을 읽을 '기회'를 줬다. 현주는 더듬거리며 말했다.

"한글……몰라요."

무안해진 담임은 현주 아빠가 외교관이라 전세계를 돌아다니기 때문에 국어책을 잘 못 읽는다며 원체 숫기가 없어 책을 잘 못 읽는 우리 동네 병진이를 대신 시켰다. 병진이는 다 기어드는 목소리로 띄엄띄엄 책을 읽기 시작했다. 담임은 기다렸다는 듯 소리쳤다.

"바라 바라. 병진이처럼 아부지가 외교관도 아닌데 한글을 몬 읽는 아이들도 있다. 이현주 너도 창피하게 생각하지 마라."

현주가 더 얄미워진 아이들은 놀림을 넘어 욕을 퍼붓기 시작했다.

"한글도 못 읽는 바보!"

"아프리카 깜둥이한테 시집이나 가라. 이년아!"

우리말은 서툴러도 현주가 분위기까지 전혀 모르는 바보는 아니었다. 아이들이 자기를 싫어한다는 사실을 너무 잘 알게 되면서 현주는 웃음을 잃어버린 우울한 아이가 돼갔다.

며칠 뒤, 얼굴이 시뻘게진 담임이 교실에 들어왔다. 담임은 평소에도 험악하지만 한번 '돌았다' 싶으면 한기가 느껴질 정도로 살벌했다. 교실 분위기는 순식간에 얼어붙었다.

"이현주, 니 잠깐 앞으로 나와라."

현주는 영문을 모른 채 주뼛거리며 앞으로 나왔다.

"느그들 중 이현주를 한 번이라도 놀린 사람 있으면 조용히 손들어라."

현주는 당황하는 기색이 뚜렷했다. 아무도 손들지 않았다.

"아무도 놀린 사람이 없다. ……그라문 왜 현주 아부지가 직접 나한테 찾아와서 현주 학교생활이 어렵다 카겠노. 외교관이 거짓말하겠나. 외교관은 나라를 대표하는 사람이다. 외국 나가문 외교관이 대통령이다 그기다. 그런 높은 사람이 거짓말하겠나. 현주가 안 놀리는데 놀렸다고 거짓말하겠나. 근데 한 놈도 놀린 사람이 없다……. 좋다. 현주 니가 한번 직접 찾아봐라. 누가 니를 놀렸나."

거의 울 듯한 표정을 한 현주는 더듬거리는 우리말로 놀린 아이들이 없다고 이야기했다. 담임은 괜찮다며 누군지 빨리 찾아내라고 다그쳤다. 현주는 기어이 자리에 주저앉아 못 알아듣는 영어로 뭐라고 떠들며 울기 시작했다.

"바라, 이 버러지 같은 것들아. 느그들이 놀리지 않았으면 현주가 와 이리 울겠노?"

담임은 한번 돌면 끝장을 봐야 제정신이 드는 사람이다. 반장에게 대걸레 자루를 뽑아오라고 시키더니 앞줄부터 나와 현주를 놀린 아이를 말하든지 몽둥이로 맞든지 선택하라고 말했다. 맨 앞에 앉은 아이가 나왔다.

"누고?"

아이는 울 듯한 표정을 지으며 머뭇거렸다.

"잡아라!"

특유의 싸늘한 목소리에 뒤이어 허벅지를 내리치는 몽둥이가 바람을 가르는 소리가 매섭게 울려 퍼졌다. 다음 아이가 나오려는 찰나 교실 뒤쪽에서 큰 소리가 들렸다.

"제가 그랬습니다."

기성이였다. 담임은 전부터 기성이를 학생이 아니라 동네 깡패로 생각하는 사람이다. 또래보다 두 살 많은 기성이는 이미 수염이 나기 시작한 청소년이었다. 담임은 기성이를 특별히 미워했다. 산동네 아이고, 아버지가 없으며, 다른 아이들보다 두 살이 많아 '대가리가 굵기 때문에' 자기를 업신여긴다고 생각했다. 담임은 꼭지가 돌았다.

"하, 이번에도 니냐? 니, 함 해보자 그기지. 앞으로 나온나."

몽둥이를 옆으로 치운 뒤 시계를 풀더니 기성이의 뺨과 정강이 등을 마구 때리기 시작했다.

"니, 내가 그리 우습나!"

현주는 소리를 지르며 교실 밖으로 뛰쳐나갔다. 담임은 매질을 멈추지 않았다. 조금 뒤 현주가 경찰을 데리고 교실에 나타난 뒤에야 광란의 매질은 끝이 났다. 현주는 마치 살인 현장을 보듯 경찰 뒤에 숨어 부들부들 떨고 있었다. 경찰은 그때까지 매질을 멈추지 않는 담임을 뜯어말렸다. 담임은 땀을 닦고 호흡을 가다듬은 뒤 태연하게 말했다.

"김 순경, 니가 여그 무신 일이고?"

"학생 신고가 들어와서……."

"대한민국 경찰이 그리 한가한가? 교실은 경찰 아니라 대통령이 와도 못 건드는 곳인데, 순경이 지금 여기서 뭐하는 기가?"

"그래도 신고가 들어오면 우리는 출동을……."

"나라꼴이 우찌 될라꼬 선생이 교육하는 신성한 교실에 경찰이 출동을 하고……."

담임은 출동한 경찰에게 오히려 화를 냈다. 처지가 궁색해진 경찰은 담임에게 거수경례를 한 뒤 돌아갔다. 현주는 눈앞에서 벌어진 일이 믿어지지 않는다는 듯 큰 눈을 껌뻑이며 서 있었다. 기성이는 매 맞아 부어오른 얼굴로 담임 앞에 고개를 숙이고 있었다.

"들어가 앉아라. 앞으로 니 내한테 한 번만 더 걸리믄 내가 핵교를 관두든 니가 핵교를 관두든 결판을 보자."

기성이는 고개를 꾸벅하고 인사한 뒤 자리로 돌아갔고, 현주도 겁에 질려 자리에 앉았다.

다음날 기성이는 왔지만 현주는 오지 않았다. 현주는 그 뒤로 계속 학교에 오지 않았다. 무단결석 일주일째 되는 날, 기성이가 찍어놓은 고물상에 놀러가려고 신나게 교문을 빠져나오는 삼총사 앞을 현주가 가로막았다.

"김기성, 나 좀 봐요."

어른이 학생에게 하는 듯한 존댓말이었다. 우리는 서로 얼굴을 마주보며 어찌해야 할지 몰랐다.

"이야기 좀 해요."

현주가 다시 한 번 말하자 기성이는 친구들이랑 함께 이야기하면 곤란하냐고 물었다. 잠시 생각하더니 현주는 우리를 제과점으로 데려갔다. 그러고는 담임이 왜 그렇게 심하게 때렸는지, 왜 아무 저항도 하지 않고 맞았는지 물었다.

"누군가 한 명이 나서서 담임한테 맞아줘야 끝나는 상황이었어. 내가 워낙 담임한테 찍힌데다가 나이도 많고 맷집도 세니까."

"한국 선생님은 그런 식으로 학생을 때려도 됩니까?"

"선생님 따라 다르지."

"나 때문에 희생해서 고맙습니다."

기성이는 '희생' 같은 말은 국어책에만 나오지 친구들끼리는 쓰지 않는다면서 쑥스럽게 웃었다. 정민이랑 나는 열심히 빵을 먹었다. 기성이는 경찰서에서 곤욕을 치른 뒤 완전히 어른처럼 변했다. 빵 값을 내려는 현주를 밀치다시피 해서 기성이가 계산을 했다.

그 뒤 현주는 여전히 학교에 안 나오면서도 수업을 마친 뒤 기성이를 거의 매일 만났다. 기성이가 나보다 두 살 많은 열다섯 살 청소년이라는 사실을 그때 처음 깨달았다. 기성이가 현주랑 첫사랑의 열병을 불태우는 동안 나랑 정민이는 매우 심심했다.

외교관인 현주 아버지는 정식으로 교육청에 담임의 교육 방침을 항의했다. 학교에 장학사들이 파견됐다. 담임이 잘릴지도 모른다는 소문이 돌았다. 반 아이들은 여전히 조용했지만 속으로는 쾌재를 불렀다. 다급해진 담임은 사과 한 상자를 둘러메고 땀을 뻘뻘 흘리며 현주네 집을 직접 찾아갔다. 그리고 현주, 외교관인 현주 아빠, 현주 엄마, 기성이가 마치 텔레비전 광고에 나오는 행복한 가족처럼 둘러앉아 과일을 먹는 모습을 봤다. 담임은 사과 상자를 내려놓고 현주 아빠에게 거의 빌다시피 사정을 했고, 현주 아빠는 당황해하며 담임을 돌려보냈다.

졸업할 때까지 담임은 기성이 손끝도 건들지 않고 한마디 말도 하지 않았다. 우울해진 기성이도 졸업할 때까지 교실에서 거의 한마디도 하지 않았다. 첫사랑 현주가 아버지를 좇아 남아메리카 어디로 날아간 때문이었다. 현주는 떠나기 전에 기성이에게 이렇게 말했다.

"한국에 또 들어올 일이 있어도 절대 학교에는 안 갈 거야."

# 사나이 되기 대작전

'장난감 기차가 칙칙 떠나간다. 과자와 사탕을 싣고서⋯⋯.'

정민이는 동네에서 유명한 고무줄 황제였다. 국민학교 2학년 때부터 동네 누나들이랑 고무줄을 하던 정민이는 사춘기인 6학년이 돼서도 한두 살 어린 여자애들이랑 어울려 고무줄을 했다. 아주 잘해서 동네 아줌마들이 밥하다 말고 뛰어나와 구경할 정도였다.

뭐, 그것까지는 좋다. 정민이는 동네 누나들을 언니라고 부르고, 말투도 계집애 같으며, 목소리나 걷는 모양까지 나이가 들면 들수록 더 여자아이처럼 변했다. 열세 살이면 조금씩 이성에도 눈 뜰 나이인데 여자처럼 노니 모두 어울리려 하지 않았다. 그래서 정민이의 고무줄 파트너는 아이들이 '미친년 아줌마'라고 부르는 생선 가게 아줌마 동생분이다. 결혼하고 얼마 뒤 집에 불이 나 애기랑 남편이 모두 죽은 뒤 정신이 나간 미친년 아줌마는 정민이만 유독 쫓아다니는 김정민 광팬이었다.

하늘이 왁스 바른 손걸레로 닦아놓은 듯 맑던 시월의 어느 날, 정민이는 미친년 아줌마랑 함께 신기에 가까운 고무줄 솜씨를 뽐내고 있었다. 그때 열 살밖에 안된 꼬맹이가 고무줄 하는 정민이를 얕잡아 보고 줄을 끊었다.

"야, 이 계집애야. 아예 고추 떼고 고무줄 해라. 남자 망신시키지 말고!"

정민이는 아무 소리 않고 다시 새 고무줄을 걸자 그 버릇없는 꼬마가 다시 줄을 끊었다. 정민이가 묵묵하게 끊어진 고무줄을 잇고 있을 때 화가 난 미친년 아줌마는 꼬맹이를 호되게 밀어붙였다. 아이는 땅바닥에 머리를 찧고 넘어진 뒤 동네 떠나가게 울음을 터뜨렸다.

몰려든 아이들이 미친년이 사람 친다며 돌멩이랑 연탄재를 집어던지기 시작했다. 정민이랑 미친년 아줌마는 얼굴을 무릎에 묻은 채 돌팔매질을 당했다. 고물상 구경을 끝내고 나오던 나랑 기성이가 마침 그 모습을 보고 아이들을 쫓아낸 뒤 두 사람을 구해냈다. 우리 둘은 삼총사 중 한 명인 정민이를 이대로 두면 사람 구실을 못한다는 결론에 이르렀다. 먼저 기성이가 입을 열었다.

"김정민. 너, 앞으로 우리랑 같이 다니고 싶으면 내 얘기 똑바로 들어!"

기성이는 '사나이 되기 대작전' 프로그램을 제시했다. 이 과정을 통과하면 앞으로 삼총사에 계속 남을 수 있고, 아니면 절교한다는 선전 포고였다. 기성이는 이번 운동회에 허들 선수로 나가 1등을 하라고 정민이에게 '명령'했다. 기성이는 주먹도 세고 나이도 많지만 우리 삼총사끼리는 친구처럼 지냈지 명령을 해본 적이 지금까지 한 번도 없다. 그런데 돌팔매 맞는 정민이를 보고 화가 단단히 난 모양이다.

"네가 매일 비실비실하고 애들한테 욕 한마디 제대로 못하니까 꼬맹이들도 우습게 보는 거 아냐. 운동회에서 1등 하면 애들이 너를 다시 보게 될 거야."

허들 경주를 꼭 집어 말한 이유도 있었다. 정민이는 고무줄은 그렇게 잘 넘지만 고무줄보다 한참 낮은 허들 앞에서는 꼼짝을 못 한다. 체육 시간에 허들 앞에서 어쩌지 못하고 서 있다 질질 울면서 들어온 적이 한두 번이 아니다. 기성이는 체육 대회와 운동회의 스타였다. 나이가 두 살이나 많은 덕에 100미터, 200미터, 400미터, 1000미터를 휩쓸어 교내에는 상대가 없었다. 학교는 운동회가 재미없어진다며 이번 운동회에 기성이를 나오지 못하게 했다.

운동을 좋아하지만 운동회에 나갈 수 없는 기성이는 정민이 코치로 나서 1등을 차지할 생각이었다. 아이들이 다시는 정민이를 '계집애'라고 놀리지 못하게 할 작정이었다. 우리 셋은 운동회를 앞두고 맹연습을 시작했다. 기성이는 일하는 고물상에서 가져온 사과 상자를 부숴 허들 다리를 만들고 정민이가 좋아하는 고

무줄을 가로대 삼아 맸다. 사과 상자 다리에 고무줄을 맨 조금 우스꽝스런 허들이었는데, 고무줄 앞에 선 정민이는 눈이 반짝반짝해지며 자신감을 보였다. 워낙에 달리기는 잘하기 때문에 허들 앞에서 겁만 안 먹으면 1등도 못할 일은 아니었다. 한 반에 80명씩 20반까지 있으니 운동회에서 1등을 하면 다들 우러러보는 스타가 됐다.

고무줄 허들 앞에서 정민이는 한 마리 물찬 제비였다. 그러자 기성이는 고무줄 대신 사과 상자를 조각을 붙여 나무로 허들을 만들었다. 고작 고무줄에서 나무로 바뀐 것뿐인데 정민이는 달리다 멈춰서 넘지를 못했다.

보는 나도 울화통이 터질 지경이었다. 기성이는 고무줄이라고 생각하고 넘으라는 말을 몇 번이나 했지만, 정민이는 희한하게 허들 앞에만 가면 멈췄다. 지성이면 감천이라고 했던가. 몇 번 훈련한 끝에 마침내 사과 상자 허들을 고무줄 허들처럼 넘을 수 있게 됐다. 나중에 기성이는 손수 모래주머니까지 만들어 정민이 발목에 채운 뒤 허들을 넘게 하는 맹훈련을 시켰고, 정민이는 기성이랑 같이 뛰어도 별로 뒤지지 않을 정도로 실력이 늘었다.

드디어 우리 반 예선전. 기성이는 아이들에게 정민이가 1등을 한다고 잔뜩 자랑했다. 아이들은 코웃음을 치며 믿지 않았다. 정민이가 평소 실력만 발휘하면 반 1등 정도는 문제없었다. 마침내 출발선에 선 정민이. 멀리 사과 상자 허들이 아니라 흰색 가로 막대가 걸린 정식 허들이 보였다. 출발 신호가 울리자 정민이가 가장 먼저 달려 나갔다. 마침내 첫째 장애물. 아뿔싸. 정민이는 넘지 못하고 멈춰서는 게 아닌가. 기성이랑 나는 사과 상자라고 생각하라며 몇 번을 소리쳤지만 결국 정민이는 첫 장애물도 넘지 못하고 질질 울면서 돌아왔다. 아이들은 그것 보라며 정민이를 놀려댔다.

"사과 상자라고 생각해도 흰색 막대만 보면 가슴이 턱 막혀."

정민이가 잔뜩 풀이 죽어 말했지만 기성이도 화가 잔뜩 났다. 기성이는 정민이 손을 덥석 잡더니 한숨을 푹 쉬었다.

"정민아, 평생 놀림감으로 살 수는 없잖니."

그러고는 새로운 제안을 했다. 얼마 전 개천 아랫동네 애들이 기성이가 일하는 고물상에 몰래 찾아와 빈병을 훔쳐간 일이 있다. 자기들은 아니라고 오리발을 내밀지만 기성이는 놈들 짓이 분명하다며 얼마 전부터 한번 손을 봐준다고 벼르고 있었다.

"이번 주 일요일 저녁 비행기산이다. 거기서 개천 아랫동네 애들이랑 한 판 뜨기루 했어. 그때 너도 나오는 거야. 최철호, 너는 애들한테 패싸움 있다고 소문을 내. 김정민, 너는 뒤에 빠져 있다가 내가 한 놈 잡아서 박살을 낼 테니까 나중에 애들 보는 앞에서 '야, 이 개새끼야!' 하고 욕한 다음에 한 대만 제대로 쳐. 그럼 애들이 너를 쉽게 안 볼 거야."

기성이는 틈만 나면 정민이에게 욕하는 법과 주먹 쓰는 법을 훈련시켰다.

"따라해. 야, 이 개새끼야!"

"야, 이 개새끼야!"

"더 크게! 야, 이 개새끼야!"

"야, 이 개새끼야!"

지나가다 들으면 마치 둘이 싸우는 듯했다. 어쨌든 정민이는 욕도 씩씩하게 하고 주먹도 제법 휘두를 수 있게 됐다. 마침내 일요일 오후. 약속대로 개천 아랫동네 애들이 올라왔고, 기성이는 오랜만에 실력을 발휘하며 다섯 명이나 되는 아이들을 떡으로 만들었다. 나머지 아이들은 모두 도망가고 대장 한 놈만 잡혔다. 기성이는 다시는 빈병을 훔치지 않겠다는 대답을 들은 뒤 이렇게 말했다.

"좋아. 그럼 우리 쑥고개파 대장한테 딱 한 대만 맞고 끝내자."

기성이는 일부러 정민이를 대장이라고 치켜세웠다. 정민이는 마치 감춰진 암흑가 두목처럼 걸어 나왔다. 구경 나온 아이들도 정민이를 다시 보는 모습이 보였다. 그때까지는 기성이가 짠 계획이 나름대로 먹히는 듯했다. 정민이는 연습한 대로 소리쳤다.

"야, 이 개새끼야!"

이게 웬일. 연습할 때랑 다르게 실전에서는 정민이의 계집애 같은 목소리가 심각한 분위기를 한마디로 '홀딱 깨게' 했다. 구경 꾼 중 한 명이 숨죽이고 킥킥대자 웃음은 바이러스처럼 퍼져 구경 나온 아이들이 모두 배를 잡고 웃었다. 나중에는 맞으려고 무릎 꿇은 개천 아랫동네 대장까지 웃었다. 정민이는 얼굴만 빨개져서 계집애처럼 산을 뛰어 내려갔다.

그 일이 있은 뒤 정민이는 고무줄도 하지 않고 전보다 더 우울한 아이가 됐다. 약속대로 절교하지는 않았지만 우리 삼총사의 분위기는 최악이었다. 어느 날 우리는 아무 말 없이 골목에 널브러진 깡통을 차며 기성이가 일하는 고물상으로 가고 있었다. 동네 한쪽에서 시커먼 연기가 솟아올랐다. 불이 난 모양이었다.

"불이야!"

우리는 힘껏 소리치며 연기가 솟는 곳으로 달려갔다. 생선 가게 아저씨네 집이었는데, 불길에 휩싸여 정말 미친년처럼 실실 웃고 있는 미친년 아줌마가 보였다. 우리 셋은 어쩔 줄 몰랐다. 저러다 타 죽을 듯한데 구하러 들어가기에는 불길이 너무 사나웠다. 그때 정민이가 어른 허리 정도까지 올라오는 불길을 허들 넘듯 홀쩍 뛰어넘어 미친년 아줌마에게 달려들었다. 아줌마는 여전히 자기 죽을지도 모르고 뭣에 홀린 듯 비실비실 웃고 있었다. 정민이는 미친년 아줌마의 얼굴을 세게 후려치며 소리쳤다.

"야, 이 미친년아!"

그제야 미친년 아줌마는 울음을 터뜨렸고, 그사이 동네 아저씨들이 도착해 불을 겨우 끈 뒤 아줌마를 구했다. 미친년 아줌마는 남편과 아이를 불에 잃은 뒤 불만 보면 비실비실 웃거나 사나워지는 등 증세가 더 심해진다고 한다. 여하튼 아줌마는 정민이 덕분에 목숨을 구한 셈이다.

정민이가 미친년 아줌마를 구한 소식은 불길처럼 온 동네에 퍼졌다. 그해 가을 정민이는 잠시 '계집애'라는 놀림에서 벗어날 수 있었다. 그렇지만 정민이는 여전히 정민이였고, 여자 같은 모습은 여전했으며, 찬바람이 조금 심해지면서 다시 계집애 별명을 달고 살아야 했다. 기성이는 이제 정민이 남자 만들기 훈련을 하지 않았다.

"정민이 남자 만들기 대작전은 포기했어?"

"정민이는 어떤 남자보다 더 용감해."

돌아보면 분명한 사실이지만 사람들은 한 사람의 진심을 잘 알지 못해 정민이의 인생은 늘 힘겨웠다.

# 봉천동 피아노집 잉글리시 페이션트

변두리 동네에서는 사람이 아니라 집마다 별명이 붙었다. 우리집은 최 상사네, 동네에서 유일하게 서울대에 들어간 재중 형네는 '서울대집'으로 불렸다. 가장 특이한 별명을 가진 집은 '피아노집'이다. 피아노집은 말 그대로 피아노가 있는 집이었다. 지난가을 시커멓고 커다란 피아노를 트럭에 싣고 위풍당당하게 산동네로 '입성'했다. 산동네 아이들은 모두 눈이 휘둥그레져서 소독차 따라가듯 피아노 실은 트럭을 쫓아갔다.

피아노집은 우리 바로 옆집으로 이사 왔다. 방 한가운데 피아노가 덩그러니 놓여 있어 마치 피아노를 모시고 사는 꼴이었다. 다들 산동네 좁아터진 집에 무슨 피아노냐고 궁금해했는데 곧 이유가 밝혀졌다. 피아노집에는 30대 중반 부부, 열 살하고 여덟 살 난 딸이 둘, 병든 시아버지까지 다섯 식구가 살았다. 이 가족의 유일한 밥벌이는 피아노 아줌마가 하는 피아노 레슨. 산동네 꼭대기에 앉을 자리도 없는 좁아터진 집까지 피아노를 배우러 올까 싶었지만, 놀랍게도 산 아랫동네에서 올라오는 아이들이 줄을 이었다.

'피아노 아줌마'는 품성이 선한데다 피아노를 정말 좋아하고 가르치는 일에 열심이었다. 산 아랫동네 살 때부터 학부모들에게 인정을 받아 '피아노 아줌마 마니아'가 있었다. 아줌마들은 피아노집 아줌마의 딱한 사정을 알고 일부러 아이들을 보내기도 했다.

피아노집은 동대문에서 포목점을 크게 하는 부잣집이었다. 5년 전만 해도 마포구 동교동에 있는 잔디 깔린 2층 양옥집에서 살았다. 사업은 대부분 시어머니가 했고, 시아버지는 낚시질이나 다니며 말 그대로 '인생을 즐기는' 한량 백수. 아들은 그때 돈으로 1000만 원 정도 되는 수입 전축으로 클래식 음악을 즐기는 예술인. 쫄딱 망한 지금도 좁아터진 방에 음반을 쌓아놓고 살 정도다.

음악에 조예가 깊던 아들은 피아노를 전공한 피아노 아줌마를 만나 결혼했다. 그런데 승승장구하던 사업이 삐걱거리더니 사람 좋은 아버지가 친구에게 빚보증을 선 뒤 큰돈을 잃었다. 충격을 받은 '집안의 기둥' 어머니가 앓아눕자 가세는 빠르게 기울기 시작했다. 포목점은 세상 물정 모르는 아버지가 섣불리 손댔다 모두 들어먹었고, 아들은 아들대로 음반 가게를 크게 냈다가 쫄딱 망했다. 5년 새에 3억 가까이 하던 재산은 순식간에 사라지고, 급기야 봉천동 산동네까지 흘러들게 됐다.

부잣집 며느리로 호강하던 피아노 아줌마는 힘든 내색 하나 없이 피아노 레슨을 해 두 딸과 철없는 두 남자를 부양하고 병든 시어머니를 극진히 보살폈다. 여자 혼자 피아노 레슨을 해봐야 시어머니 약값 대기도 힘겨웠는데, 결국 시어머니가 돌아가시고 뒤를 이어 시아버지마저 중풍으로 쓰러진 뒤 살기는 더욱 어려워졌다. 집안 사정이 이런데도 남편은 '디그리'(수준)가 안 맞는다며 동네 사람들을 노골적으로 무시한 채 여전히 고고한 음악 마니아로 낡은 전축을 끼고 살았다. 동네 사람들은 모두 피아노집 아저씨를 욕하고 피아노 아줌마를 불쌍하게 여겼다.

피아노집이 이사 오자 가장 신난 사람은 정민이었다. 피아노 배우기는 정민이의 평생소원 중 하나였지만, 봉천동 산동네에서는 '비행기 타기'랑 비슷한 허무맹랑한 꿈일 뿐이었다. 그런데 피아노집이 이사 오면서 정민이의 꿈이 이루어졌다. 정민이는 사람 좋은 피아노집 아줌마에게 열심히 알랑방귀를 뀌어가며 거의 피아노집에 살다시피 했다. 아줌마가 아이들을 가르치는 동안 환상적인 고무줄 테크닉을 전수하며 열 살, 여덟 살짜리 두 딸을 돌봤다. 대신 아줌마가 시간이 빌 때 공짜로 레슨을 받았다.

정민이는 고무줄만큼이나 피아노에 열정과 재능이 있었다. 아줌마가 사준 도화지 건반을 들고 다니며 수업 시간에도 쉬는 시간에도 혼자 피아노를 쳤다. 길을 가도 피아노, 밥을 먹을 때도 피아노였다. 피아노 아줌마에게 공짜 레슨을 받은 지 한 달 만에 정민이는 음악책에 있는 악보는 모두 보고 칠 정도로 실력이 늘었다. 기성이랑 나는 피아노로 〈창밖을 보라〉나 〈루돌프 사슴코〉 등

을 신나게 연주하는 정민이를 넋을 놓고 쳐다봤고, 피아노 아줌
마는 5년 넘게 피아노 레슨을 하지만 이렇게 재능 있는 아이는 처
음이라며 놀라워했다. 사람 칠 줄만 알지 피아노 칠 줄은 모르는
6학년 담임 대신 정민이는 그해 겨울부터 졸업할 때까지 음악 시
간에 캐럴을 연주할 정도의 '경지'에 올라섰다.

짧은 행복은 오래가지 못하는 법이었다. 학교가 끝나고 평소
처럼 피아노집으로 득달같이 달려간 정민이는 산발을 한 채 울고
있는 피아노 아줌마를 발견했다. 아줌마는 정민이를 끌어안고 흐
느꼈다.

"이제 피아노를 칠 수 없게 됐으니 어쩌면 좋냐."

피아노집 아저씨가 도박에 손을 대 유일한 생계 수단인 피아노까지 팔아먹은 모양이었다. 아줌마는 사흘 뒤에 피아노를 가지러 사람들이 온다고 했다. 정민이가 돈을 꿔달라고 부탁했지만 기성이는 자기가 가진 돈으로 피아노를 지킬 수는 없다며 정민이를 설득했다. 정민이는 곧이듣지 않고 사흘 안에 돈을 만들어 피아노를 지키겠다며 주먹으로 눈물을 닦았다.

11월은 잔인한 계절이었다. 연탄을 때야 하기 때문에 생활비가 곱절로 든다. 정민이네 네 식구도 밥을 굶을 정도였다. 정민이는 사흘 동안 엄마 몰래 동사무소에서 받은 밀가루를 훔쳐 풀을 쑤어 봉투를 부쳤다. 밀가루는 겨울철 정민이네의 요긴한 양식이었다. 밀가루가 절반 가까이 없어진 사실을 알고 정민이 엄마는 아들을 매질했지만 소용없었다.

정신병 증세도 있는 정민이는 한번 '돌면' 앞뒤 안 가리는데다 누군가 막으면 눈을 뒤집고 기절하기도 했다. 결국 정민이네 식구들은 사흘 밤을 새워 봉투 붙이기에 미친 듯이 매달려야 했다. 판잣집에 살며 끼니도 해결하지 못하는 처지에 온 식구가 매달려 피아노를 지키려고 미친 듯이 봉투를 붙이는 모습은 피아노의 시인 쇼팽도 울고 갈 정도의 열정적 예술혼을 보여줬다.

정민이네 식구들은 배가 고프면 밀가루풀을 집어먹으며 사생결단으로 봉투를 붙였다. 이렇게 만든 돈으로 피아노를 지킬 수 없다는 사실을 정민이 빼고 다 알고 있었지만, 그래도 함께하는 게 가족의 도리라고 믿었다. 나도 '의리' 때문에 함께 봉투를 붙이며 배가 고플 때마다 풀을 집어먹었다. '입에 풀칠한다'는 말의 참

된 의미를 깨달은 게 바로 그때였다.

　사흘 뒤, 건장한 청년들이 피아노집에서 피아노를 실어냈다. 정민이는 자기가 가진 전 재산과 봉투를 붙여 만든 돈(기껏해야 1000원쯤 됐다)을 청년들에게 내밀며 울며 사정했지만, 결국 차가운 골목길에 나동그라지고 말았다. 그 모습을 피아노 아줌마와 정민이 엄마가 함께 눈물을 찍어가며 지켜보고 있었다.

　피아노가 나간 다음날, 피아노 아줌마와 두 딸이 동네에서 사라졌다. 어른들은 피아노 아줌마가 새 남자를 만나 집을 나갔다고 수군거렸지만 아무도 피아노 아줌마를 욕하지 않았다. 그 뒤 수발을 들 사람이 없는 시아버지도 세상을 떠났고, 혼자 남은 피아노집 아저씨도 전축과 음반을 수레에 신고 봉천동을 떠났다.

　대입 학력고사가 끝난 이듬해 12월, 피아노집 아저씨가 신수가 훤해진 모습으로 다시 동네에 나타났다. 판잣집 사람들이랑 잘 어울리지 않고 옆집이자 그나마 '공무원'인 우리집하고만 가끔 왕래하던 아저씨는 아버지를 찾아와 지난 이야기를 했다.

　"와이프 집 나간 뒤로 강남에서 애들 모아 스터디를 했습니다. 최 상사님도 알다시피 언더에서 해야 하기 때문에 페이가 좀 세거든요. 원래 리스크가 크면 인컴도 좋은 법이니까."

　모든 말에 꼭 영어가 들어가는 그 아저씨 말에 따르면 불법 과외를 해 돈을 좀 벌었다는 뜻이다. 가끔 피아노집에 가면 아저씨가 영어 잡지 뒤적이는 모습을 본 적이 있었다. 사람들도 아저씨가 명문대 출신이라고 했다. 결국 아줌마가 집을 나가고 혼자가 된 뒤에야 밥벌이에 나서 알량한 지식과 부잣집 인맥을 이용해 고

액 과외를 해 돈을 번 모양이었다.

아저씨는 음대 후배를 만나 새로 살림을 차린 아줌마를 상대로 두 딸을 키울 양육권을 찾고 싶어했다. 아줌마는 딸을 뺏기기 싫었고, 그래서 재판까지 가게 됐다고 했다. 아빠가 아동을 학대하고 폭행까지 저질렀다고 주장하는 아줌마에 맞서 법정에 증인으로 나와 자기편을 들어달라고 부탁하러 아저씨는 아버지를 찾아왔다.

아버지는 묵묵히 듣고만 있었다. 영어가 많이 섞여 당최 무슨 말인지 못 알아들은 탓일 수도 있다. 그러다 나중에 증인이 돼달라는 이야기가 나오자 아버지가 고개를 번쩍 들었다.

"내가 왜 법정에 서야 하나?"

"최 상사님도 남자고, 또 군인이잖아요. 남자들이 큰일 하려면 집안일 좀 소홀할 수도 있지 않습니까? 사실 어려울 때 참아주는 여자가 진짜 현모양처 아닙니까?"

아버지는 여기까지 듣고 벌떡 일어섰다.

"야, 인마! 니 새끼, 딸을 둘이나 키우면서 주둥이에서 그런 소리가 나오냐! 어려울 때 참는 여자가 진짜야? 니 딸들 시집가서 그 꼴 당해도 그런 말 나오나 보자. 아주 상종 못할 인간 아냐!"

피아노집 아저씨가 구두도 못 신고 쫓겨난 뒤에도 화가 풀리지 않은 아버지는 엄마한테 소금을 가져오라 해 마당에 뿌린 뒤 큰누나와 작은누나에게 호통을 쳤다.

"앞으로 말끝마다 영어 쓰는 새끼 집으로 데려왔다가는 작살 날 줄 알아!"

202

# 지옥에서 보낸 하루

겨울 방학이랑 함께 산동네 삼총사의 화려한 국민학교 시절도 끝나가고 있었다. 우리 셋은 모두 진로를 고민하기 시작했다. 국민학교 6학년이 무슨 진로 문제냐 할 테지만, 중학교는 의무 교육이 아니어서 국민학교만 졸업하고 돈벌이를 나가는 아이들도 더러 있었다.

"학교 가 봐야 선생들한테 맞기나 하고, 아예 그 시간에 공장에 가는 게 나한테는 이득인 것 같아."

"기성아, 너 중학교 안 가면 나중에 애 낳고 나서 복수도 못해. 그동안 선생이 공부 안 한다고 구박한 거, 니 자식한테 한마디도 못하잖아. 억울하지 않냐?"

"나중에 너나 애 낳은 다음에 공부하라고 달달 볶으면서 복수해라. 나는 자기가 싫다면 공부 안 시킨다. 게다가 맨 사람 패는 학교에는 보내고 싶지도 않다."

"나는 우리 셋이 한 학교에 배정 안 되면 중학교 안 갈 거야. 계집애라고 놀리는 새끼들 사이에서 더는 못 당해."

정민이의 황당무계한 말에도 우리 셋은 웃지 않고 낮게 한숨을 쉬었다. 기성이랑 나도 정민이가 우리를 떠나 학교생활을 할 수 있을지 지독하게 걱정되기 때문이었다.

아이들 마음속에는 중학교에 가고 싶은 마음이 있었다. 왜 아니겠는가. 다들 바보가 아닌 다음에야 선생이 때리거나 아이들이 놀리더라도 중학교는 나와야 이 빌어먹을 산동네를 벗어날 수 있다는 것쯤은 알 수 있을 만큼 머리가 굵었다. 기성이랑 정민이 모두 홀어머니가 많이 편찮으셔서 10만 원 가까운 중학교 입학금과 등록금 내기가 빠듯했다. 교복에 책값까지 생각하면 중학교 진학은 사치였다. 그게 현실이었다.

열세 살 겨울의 우리는 지금 생각하면 아주 현실적이고 심각한 이야기를 하며 공사장에서 훔쳐온 깡통 난로에 각목을 집어넣었다. 단짝 친구들이 모두 중학교 진학을 포기하면 나도 중학교 따위 가고 싶지 않았다. 그 삭막한 학교생활을 이 친구들 없이 보낸다니, 상상할 수도 없는 일이었다.

나는 그때 처음으로 진로 문제를 심각하게 이야기했다.

"엄마. 나 중학교 안 가고 기성이랑 같이 공장 같은 데 들어가서 기술이나 배울까. 기성이랑 같이 있으면 재미두 있구, 일찍 돈벌이하면 엄마도 좋고, 등록금도 아끼고……."

말이 채 끝나기도 전에 엄마는 빗자루 몽둥이를 들고 나를 두들겨 팼다.

"누가 너한테 돈 벌어 오라고 하더냐? 아주 쪼그만 게 공부하기 싫으니까 별소리를 다하네. 잘될 나무는 떡잎부터 알아본다더니, 아주 싹수가 노랗다 못해 썩었다 이 자식아!"

내가 엄마에게 얻어터지던 날, 어디서 만났는지 기성이랑 아버지가 같이 집에 들어와 안방에서 한참 동안 이야기를 나눴다. 기성이 친구는 나인데 기성이만 어른 취급을 해주는 아버지 때문에 왠지 소외감을 느꼈고, 조금 화도 났다. 기성이 자식이 아버지랑 이야기하고 난 뒤에도 무슨 이야기를 했는지 알려주지 않아 나는 더 화가 났다.

며칠 뒤, 작은아버지가 기성이를 찾아와 다시 진지한 이야기를 하고 돌아갔다. 나만 빼놓고 무슨 이야기를 하고 있는지 궁금해 참을 수 없을 지경이 됐다. 기성이가 어른들이랑 어울리면서 당연히 나랑 정민이는 더 친해졌다.

"야, 김정민. 김기성이 우리 아부지하구 작은아부지하구 뭔가 일을 꾸미는 것 같은데, 말을 안 한다."

"요즘 뭐가 좋은지 싱글싱글 나사 빠진 애처럼 웃고만 다녀."

우리는 너무 궁금해 기성이 뒤도 밟았지만, 하루에 두 번 조간신문과 석간신문을 돌리고 빈병과 폐지를 모아 고물상에 파는 일 말고는 특별한 게 없었다. 더는 참을 수 없게 된 우리는 기어이 기성이에게 화를 내고 말았다.

"야, 김기성! 니까짓 게 뭔데 우리 아부지하고 따로 만나서 일을 꾸미는 건데!"

"애들은 몰라도 되는 일이야."

기성이는 여전히 우리를 따돌렸고, 우리는 이제는 절교한다며 화도 내봤지만 들은 척도 하지 않았다.

세 사람이 무슨 일을 꾸미는지는 술 좋아하는 작은아버지를 졸라 겨우 알아낼 수 있었다. 나랑 정민이는 없는 돈을 털어 구멍가게에서 작은아버지가 좋아하는 소주 한 병과 두부 한 모를 대접했다. 처음에는 입을 굳게 다물던 작은아버지는 소주병이 절반쯤 비자 입을 열었다. 작은아버지는 올겨울 기성이랑 섬으로 일하러 간다고 했다.

"네 아버지가 기성이 중학교 입학금 하라고 부대 부하가 하는 굴 양식장에 일자리를 마련해줬거든. 거기서 방학 동안 일을 하면 등록금 정도는 될 거란다. 그런데 거기가 무인도라서 고생이 엄청 심할 거래."

작은아버지는 기성이랑 함께 추운 외딴섬에서 고생하게 됐다고 말하지만 내게는 우리 둘만 빼놓고 자기들끼리 무인도 바닷가에서 신나는 모험을 즐긴다는 소리로 들렸다. 게다가 무인도라니. 15소년들이 표류해 신나게 놀던 그 무인도 아닌가. 조금 춥다 한들 어떠리. 난생처음 바다가 보이는 무인도에서 모험을 할 수 있다면 얼어죽어도 좋았다. 국민학생을 마무리하는 겨울 방학을 보내기에는 정말 안성맞춤인 이벤트였다. 김기성, 이런 의리 없는 놈. 그런 건수를 자기 혼자 쓱싹하려고 실실 웃고 다녔구나.

정민이는 풀이 죽었다. 그 큰 눈에 구슬 같은 눈물이 달렸다.

"김기성, 이 비겁한 자식. 지 혼자 중학교 가겠다 그거지."

말은 그렇게 했지만 사실 정민이도 중학교에 가고 싶었다. 그나마 형편이 어려운 기성이가 있어서 나름대로 '동지 의식'을 느끼며 기댔는데, 믿던 친구가 자기 몰래 중학교 진학을 준비하고 있다는 사실이 원통하고 서러웠다.

정민이가 눈물까지 흘리자 나도 기성이가 괘씸해졌다. 전부터 돈 앞에서는 친구고 뭐고 없는 기성이였지만 이런 식으로 의리를 패대기칠 줄이야. 나는 기성이가 중학교를 못갈 것 같아 같이 공장에 가는 것까지 생각하지 않았는가.

나랑 정민이는 이번만큼은 기성이에게 본때를 보여주기로 했다. 또한 환상적인 무인도 이벤트도 놓칠 수 없었다. 기성이가 하는 일을 내가 못할 이유도 없을뿐더러 무인도에서 보내는 한 달은 생각만 해도 오줌이 찔끔할 정도로 짜릿한 모험이었다.

기성이를 못 가게 하는 대신 우리 둘이 섬으로 떠날 수 있는 작전을 세웠다. 우리는 떠나는 날 기성이에게 공갈을 쳤다.

"야, 우리 아빠가 섬에서 일하는 거 다른 사람이 가게 됐다더라. 내년 겨울에는 꼭 갈 수 있게 해준다고, 미안하다고 전해달래."

한눈에 봐도 기성이는 실망하는 빛이 뚜렷했다. 정민이랑 나는 보따리에 손전등, 야전삽, 라면, 건빵, 밧줄 같은 '모험용 장비'만 잔뜩 넣고 내복, 방한복, 속옷, 취사도구, 세면도구 등 정작 꼭 필요한 것은 준비도 하지 않은 채 서울역 대합실로 갔다. 우리는 작은아버지에게도 거짓말을 했다.

"기성이가 갑자기 일이 생겨서 못 간대요. 대신 나랑 정민이가 가기로 했어요."

작은아버지는 확인해보자고 했지만 때마침 엄마는 계모임 때문에 집을 비웠고 아버지 부대 전화번호는 몰랐다. 작은아버지는 몇 번을 내게 되물은 뒤 기차에 올랐다. 우리는 기쁜 나머지 비명이라도 지를 지경이었다. 무인도는 한겨울에도 과일이 주렁주렁 열리고 작살로 물고기도 잡는 우리만의 천국이었으니까.

충청도 어디에서 내려 버스를 타고 다시 한 시간을 달린 뒤 다시 배를 두 시간이나 타고 도착한 무인도는 허름한 창고에 간이 화장실만 있는 포로수용소 같은 곳이었다. 배 안에서 정민이랑 나는 거의 죽기 직전까지 멀미를 했다. 파라다이스가 아니었다. 주인아저씨는 다짜고짜 작은아버지에게 화를 냈다.

"이런 어린애들이 무슨 일을 하겠어요?"

그래도 당장 일손이 급하다며 우리를 굴 양식장으로 데려갔다. 바닷바람은 살이 에일 정도로 추웠고 굴 껍질 까는 일은 고무장갑을 껴도 손이 곱아 움직이지 않을 정도로 지독히 힘들었다. 딱 두 시간 일한 뒤 정민이랑 나는 녹초가 됐다.

안 그래도 우리가 일하는 모습에 화나 있던 아저씨는 당장 돌아가라고 소리쳤다. 작은아버지는 형님에게 연락해 애들을 올려 보내겠으니 자기는 일하게 해달라고 사정했다. 무인도에는 어떤 통신 수단도 없었다. 아저씨의 낡은 통통배가 유일한 통신 수단이자 이동 수단이었다.

어쨌든 그렇게 악몽 같은 반나절이 지나고 잠자리에 누웠다.

잠자리는 거의 돼지우리 막사랑 비슷한 수준이었고, 이불에서는 지독한 냄새가 났으며, 이가 있는지 온몸이 가려웠다. 밤이 되자 벽 틈으로 칼바람이 들이쳤다. 내일 다시 바닷바람을 맞아가며 중노동을 할 생각을 하니 끔찍했다. 아, 지옥이 따로 없구나. 정민이랑 나는 서로 부둥켜안고 아저씨에게 들키지 않게 숨죽여 흐느꼈다. 그때처럼 부모님이 보고 싶은 적은 없었다. 그날 밤 엄마, 아버지, 형, 누나들이랑 둥그런 상에 모여 쇠고깃국을 먹는 꿈을 꿨다. 정말 생생해 현실인 줄 알았다가 아침에 일어나 얼마나 절망했는지.

　작은아버지는 우리를 돌려보내게 배를 내달라 했다. 아저씨는 일손이 부족해 교체 인부들이 올 때까지 애들 손이라도 빌려야 한다며 기다리라고 했다. 우리는 마치 원양 어선에 팔려온 아프리카 어린이처럼 언 손에 고무장갑을 끼고 쇠꼬챙이로 굴을 땄다.

오후가 되자 멀리 배 한 척이 나타났다. 굴을 따던 정민이랑 내 눈이 마주쳤다. 우리는 마치 탈옥하는 빠삐용처럼 주인아저씨 몰래 선착장으로 기어갔다. 무인도에 표류한 로빈슨 크루소가 구조를 요청하는 절박한 심정으로 손을 흔들며 살려달라고 소리쳤다. 구조 요청을 하는 우리를 아저씨와 작은아버지가 기막히다는 듯 바라보고 있었다. 구조 요청을 들었는지 배는 점점 우리 쪽으로 다가왔다. 뱃머리에 사람들의 모습이 보이기 시작했는데, 엄마, 아버지, 기성이, 경찰 한 명이 타고 있었다.

집을 나오기 전 나는 엄마에게 쪽지를 남겼다. 기성이 대신 나랑 정민이가 섬에서 일해 우리 중학교 등록금을 마련할 생각이라는 내용이었다. 그날 밤 정민이랑 내가 같이 안 들어오자 엄마는 아버지를 끌고 새벽같이 이곳까지 내려왔다. 배는 아버지가 해경에 보안사 운운하며 압력을 넣어 얻어 탔다고 했다.

엄마를 본 나랑 정민이는 반가운 마음에 달려가 매달려 엉엉 울었다. 화가 단단히 난 엄마는 매질부터 하려 했지만, 새파랗게 언데다 꼬질꼬질한 우리 모습을 보더니 덩달아 치마로 눈물을 닦아냈다. 아버지는 여전히 화가 단단히 난 모습이었다. 기성이도 우리를 보는 눈이 곱지 않았다.

우리는 바로 짐을 챙겨 떠날 준비를 했다. 그러나 아버지는 엄한 목소리로 명령했다.

"사나이가 한 입으로 두 말하는 게 아니다. 네 입으로 중학교 등록금을 벌겠다고 했으니 여기서 남은 한 달을 일해라. 아저씨, 돈은 안 줘도 좋으니, 이 녀석들한테 세상 공부 좀 단단히 시켜주세요."

엄마는 무슨 소리냐고 펄쩍 뛰었지만 아버지는 요지부동이었다. 기성이가 나선 뒤에야 사태는 진정됐다.

"원래 제가 일하기로 했으니 제가 남아서 일을 할게요."

"너희들은 친구 속이고 섬에 들어왔지만, 기성이는 그런 친구들 돕는다고 중노동을 자청하고 있어. 너희들은 기성이 쫓아가려면 아직 멀었어."

무인도 탐험은 이렇게 만 하루 만에 끝났다. 기성이는 약속대로 작은아버지랑 남아 묵묵히 바닷바람을 견디며 한 달 동안 일했다. 아저씨도 우리보다 머리 하나는 큰 기성이라면 함께 일할 수 있다고 했다. 정민이랑 나는 돌아오는 기차에서 완전히 곯아떨어졌다. 잠결에 아버지가 엄마에게 하는 이야기를 얼핏 들을 수 있었다.

"어린 게 일이 고될 텐데…… 같은 애비 없는 처지라고 정민이 등록금까지 생각하는 거 보면 참…… 철룡이가 아들 하나는 잘 뒀다. 우리 철호가 기성이 반이라도 쫓아가면 좋을 텐데……."

정민이도 이 말을 들었는지는 지금도 모르겠다.

# 공부가 정말 싫었어요

우리집 식구가 한 명 더 늘었다. 주인공은 이모의 막내아들이자 외사촌 형인 박수일. 60대 중반인 이모와 70대 초반인 이모부는 전라남도 영암군에서 농사를 짓는데, 수일 형은 영암에서 알아주는 수재였다.

"우리 수일이가 받은 상장으로 우리집은 도배를 혀."

이모부는 아버지에게 이렇게 자랑했다. 중학교까지 영암에서 졸업하고 고등학교는 광주에 유학했는데, 거기서도 1등을 놓치지 않았다는 말도 덧붙였다. 그런 수일 형이 이번 대학 입시에서 고려대학교 수학과에 차석으로 합격했다. 이모부는 '거의 수석 다름없는 차석'이라는 말을 빼놓지 않았다. 여하튼 결론은 서울에서 통학할 곳이 없다는 말이었다. 자취나 하숙을 하면 될 테지만, 장학금을 받기는 해도 농사짓는 형편에 차비랑 책값 대기도 빠듯하다고 했다.

우리집도 달랑 방 두 칸에 여섯 식구가 살고 있었다. 안방은 엄마랑 아버지가 쓰고, 회사 다니며 대학 입시를 준비하는 큰누나 최수경(23세), 수일 형이랑 동갑인 진호 형, 작은누나 최우경(18세)에 열네 살 먹은 나까지 코딱지만 한 방에서 함께 자는 처지였다. 지금 같으면 상상이 안 되지만 봉천동 중산층인 우리집도 다 큰 아이들이 한 방에서 섞여 자는 게 자연스러운 때였다.

그런 상황에서 스무 살 청년이 한 자리를 더 차지한다는 게 어떻게 가능할까. 그렇지만 똑똑한 아들을 향한 자부심과 가르쳐야 한다는 의무감에 사로잡힌 칠순의 이모부는 잡동사니가 쌓인 안방에 붙은 다락문을 확 열어젖혔다.

"여그 2층에 뻔듯한 방이 있구마. 최 서방, 수일이 쟈가 호남의 천재여. 나중에 출세하믄 은혜 안 잊을 것잉만. 내 자네 식구들 먹을 쌀까정 다 부쳐줄 것잉께, 우리 수일이 좀 봐다고."

서울이라는 곳에 처음 온 수일 형은 교복을 입은 채 어린 내가 보기에도 창피한 빛이 뚜렷한 얼굴로 무릎을 꿇은 채 눈만 껌벅이며 앉아 있었다. 우리 네 형제는 큰누나를 빼면 공부에는 영 인연이 없었다. 수일 형이랑 동갑인 진호 형은 학력고사에서 340점 만점에 200점도 넘지 못해 재수하기로 해 속이 상한 상황이었다. 아버지는 칠순이 넘은 이모부의 부탁도 부탁이지만 수일 형을 들이면 내 공부도 도와줄 수 있고 진호 형도 자극받지 않을까 생각했다. 그 뒤 수일 형은 대학을 졸업하고 내가 대학교 3학년이던 회사 초년병 시절까지 우리집에서 한식구로 지냈다.

일대 공사가 벌어졌다. 수일 형 혼자 다락으로 내몰 수는 없는 일. 아버지는 다락에 있는 짐을 다 꺼내 정리한 뒤 도배를 해서 사람 두 명이 겨우 누울 수 있는 공간을 만들었다. 두 누나들이 이모부가 말한 '2층'으로 밀려났다. 누나들은 바퀴벌레가 기어다닌다며 질색했지만 육군 상사 최 상사의 명령이 떨어진 만큼 상황을 되돌릴 수는 없다는 사실을 잘 알고 있었다.

거기까지는 좋았다. 수일 형이 들어오면서 '다락방'이 생겨서 괜히 집이 좀더 낭만적이 된 듯한 기분도 들었다. 문제는 그다음부터다. 아버지는 '영암의 수재' 수일 형에게 내 공부를 전담시켰다. 국민학교 내내 학교는 노는 곳이라고 생각한 내게 공부는 너무 낯선 일이었다. 수일 형은 '생존권'을 지키느라 그런 나를 붙잡고 '공부'라는 일을 시키기 시작했다. 과외가 불법이 된 지 2년밖에 안 돼 단속이 무척 심한 때였다. 그러나 외가나 친가의 사촌 이내인 친척, 그중에서도 대학생 친척이 해주는 교습은 과외로 규정하지 않았다. 아버지는 새로 사제지간을 맺은 우리에게 명령했다.

"남들은 과외 공부를 받을 수도 없는데 너는 천운을 타고난 셈이니 확실히 배우도록 해."

"철호가 남들 못 받는 과외 공부까지 받았는데 중학교에서 1등을 못하면 모든 책임을 네게 묻겠다. 대신 철호가 공부를 쫓아오지 못하면 기합을 주든 매를 때리든 모두 네게 맡기마."

쉽게 말해 죽이지만 않으면 어떻게 해도 상관없다는, 말 그대

로 최철호 생사여탈권을 준 셈이었다. 나를 1등으로 만들어놓지 못하면 일가친척 없는 서울 한복판에서 맨몸으로 내쫓기게 생긴 수일 형도 나를 가르치는 일에 생존이 좌우되게 됐다. 당연히 목숨걸고 가르쳐야 하는 상황이었다.

수일 형은 어릴 때부터 수학 천재 소리를 들을 정도로 수학을 잘하고 좋아했다. 세상에 수학을 좋아하는 사람이 있으리라고는 상상도 못한 내가 그런 사람이랑 함께 지내게 될 줄이야. 그때까지 내가 아는 수학은 구구단뿐이었다. 세 자릿수 곱셈과 나눗셈은 손가락과 발가락을 다 동원해야 했고, 도형 등은 '그림'이라는 생각밖에 안 들었다. 당최 사다리꼴 면적 따위는 알아서 뭐 한다고 그 고생을 한다는 말인가. 문제 형태부터 내 사리에 맞지 않았다. 이를테면 '다음 방정식 26+4x=50을 만족시키는 해를 구하시오'라는 문제는 도무지 뭘 물어보는지 뜻을 이해할 수 없었다.

읽고 쓰기를 좋아하는 나는 글을 읽고 이해하는 데 문제가 없다고 스스로 자부하는, 나름 문학 소년이었다. 사실 나는 수식도 글이라고 생각했다. 세상에 뭔가 활자로 표시되는 게 글 말고 또 무엇이 있다는 말인가. 그런데 이 글은 그리 방정맞아 보이지도 않는데 왜 방정식인지, 숫자와 작대기밖에 없는 식에서 해가 어디 있고 달이 어디 있다는 건지, 게다가 아침이면 뜨고 저녁이면 지는 해를 도대체 내가 왜 구해야 하는지 알 수가 없었다.

첫 수업 시간. 수일 형은 내가 이런 의문을 드러내는 순간 사태의 심각성을 깨달았다.

"아따, 니는 으째 몰라도, 몰라도 그렇게 모른다냐. 당최 기본 개념이 읎어부네……."

이러더니 자기에게 주어진 권리를 행사하기 시작했다. 형은 30센티미터 자로 방정식과 해의 개념 등을 일러주며 종아리를 때렸다. 아닌 밤중에 홍두깨나 다름없었다. 봉천동 산동네에서 '공부'란 몇몇 정신 나간 아이들 빼곤 아무도 안 하는, 지독히 재미없는 일이다. 이 동네에서 잘나간다고 하는 애들은 싸움을 잘하거나 '뽀리' 잘 치는 애들이다.

"형이 이 동네에 온 지 얼마 안 돼서 잘 모르는데, 이 동네에서 공부하는 애들은 죄 삐리들뿐이야. 놀아줄 애들이 없으니까 책만 파는 거지, 나처럼 잘나가는 애들은 이런 거 안 해."

나는 '알아듣게' 잘 설명했지만, 영암 천재는 여전히 지독한 호남 사투리를 써가며 매질을 계속했다.

"정신 상태까정 썩었구마……. 으째야 쓰까……."

매질을 해도 '수식'의 개념을 모르는 내게 형은 금족령까지 내렸다. 그날 배운 내용과 그 범위에 들어가는 연습 문제를 풀지 못하면 집밖으로 한 발자국도 못 나갔다. 세상에 금족령이라니. 지금 정신이 있는 소리인가. 내가 밖에 나가서 할 일이 얼마나 많은데. 연탄재로 야구도 해야 하고, 손봐줄 꼬맹이들은 얼마나 많으며, 고물상 탐방에다 기성이랑 지난해 실패한 군고구마 비즈니스도 의논해야 했다. 그것뿐인가. 이제 중학생이 되면 동네 서열 관리를 해야 하는 만큼 우리 동네 캡짱인 광운 형한테 짜웅(아부)도 해야 했다. 거기에다 짤짤이 연습까지, 하루가 이틀이라도 시간이 모자랐다.

수일 형도 아직 개강 전이라 시간이 있고 사명감에 불타 아예 내 옆에 진을 치고 지키고 있었다. 그런 아동 학대 행위를 보며 엄마는 '잘한다'거나 '얼씨구' 또는 '공부는 그렇게 해야 혀' 하며 추임새를 넣었다. 더 미칠 노릇은 아버지가 퇴근 뒤 보고를 받는다는 사실이었다. 이때 느낀 공포는 군대 시절 점호를 받기 전 공포보다 더했다. 형은 그날 자기가 뭘 가르쳤고 내가 어떤 문제를 못 풀었는지 낱낱이 일러바쳤다. 물론 대부분 못 풀었다. 아버지는 못 푼 문제를 다시 풀게 한 다음 제대로 풀지 못하면 손수 회초리를 들었다.

뭔가 수를 내지 않으면 나는 곧 죽을 것 같았다. 생각 끝에 쓰게 된 물귀신 작전. 독방에 혼자 갇혀 있기보다는 친구들이랑 함께하고 싶은 심정이었다. 마음속 깊은 곳에서 미안함이 들기는 했지만 친구사이에 그 정도 의리는 지켜줘야 한다는 게 내가 가진 상식이었다. 기쁨은 나눠봤자 그게 그거지만, 고통만큼은 나누면 반이 된다.

나는 눈물겨운 호소를 했다.

"혼자 공부하니 도저히 못하겠어. 친구들이랑 같이하게 해줘."

수일 형은 아버지에게 보고했고, 아버지는 삼총사인 기성이와 정민이를 호출해 지시했다.

"너희도 내년부터 중학교에 가니 형님 밑에서 공짜 과외를 받도록 해라. 돈을 주는 게 아니니 불법도 아니다. 걱정 말고 형님 밑에서 그동안 뒤떨어진 공부를 하도록."

그때부터 우리 셋은 국민학교 2학년 때 친구가 된 뒤 처음으로 함께 모여 공부라는 걸 하게 됐다. 형은 내게 적용하던 규칙 그대로 문제를 풀 때까지 밖에 나갈 수 없는 '금족령'을 내렸다. 그러나 두 친구는 나랑 사정이 달랐다. 먼저 기성이가 말문을 열었다.

"형님. 공부 가르쳐주시는 건 고마운데요, 제가 아침저녁으로 신문을 돌리거든요. 이거 그만두면 아픈 우리 어머니 약도 못 사다 드리고 쌀도 못 사는데요."

다음은 정민이.

"엄마가 관절염 때문에 다리를 못 쓰셔서요, 호떡 구르마 걷을 때 도와줘야 하구요, 내일 팔 호떡 반죽도 제가 해야 하는데요."

수일 형은 조금 충격을 받은 모습이었다.

"아따 시골서도 끼니 걱정은 안 허고 사는디, 서울서는 어린아그들까정 돈벌이를 한다야."

우리들은 그런 삶이 이미 일상이 돼 자연스러웠지만, 갈 곳 없는 서울에서 눈칫밥을 먹으며 아이들을 가르치는 처지인 수일 형조차 이 아이들이 가엾어 보였나 보다.

"미안허다."

눈물이 맺힌 수일 형은 주머니에서 100원짜리 두 개를 꺼내 아이들에게 쥐여줬다. 왜 나는 안 주느냐고 항의하자 형은 마구 화를 내더니 이런 놈은 더 맞아야 한다면서 내 어깨와 팔을 마구 때렸다. 그날 밤 수일 형은 아버지에게 두 친구 이야기를 했다.

"사정이야 알지만, 그래도 공부를 해야 즈들 부모가 마음이 편할 텐데."

그날 점검 시험 결과에 따른 아버지의 매타작은 좀 셌다.

"너는 이 자식아, 니 친구들 생각하면 지금보다 두 곱 세 곱은 열심히 해야 돼."

공부가 뭔지 모르듯 가난이 삶이기 때문에 고통스러운 가난의 의미조차 모른 나는 이 지옥 같은 감옥에서 해방된 녀석들이 부러울 따름이었다.

스파르타식 교육은 1월 초에 시작해 1월 말쯤 끝났다. 형과 아버지가 두 손을 든 게 아니었다. 더는 참지 못한 내가 욕을 하며 집을 뛰쳐나간 탓이었다.

"에이, 썅! 형은 형네 집도 아니면서 왜 나한테 난리야. 씨팔, 나 안 해!"

그날 밤 아버지 앞에 머리를 조아린 수일 형은 나이롱 장판에 눈물을 뚝뚝 떨어뜨렸다.

"제가 아직 철호를 가르칠 실력이 안 됩니다. 죄송합니다. 곧 지낼 곳을 알아보겠습니다."

"괜찮다. 걱정하지 마라."

아버지는 그동안 수고했다며 진호랑 고깃집에서 소주나 한잔하라며 지갑에서 돈을 꺼내 줬다. 수일 형과 진호 형이 나간 뒤, 나는 거의 죽지 않을 만큼 매타작을 당했다. 정말 화가 난 아버지는 내 책과 공책을 마당에 팽개쳤다.

"공부하기 싫으면 지금 당장 공장 가서 기술이나 배워!"

# 나가라 나가라 다나가라

운이 좋게도 기성이, 정민이, 나는 한 중학교에 배정됐다. 우리 동네 중학교는 봉천중학교 하나뿐이었는데, 그해 관악중학교라는 남녀공학 학교가 새로 문을 열었다.

봉천중학교는 봉천동에서 알아주는 전통의 명문이었다. 공부로 명문은 결코 아니고, 싸움에서는 어디 가서 안 빠졌다. 이 동네 깡패들은 대부분 봉천중학교에서 치열한 실전 훈련을 거쳐 학교 깡패에서 사회인 깡패로 진출했다. 관악중학교는 새로 문 여는 학교인데다 남녀 공학이라 느낌부터 매우 산뜻했다. '봉천'과 '관악'이 주는 느낌이 이렇게 다를 줄이야.

어쨌든 우리는 한결같이 관악중학교에 배정되기를 간절히 바랐지만 셋 모두 봉천중학교로 떨어졌다. 말들이 많았다. 산동네 아이들은 처음부터 봉천중학교에 가기로 돼 있었다, 이번 졸업생 중 공부 잘하는 애들은 모두 관악중학교로 정해져 있었다 등등.

그나마 우리 셋은 한 학교에 배정된 사실에 위안을 얻을 수 있었다. 국민학교 시절부터 우리 셋이 함께 있으면 다른 아이들이 웬만해서는 건들지 못했다. 기성이가 또래 아이들보다 두 살이나 많아 주먹이든 힘이든 상대가 되지 않았기 때문이다.

국민학교 시절부터 깡패 조직들은 기성이에게 스카우트 제의를 끊이지 않고 했다. 그러나 기성이는 싸움보다는 돈이었다. 깡패 조직에서 활동하다 패싸움 같은 데 휘말려 이빨이라도 하나 부러뜨리면 돈이 이만저만 깨지는 게 아니었다. 기성이 생각에는 깡패 생활도 부자들이 즐기는 레저에 다름 아니었다.

어쨌든 중학생이 되면서 바뀌는 게 있었다. 지정된 교복과 가방을 들어야 할 뿐 아니라 아이들 머리가 굵어지면서 덩달아 주먹도 세졌다. 주먹이 세진 만큼 우리는 기성이라는 우산이 더 필요해졌고, 나랑 정민이는 반드시 기성이랑 한 반이 돼야 했다.

1학년이 15반까지 있었으니 우리 셋이 한 반에 배정될 확률은 $1/15 \times 1/15 \times 1/15 = 1/3375$. 거의 불가능에 가까웠다. 그러나 뭔가를 간절히 바라면 이루어진다고 하지 않았던가. 반 배정은 반 배치 고사로 결정했다. 우리는 셋 모두 한 반이 되는 '미션 임파서블'을 위해 처음으로 시험 준비라는 걸 하게 됐다.

시험을 잘 치르려는 준비는 아니었다. 답안을 똑같이 써내면 똑같은 성적이 나올 테고, 그럼 한 반이 된다는 게 내 생각이었다.

"너 진짜 천재다!"

우리는 똑같은 답안지를 내기로 했다. 무슨 과목이든 '나, 가, 라, 나, 가, 라, 다, 나, 가, 라' 순서로 말이다.

마침내 시험 당일. 우린 약속한 대로 과목과 문제에 관계없이 오직 정해진 순서대로 시험 문제는 보지도 않은 채 답안지만 보고 재빨리 답을 적어냈다. 시험이 끝난 뒤 우리는 우리 자신의 명석함에 스스로 감탄하며 집으로 돌아왔다.

다음날. 우리 셋을 비롯한 스무 명 정도 되는 아이들이 교무실로 불려갔다.

"매번 신입생 중에 너희처럼 잔대가리 굴리는 놈들이 있는데 그런 놈들 중 학교생활 똑바로 하는 놈들을 못 봤다."

학생 주임은 일장 훈시를 늘어놓았더니, 형들에게 우리 신병을 인도했다. 2학년 형들은 모두 팔뚝에 '선도'라고 쓴 완장을 차고 있는 선도부였다. 선도부 형들은 우리에게 엎드려뻗쳐를 시킨 뒤 먼저 대걸레 자루로 다섯 대씩 힘차게 매질을 했다. 그 뒤 운동장 선착순 달리기, 깍지 끼고 엎드려뻗친 뒤 앞으로 전진, 머리 땅에 박고 앞으로 전진, 어깨동무 오리걸음으로 운동장 돌기 등 나중에 군대에서 받을 기합들을 고스란히 시켰다.

어린 우리들이야 영문 모르고 다 받았지만, 기성이가 문제였다. 기성이는 벌을 주는 선도부 2학년 형보다 나이가 많았다. 선도부들도 그 사실을 알고 있었다. 그래서 그런지 엎드려뻗쳐를할 때 기성이에게 발길질을 더 자주, 더 심하게 날렸고, 욕설도 기성이에게 집중됐다. 참다못한 기성이가 드디어 한마디했다.

"같은 학생끼리 너무 하지 않습니까?"

운동장은 찬물을 끼얹은 듯 싸늘하게 가라앉았다. 가장 덩치가 큰 3학년 선도부 부장이 기성이를 따로 불러내 얼굴이며 정강이 할 것 없이 무차별 폭행을 시작했다. '너 나이 많은 거 아는데, 꼬우면 학교 일찍 와'라는 메시지를 담은 주먹질이었다.

한참 매를 맞던 기성이도 폭발했다. 날아오는 주먹을 막은 뒤한 방 날려버린 것.

"너는 부모 잘 만나 제때 학교 와서 좋겠다 개새끼야."

놀란 선도부들이 기성이에게 달려들었다. 기성이는 대여섯 명을 상대로 참으로 처절하게 싸웠지만 상대가 되지 않았다. 결국 넘어진 기성이는 멍석말이 당하듯 맞기 시작했다.

어린 내 생각에도 저렇게 맞다가는 어디 부러지든지 병신이 될 듯했다. 나는 오직 기성이를 살린다는 생각에 대걸레 자루를 집어들어 기성이를 때리는 선도부 형님의 뒤통수를 갈겼다. 거의 동시에 정민이도 선도부 형님의 허벅지를 깨물었다. 기합 받던 나머지 아이들도 한꺼번에 달려들었다.

갑자기 운동장 한가운데에서 패싸움이 벌어졌다. 지나가던 선배들이 합세했고, 신입생들도 가만 있지 않았다. 검은색 교복 옷깃에 학년 표시를 달고 다니던 때였다. 운동장은 순식간에 1자 붙인 신입생 대 2학년과 3학년 연합군의 패싸움 현장이 됐다.

이 전대미문의 신입생 대 선배 간 운동장 패싸움은 그 뒤 10년이 넘게 전설처럼 떠돌 정도로 명승부였다. 양쪽 다 피해는 비슷했지만, 선배들의 권위에 먹칠을 한 일대 사건이었다. 입학한 지 일주일도 안 된 신입생들이 선배들을 상대로, 그것도 학교 운동장에서 맞짱을 뜬 사실 자체가 이미 1학년이 이긴 싸움이었다.

싸움 중에 가장 재미있는 싸움이 중학생들 싸움이다. 국민학교 싸움은 붙들고 뒹구는 게 고작이고, 고등학생 싸움은 보통 한방에 끝이 난다. 중학생들은 복싱으로 말하자면 라이트급 정도. 몸이 빠르고 나름대로 테크닉도 있어서 무협 영화에 나오는 화려한 장면이 펼쳐지기도 한다.

흥분한 아이들은 그동안 갈고 닦은 기량을 마음껏 뽐내며 주먹질을 해댔고, 교실에 있는 아이들까지 소리를 지르며 뛰쳐나왔다. 운동장에는 순식간에 100명도 넘는 아이들이 서로 엉겨 붙어 싸움질을 했다. 다급하게 쫓아온 교사들도 흥분한 중학생을 말리기는 역부족이었다.

수적으로 밀린 신입생 한 명이 주머니에서 잭나이프를 꺼내 가장 악랄한 2학년 선도부의 허벅지를 찌르면서 싸움은 걷잡을 수 없이 커졌다. 여자 교사들은 발만 동동 굴렀고, 칼 맞는 학생을 본 남자 교사들도 기가 질려 말리려 뛰어들지도 못했다. 교내 방송이 나와 싸움을 멈추라고 종용했지만 허사였다. 결국 광란의 패싸움은 개교 이래 처음으로 학교 안에 경찰이 투입된 뒤에야 진정됐다.

싸움이 끝난 뒤 교사들은 원인을 조사하기 시작했다. 모든 잘못은 선도부가 아니라 상급생에게 반항한 나, 기성이, 정민이에게 있다는 결론이 났다. 우리는 또 다른 기록의 주인공이 됐는데, 입학하고 일주일이 채 지나기도 전에 정학을 먹은 첫 사례였다.

해마다 산동네 아이들이 치는 사고 때문에 몸살을 앓던 교사들은 대걸레 자루로 매질을 할 때마다 허벅지에 우리 처지를 각인시켰다.

"산동네 새끼들 곤조부리는 건 이골이 났다. 우리 학교에서는 절대 안 통해."

나쁜 일만 있지는 않았다. 매를 때리던 학생 주임이 덧붙였다.

"이 새끼들은 내가 특별 관리를 한다."

우리 삼총사는 학생 주임이 담임을 맡은 반에 같이 배치됐다. 성적 조작, 선배들의 기합과 매질, 패싸움, 교사들의 '빠따' 세례를 거친 뒤에야 꿈에 그리던 한 반 배정에 성공했다. 뜻밖에 베풀어준 '은혜'에 매를 맞아도 아픈 줄 모르고 웃음까지 날 정도였다.

학교생활은 전쟁을 치르듯 험난했다. 담임은 걸핏하면 우리 셋, 그중 특히 기성이를 매질했고, 선도부도 걸핏하면 우리 반으로 쳐들어와 기성이에게 두발 상태가 불량하다는 둥 교복 깃의 후크가 풀렸다는 둥 꼬투리를 잡아 기합을 줬다.

학교 선도부는 대개 밖에 나가면 고스란히 동네에서 주먹 좀 쓰는 깡패들이었다. 교사들은 자기가 '관리'하기 귀찮고 피곤한 아이들을 주먹이 세서 다른 동급생들이 두려워하는 아이에게 '선도'라는 명찰을 달아줘 해결하고 있었다. 선도부가 기성이를 유독 괴롭힌 이유도 자기들 조직인 불량 서클로 끌어들이려는데 말을 듣지 않기 때문이었다. 기성이를 자기네 편을 만들어야 하급생에게 수모당하는 일이 다시는 없으리라고 생각한 때문이었다.

"내가 자꾸 싫다고 하니까, 나중에 그 새끼들이 '우리가 억지로 하려는 게 아니라 학주가 시킨 일이야' 하더라."

나이 많고 주먹 센 신입생이 부담스러운 교사들도 학교 전체의 기강을 잡으려면 기성이가 불량 서클에 가입해 그 집단의 서열 안에 자리하기를 바랐다. 기성이가 또다시 상급생들에게 덤벼들어 분위기를 해칠까봐 겁난 모양이었다.

중학교에 입학하자마자 우리 셋은 '기강'만 내걸면 폭력도 용서받을 수 있다는 현실을 배웠다. 또한 폭력은 두려움에서 출발한다는 매우 고급한 철학도 폭력을 몸소 겪으며 깨달았다.

# 호떡 도시락

산동네에서 소풍 시즌은 말 그대로 축제 기간이다. 아이들에게 소풍날은 추석과 설 다음으로 풍족한 하루다. 최고 파티 음식인 김밥, 사이다, 과자를 신나게 먹을 수 있고 용돈도 조금 받기 때문이다.

우리는 네 형제나 돼서 막내인 나부터 큰누나까지 모두 학교에 다닐 때는 봄가을 소풍 때마다 김밥 파티를 했다. 엄마는 새벽 4시부터 일어나 김밥 싸느라 곤욕을 치렀다. 나도 덩달아 새벽에 일어났는데, 김밥 싸는 엄마를 도우려는 것은 결코 아니었다. 엄마가 김밥을 다 말고 장독 뚜껑에 부엌칼을 쓱쓱 문지른 다음 썰기 시작하면 나는 도마 끝에 앉아 김밥 끄트머리랑 옆구리 터진 불량 김밥을 냉큼 주워 먹었다. 지금도 김밥 먹을 때는 머리와 꼬리를 가장 먼저 먹는다. 김밥 끄트머리를 먹으면 어린 시절 소풍 가는 날 새벽이 생각난다.

소풍 시즌이 돼도 별 감동이 없는 아이들이 있었는데, 그중 대표라 할 만한 아이들이 바로 봉천동 산동네에서도 극빈층에 속하는 내 단짝 친구 기성이랑 정민이다. 국민학교 시절부터 두 친구는 소풍 때도 평소랑 다름없이 맨밥 도시락과 커피 병에 김치를 담아 낡은 책가방에 넣어서 왔다. 정민이는 별식으로 전날 팔다 남은 호떡을 따로 싸오기도 했다.

기성이랑 정민이처럼 맨밥을 싸오는 아이들이 많았기 때문에 둘 다 부끄럽다는 생각은 없었다. 소풍가는 곳 이름은 매번 달랐지만 결국 똑같이 관악산이었다. 관악산 풀밭에 신문지를 펼쳐서 맥스웰 커피 병에 싸온 기성이의 볶음김치, 정민이의 호떡, 내 김밥을 펼쳐놓고 사이좋게 나눠 먹었다. 죄다 김밥뿐인 다른 아이들 점심보다 훨씬 다채로웠다. 이 '퓨전' 스타일 소풍 도시락을 아이들은 부러워했다. 쭈뼛거리며 우리 다가와서 김밥이나 과자를 내밀고 호떡과 볶음김치를 얻어가는 아이들도 있었다. 여기에서도 기성이는 장사 천재였다. 김치 한 조각을 최고 비싼 과자인 오징어땅콩 한 봉지랑 바꾸는 등 짭짤한 이문을 남겼다.

아이들이 우리가 점심 먹는 곳에 과자, 사이다, 김밥을 들고 줄을 서 김치나 호떡이랑 바꾸는 모습은 《톰 소여의 모험》에서 톰이 아이들에게 구슬 따위를 받고 울타리 페인트칠을 시키는 장면하고 비슷했다. 어쨌든 우리 삼총사의 소풍은 늘 대풍이었다.

중학교 소풍에서 가장 인상적인 점은 '개별 출발'이었다. 국민학교 때처럼 줄을 서서 '등산'하지 않고 자기가 알아서 목적지로 갔다. 첫 소풍은 강남에 있는 선정릉으로 갔다. 말이 개별 출발이지 다들 비슷한 동네에 사는 아이들이라 버스 정류장에서 모두 만났고, 가뜩이나 출근 시간이라 만원인 버스는 소풍 가는 아이들까지 몰려들어 미어터질 지경이 됐다. 그 복잡한 틈을 타 아이들은 차장 누나들에게 손으로 그린 회수권을 내기도 하고 일부러 대여섯 명 몫의 차비를 한꺼번에 낸다며 동전을 잔뜩 모아 100원 정도 부족하게 차비를 건네기도 했다.

첫 소풍을 떠나기 전날, 담임은 군기를 꽉꽉 잡았다. 담임은 기성이를 딱 지목해 특별히 주의를 줬다.

"소풍 가서 짤짤이 하는 놈, 다른 학교 놈들이랑 싸움질 하는 놈, 여학생 희롱하는 놈, 담배 피우는 놈, 술 마시는 놈, 이런 놈들은 내 다시는 학교를 다닐 수 없게 만들어 주겠다. 특히 김기성이, 딴 놈보다 나이 많다고 애들 모아놓고 쓸데없는 짓 하면 아주 각오해."

종례를 마치고 반장이 '차렷' 구령을 외친 순간, 담임은 갑자기 생각났다는 듯 교탁 바로 앞에 앉은 정민이에게 이렇게 덧붙였다.

"김정민, 선생님이 총각이라 그러는데, 내 도시락도 같이 준비해라. 뭐, 그냥 니가 싸는 거랑 똑같이 싸면 돼."

20년이 더 지난 지금도 담임이 무슨 생각으로 한눈에 봐도 가난한 정민이에게 자기 도시락을 부탁했는지 알 수 없다. 담임이 먹을 도시락은 반장이 알아서 준비하는 게 보통이었다. 정민이는 골고다 언덕을 오르는 예수처럼 고통스러운 얼굴로 말했다.

"야, 담임이 분명히 우리 엿 먹이려고 그러는 거지?"

"담임이 나는 미워해두 너는 이뻐하잖니. 딴 애들은 담임 도시락 싸가고 싶어서 안달이잖아. 아까 너한테 도시락 부탁할 때 반장 표정 완전 벌레 씹은 거 같더라."

"그나저나 너네 엄마 다리도 아픈데 도시락 어떻게 싸냐. 그냥 우리 엄마한테 싸달라고 할 테니까 가져갈래?"

우리 엄마가 내 김밥을 싸느라 새벽부터 일어나야 한다는 사실을 알고 있는 정민이는 그렇게 못한다고 했다. 기성이는 단호했다.

"담임 말대로 너 싸가는 도시락이랑 똑같이 그냥 밥이랑 김치랑 호떡 몇 개 넣어."

"담임 도시락을 호떡으로 준비했다가 또 찍히면 어떡해."

정민이는 걱정스럽게 말했다. 우리 셋은 개교 이래 처음으로 입학 일주일 만에 정학을 맞은 신입생들이기 때문에 행동거지에 특히 신경써야 했다. 담임 도시락 준비는 우리 같은 산동네 문제학생들이 졸업할 때까지 한 번도 누리기 힘든 '성은'에 가까웠다.

소풍날 정민이는 자기 도시락과 담임 도시락을 준비했다. 김밥은 아니었다. 정민이네는 김밥 쌀 재료를 살 돈도 없고 엄마가 관절염을 심하게 앓고 계셔서 김밥을 만들 수도 없다. 정민이는 기성이에게 100원을 꿔 계란을 두 개 샀다. 담임 도시락 맨 밑바닥에 계란 프라이를 깔고 그 위에 쌀과 보리가 7 대 3 정도로 섞인 밥을 정성껏 담았다. 선생들은 뺏어먹지 않으니까 그냥 위에 얹으

231

라고 했지만 정민이는 깜짝 이벤트라며 굳이 밑에 깔았다. 그러고는 다른 도시락에 따로 호떡을 차곡차곡 넣었다. 반찬은 특별히 식용유를 많이 넣은, 맥스웰 커피 병에 담긴 볶음김치. 정민이는 자기 도시락까지 합쳐 노란색 도시락 세 개와 김치를 넣은 병을 조심스럽게 보자기로 싼 뒤 소풍을 떠났다.

소풍날은 언제나 폭발 직전 만원 버스다. 그 틈바구니에서 가뜩이나 키도 작아 맨 앞에 앉는 정민이는 필사적으로 보따리를 끌어안고 담임이 먹을 도시락을 지켜냈다. 아직 강남에는 비포장 도로가 대부분이었다. 차는 요동을 치기 시작했고 정민이가 조심스럽게 들고 있던 보퉁이도 요동을 쳤다.

어디선가 풍겨오는 김치 냄새. 버스에서 내리자마자 보따리를 풀어보니 병에서 김치가 새어 나와 도시락을 엉망으로 망쳐놓았다. 밥까지 김치 국물로 물들어 있었다. 정민이는 보자기로 김치 국물을 닦고 김치 국물이 섞인 밥알을 젓가락으로 골라 자기 밥이랑 바꿨다. 애를 쓴다고 썼지만 아무리 봐도 누가 먹다 남긴 밥처럼 보였다. 아직 애들이라 그런 눈치를 알 턱이 없다. 담임은 도시락을 준비하라 했고, 정민이는 최선을 다했다. 게다가 우리들은 누가 좀 먹다 남은 밥이라도 먹으면서 더럽다는 생각을 해본 적이 없었다.

마침내 점심시간. 정민이는 떨리는 마음으로 담임을 찾았다. 교사들은 이미 적당한 자리에 모여앉아 파티를 시작했다. 그런데 반장과 부반장 등 학급 간부들이랑 아이들 몇 명이 통닭에 층층이 쌓인 찬합을 다투어 내밀고 있는 게 아닌가. 정민이는 매우 화가 나 자기가 준비한 도시락을 들고 달려갔다.

"야, 저 새끼들 저거 뭐냐! 선생님 도시락은 내가 맡았어!"

정민이가 수줍게 내민 도시락을 받아든 담임은 마치 잊고 있었다는 듯 도시락 하나를 열더니 깜짝 놀라며 물었다.

"아, 내가 김정민한테 점심을 부탁했지. 그런데 이게 뭐냐?"

"우리 엄마가 호떡 장사하시거든요."

정민이는 자랑스럽게 대답했다. 맨밥에 김칫국물까지 묻은 도시락까지 연 뒤 담임은 조금 우울한 눈빛으로 정민이를 바라봤다. 정민이 얼굴이 빨개졌다.

"버스에서······ 김치가 샜어요. 선생님이 제가 먹는 거랑 똑같이 준비하라고······."

"그래, 잘 먹을게."

담임은 기분 좋게 웃었다. 다른 아이들이 가져온 통닭과 김밥을 한 보따리 싸서 종이가방에 넣어주기까지 했다. 정민이는 거의 날다시피 기성이랑 내게 달려와 담임이 준 산해진미를 자랑스럽게 꺼냈다. 다른 아이들이 부러운 눈으로 쳐다본 것은 두말할 나위 없었다. 우리 셋은 난생처음 텔레비전에서나 보던 전기구이 통닭을 맛봤다. 가장 행복한 소풍이었다.

"정민이 덕분에 우리 학교생활도 드디어 피는구나."

우리는 정민이를 향해 끊임없는 신뢰와 존경을 드러냈다. 너 아니면 누가 그렇게 정성껏 담임 도시락을 준비하느냐는 뜻이었다. 정민이도 방방 떴다.

"바닥에 깔린 계란 프라이 보시면 더 좋아하실 거야."

　점심시간이 지나고 아이들은 삼삼오오 찢겨져 청소를 했다. 정민이는 담임이 있던 자리를 청소한다며 달려갔고, 우리도 얻어 먹은 게 있으니 치워야 한다며 같이 갔다. 한참 청소를 하는데 기성이가 뭔가를 혼자 먹는 게 아닌가.

　"치사하게 먹을 거 있으면 같이 먹자!"

　내가 이렇게 쏘아붙이자 기성이는 검지를 뻗어 코 밑에 갖다대며 호들갑을 떨었다. 기성이가 든 비닐봉지에는 먹다 남은 닭 뼈랑 바닥에 계란 프라이를 방석처럼 깔고 있는, 여전히 도시락 모양을 고스란히 하고 있는 네모난 밥덩이랑 호떡이 뒤섞여 있었다. 정민이가 준비한 도시락을 담임은 손도 대지 않고 모두 버렸다.

기성이는 여전히 정민이 쪽을 쳐다보면서 얼른 내게 호떡 하나를 건넸다. 나도 여전히 기분이 좋아 방방 뜨며 청소에 열중하는 정민이 눈치를 힐끗 본 뒤 음식 쓰레기 더미에서 꺼낸 호떡을 받아 급하게 입에 욱여넣었다. 기성이는 입에는 호떡을 욱여넣고 손으로는 계란 프라이가 붙은 밥덩이를 마구 뭉개고 있었다. 정민이가 눈치챌까봐 급하게 호떡을 삼키느라 우리 둘의 눈가에 눈물이 찔끔 삐져나왔다.

# 11등은 종아리 11대

국민학교와 중학교의 차이는 교복을 입는다는 것, 과목마다 교사가 다르다는 것, 음악실이 있다는 것, 주번이 아니라 선도부가 군기를 잡는다는 것 등 많다. 그중 성적표에 석차가 매겨진다는 점이 가장 결정적이다.

5월에는 중학교에 입학하고 첫 중간고사를 봤다. 초등학교는 하루에 몰아서 다 봤는데 중학교는 일주일에 나눠서 시험을 보는 것도 달랐다. 월요일에 국어, 사회, 물상, 화요일에 영어, 기술, 국사, 이런 식이다. 우리 삼총사는 학업이랑 상관없는 아이들이라 학교가 일찍 끝난다는 사실이 정말 좋았다. 세상에, 토요일도 아니고 평일인데 12시에 학교가 파하다니.

방학도 아니고 공휴일도 아닌 평일 황금 낮 시간에 우리는 신나게 놀았다. 소년 가장 기성이에게 시험 기간은 휴가나 마찬가지였다. 날마다 아침저녁으로 신문을 돌리고 주말에는 아르바이트로 막노동까지 하기 때문에 시험 기간에 학교가 일찍 끝나면 기성이는 세상을 다 얻은 듯 좋아했다.

시험을 마치면 우리는 어울려서 극장을 돌았다. 가끔 엄마 지갑에서 훔친 동전을 모아 영화를 보기도 했지만, 늘 돈이 없었기 때문에 극장 간판 앞에서 성룡이나 홍금보를 쳐다보며 말도 안 되는 무술 지식을 떠벌렸다.

그때 어디서 나타났는지 우리 아버지인 육군 상사 최 상사가 지프를 타고 귀신같이 나타났다. 아버지는 당장 학교 안 가고 여기서 뭐하냐고 다그쳤다. 나는 적당히 둘러댈 핑계를 찾는데, 눈치 없는 정민이가 0.1초도 안 돼 이러는 게 아닌가.

"시험 기간이라 오늘 일찍 끝났어요."

요즘이야 부모들이 아이들 교육에 목숨을 걸지만, 그때는 애들이 시험을 언제 보는지, 공부를 하는지 마는지 아이들이 이실직고하지 않는 한 아는 사람이 없었다.

"그래? 철호 너도 이제 중학생이니 공부를 해야 한다. 이번 성적표는 내 필히 확인을 할 테니 차질 없이 보고하도록. 또한 본인이 원하는 성적표를 가져오지 않았을 시, 당분간 야전에서 생활할 각오를 할 것. 이상!"

최 상사는 이렇게 명령을 내리고 바람같이 사라졌다. '본인이 원하는 성적표'란 반 1등 성적표다. 또한 '야전 생활'이란 민간인

말로 번역하면 집에서 쫓아낸다는 뜻이었다.

다른 아버지가 이렇게 말했다면 단순한 협박이자 격려겠지만, 육군 상사 최 상사 입에서 나왔다면 다르다. 성적이 형편없이 나오자 아버지가 형 가방을 마당에 집어던진 다음 문을 잠그고 못 들어오게 한 적이 있었다. 형은 일주일 동안 친구 집을 전전하다 아버지 앞에서 말 그대로 싹싹 빈 뒤 '야전'에서 '내무반'으로 복귀했다.

육군 상사 최 상사의 좌우명은 '전쟁에 2등이 없다'였다. 아버지는 1등을 뺀 나머지는 모두 쓰레기고, 다 똑같다고 생각했다. 그런 게 '군대식 사고'라고 자랑스럽게 말했다. 지독하게 가난하게 자란 아버지는 한국전쟁이 끝난 뒤 제대 날짜가 됐는데도 갈 곳이 없어 '먹여주고 입혀주고 재워주는' 군대에 '말뚝'을 박은 사람이었다.

정규교육이라곤 국민학교 4학년 중퇴가 전부이며 나머지 중, 고교 졸업과정은 모두 군에서 검정고시로 마쳤다. 당연히 반에서 1등을 하기가 얼마나 힘든지 알 턱이 없다. 그러나 '부모가 먹여주고 입혀주고 재워주고 심지어 가르쳐주기까지 하는데 1등을 못한다는 건 인간쓰레기'라는 생각이 확고해 성적표란 모름지기 1등이어야만 하는 것이고 그 밑으로는 죄다 쓰레기 등급표라는 생각을 가지고 있었다.

이런 심각한 사태를 알 턱이 없는 정민이랑 기성이는 성룡과 홍금보 중 누가 싸움을 잘하는지를 놓고 곧 싸움 붙을 정도로 열을 올리고 있었다. 화가 치민 나는 소리를 질렀다.

"야! 우리 아부지가 제일 싸움 잘해. 김정민. 너 어떡할 거야!"

친구 잘 사귀어야 한다고 어른들이 입에 침이 마르도록 말하는 이유를 그때 비로소 깨달았다. 따로 이야기만 안 하면 1년 내내 언제 시험 보는지 관심도 없을 아버지에게 쓸데없이 폭탄을 집어던진 정민이가 원망스러웠다.

"너네 우리 아부지 모르냐? 1등 성적표 안 가져오면 나는 워커 발에 완전 아작 난다구."

정민이는 큰 눈을 멀뚱멀뚱 뜨며 되물었다.

"너네 아버지는 도대체 1등이 뭔지나 알고 그러는 거야?"

정민이뿐 아니라 우리 셋 모두 '반에서 공부로 1등을 한다'는 말은 암호문이나 외계인의 언어처럼 의미를 형성하지 못하는 문장에 다름 아니었다.

아버지의 '명령'이 떨어진 뒤, 나는 시험 기간 내내 너무 초조한 나머지 아이들이랑 어울려 노는 일도 고통일 지경이 됐다. 그리하여 기적처럼 책을 붙들고 공부를 하기 시작했다. 내가 자발적 의지로 공부를 한다는 건 정신 질환이나 지나친 스트레스에 따른 발작 같은, 하나의 기현상이었다.

아버지가 던진 한마디에 일종의 정신 질환을 일으킬 정도로 쇼크를 먹는 모습을, 아빠를 아빠라고 부르며 자란 요즘 아이들은 절대 이해하지 못한다. 아버지들은 말보다 주먹이 앞서고 말 한마디에 집안 분위기를 얼어붙게 하는 위력이 있었다. 특히 우리 아버지는 '살벌한 아버지 뽑기 콘테스트'에 나가면 무조건 1등을 할 만큼 자타가 공인하는 무소불위의 가부장 권력을 휘둘렀다.

나는 물에 빠진 사람 지푸라기 잡는 심정으로 시험 기간 내내 교과서에 매달렸다. 그렇게 공부해도 1등은 불가능하다는 사실을 알았지만 다른 방법이 없었다. 거의 매일 밤을 새워 교과서를 외웠다. 너무 긴장한 나머지 초능력을 발휘했는지 아주 잘 외워졌다. 늘 같이 놀던 정민이랑 기성이는 그런 나를 보고 사람이 안 하던 짓 하면 죽는다며 아주 걱정스러운 표정을 지었다.

시험 성적표를 받는 날이 다가왔다. 나는 나도 까무러칠 정도로 놀라고 말았다. 국민학교 시절, 80명 중 50위권 수준에서 놀던 내가 중학교 첫 시험에 70명 중 11등을 했다. 기성이는 1등 하려고 하도 발버둥을 치니까 1자가 두 개나 들어갔다며 놀렸다. 하여간 내 초고속 성적 향상은 입학하자마자 정학을 맞은 우리 삼총사를 늘 예의 주시하던 담임까지 감동시켰다.

그러나 내게는 2등이나 11등이나 다를 게 없었다. 1등이 아니면 '야전'으로 쫓겨나기는 마찬가지. 게다가 나는 집에 단 한 번도 성적표를 준 적이 없기 때문에 아버지는 내가 국민학교 시절 공부를 그렇게 못했는지 전혀 모른다.

인생 최고의 성적표를 앞에 놓고 나는 실의에 빠졌다. 결자해지라고 해야 하나. 나를 이런 나락으로 빠뜨린 정민이가 솜씨를 백분 발휘해 위기에 빠진 나를 구했다.

"야, 11등에서 1자 하나만 지우면 감쪽같겠네."

아무렴, 그렇다. 평균 성적이 좀 부족하기는 하지만, 자식들 말을 절대 의심하지 않는 아버지는 첫 시험이라 어렵게 나왔다고 하면 무사통과였다. 거짓말이 들통나면 기절할 때까지 맞겠지만.

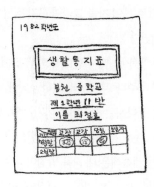

정민이는 자기가 예능 방면에는 소질이 있다며 지우개랑 칼로 정말 감쪽같이 1자 하나를 날려버렸다. 정말 완벽한 그 솜씨에 나는 '내가 정말 반에서 1등을 한 게 아닐까?' 하는 생각까지 하면서 가슴이 먹먹해졌다.

아, 이렇게 최철호가 다시 위기에서 탈출하는구나. 나는 내 스스로 정말 대견해 소리라도 지르고 싶은 심정이었다. 그런데 그날 종례 시간, 담임이 하는 이야기에 나는 기절하는 줄 알았다.

"매번 시험이 끝나면 성적이 가장 많이 오른 학생에게 성적표랑 함께 상으로 책을 한 권 선물하고, 가장 많이 떨어진 학생에게 매를 선물한다. 이번에 가장 성적이 많이 오른 우리 반 학생은 최철호다. 자, 다들 박수."

여기까지는 좋았다. 나도 자리에서 벌떡 일어나 무슨 조용필이나 되는 듯 손으로 브이 자를 그리며 온갖 잘난 척을 했다. 그런데 그다음이 문제였다.

"상을 줄 때나 매를 줄 때나 반드시 학생 집에 가정 방문을 가 부모님 앞에서 직접 준다. 부모님과 선생님 앞에서 더 잘하겠다는 다짐을 한 아이들은 다시는 성적이 떨어지지 않고, 부모님 앞에서 매를 맞은 학생은 다음 시험에서 성적이 반드시 오른다. 이건 교사 생활 10년 동안 계속해온 내 교육 방침이다. 특히 최철호, 너는 입학하자마자 정학 맞고 속 썩여서 걱정이 많았는데 이런 모습 보니까 정말 좋다. 김정민, 김기성. 너희들도 철호를 본받아서 공부 열심히 하도록. 최철호는 오늘 선생님이 상을 줄 테니 같이 집에 가자."

이게 무슨 쓰레기차 피하려다 똥차에 치이는 경우라는 말인가. 이미 11등 성적표는 감쪽같이 1등 성적표로 변신해 있었다. 도무지 내 인생은 왜 이리 꼬인다는 말인가. 하루 두 시간도 못 자고 날밤을 새워 성적을 올린 대가가 이다지 가혹하다니. 아버지랑 담임 앞에서 '최고 성적 향상 학생'에서 졸지에 '공문서 위조범'으로 몰려 두들겨 맞고 쫓겨날 생각을 하니 눈앞이 캄캄했다. 집에서는 쫓겨나고 학교에서는 지난번 정학에 이어 가중 처벌을 받아 무기정학이나 퇴학까지 당할 수 있었다. 정말 열심히 공부했는데, 인생 여기서 찌그러지는구나. 나는 그때 처음 세상이 노력한 자의 것만은 아니라는 사실을 뼈저리게 깨달았다.

"그러길래 내가 좀 살살하라고 했잖아. 한 31등 정도만 해도 3자 지우면 감쪽같은데."

정민이는 걱정하기보다는 놀리는 투로 말했지만, 나는 화낼 기운도 여유도 없었다.

담임이랑 함께 집으로 가는 길은 사형수가 형장에 끌려가는 길처럼 아득하게 느껴졌다. 어디를 봐도 빠져나갈 틈은 보이지 않았다. 담임은 아버지랑 인사한 뒤 가정 방문을 오게 된 이유를 이야기했다. 늘 근엄하고 무서운 아버지 표정이 정말 오랜만에 환해졌다. 담임은 내게 상으로 영한사전을 주고 아버지에게는 내 성적표를 건넸다. 성적표를 받아든 아버지는 더 표정이 밝아지며 껄껄껄 웃었다.

"우리 철호가 노력을 안 해서 그렇지 나 닮아서 머리는 좋아. 노력하니까 바로 1등 하잖아."

그 한마디가 내게는 사형 선고나 다름없었다. 담임의 표정이 흔들렸다.

"그럼요. 철호가 아주 똑똑합니다."

담임은 아버지가 들고 있는 내 성적표를 다시 받아 등수를 확인했다. 이대로 인간 최철호의 인생은 끝나는 걸까. 좌절의 순간, 기적 같은 일이 벌어졌다.

"우리 반에 철호 쫓아갈 아이는 당분간 없을 겁니다. 1등은 따놓은 당상이에요."

세상에. 이게 무슨 날벼락인가. 내 처지를 생각한 담임이 아버지 앞에서는 거짓말을 눈감아줬다.

다음날 나는 담임에게 성적표를 위조하게 된 경위를 낱낱이 밝혀야 했다. 그렇지만 위조범이 정민이라는 이야기는 끝까지 감춰 단독 범행으로 사건을 정리했다.

"성적이 오르지 않았다면 교무 회의에 넘겨 퇴학시켰을 텐데, 그래도 열심히 공부한 건 사실이니 매타작으로 끝낸다."

나는 11등에 걸맞게 종아리 11대를 맞았다. 그러고는 다른 학생은 몰라도 최철호 너만큼은 다음 시험부터 등수대로 종아리를 때릴 테니 맞기 싫으면 아버지 소원대로 1등을 해라, 네 힘으로 1등을 하면 그때부터 매타작은 하지 않겠다는 말을 덧붙였다. 그건 뭐 그다지 어려운 일이 아니었다. 짧으나마 인생을 살면서 가장 자신 있는 게 매 맞기니까. 매 맞는 게 가장 쉬웠어요.

# 진짜 사나이의 덤프트럭 사이드미러

중학생이 되면서 남자아이들은 2차 성징이 본격적으로 나타난다. 또래보다 두 살 많은 기성이는 이미 면도를 시작해 아저씨처럼 수염이 자라났다. 기성이는 아직 애티를 벗지 못해 솜털이 보송송한 나나 정민이의 뺨에 자기가 무슨 아버지나 된 듯 수염을 비비며 고문했다.

반에서 키가 큰 몇몇 아이들도 목소리가 굵어지고 코밑에 수염이 돋아나기 시작했다. 그러나 정민이는 오히려 나이가 들수록 더욱 여자같이 변해 성적 호기심이 폭발적으로 늘어가는 반 아이들 사이에서 지독한 놀림감이 됐다.

국민학교 시절에는 그런 정민이를 기성이랑 내가 힘을 합쳐 보호할 수 있었다. 그러나 중학생이 된 뒤에는 아이들 주먹과 힘이 더 세져 기성이의 완력만으로 버텨내기 힘들었다. 기성이는 친구를 생각하는 마음이 끔찍해 정민이가 놀림받을 때마다 나서서 주먹다짐을 했다.

한번은 정민이가 불량한 아이들 세 명에게 둘러싸여 바지까지 벗겨진 채 최악의 굴욕을 당하고 있었다. 이 모습을 본 기성이는 당장 달려들어 싸움을 벌였지만 이제 뼈가 굵어지기 시작한 아이들은 국민학생 때처럼 쉽게 내동댕이칠 수 없었다. 결국 기성이는 대걸레 자루로 뒤통수를 얻어맞고 쓰러졌다. 함께 엉켜 싸우던 아이들 셋이 그 위로 달려들어 몰매를 퍼부었고, 심지어 기성이 때문에 기를 펴지 못하던 옆 반 불량 학생들까지 합세해 매타작을 했다. 정민이는 의자를 들어 기성이에게 몰매를 퍼붓는 아이들을 내리쳤지만 계란으로 바위 치기였다. 정민이도 기성이랑 함께 몰매 맞는 처지가 됐다.

아이들의 헤게모니 싸움은 잔인하고 용서가 없다. 한번 깨지자 기성이의 카리스마는 완전히 무너졌다. 전에는 기성이가 눈에 힘만 줘도 꼼짝 못하던 아이들이 기성이를 대놓고 놀리기 시작했다. 기성이가 빈병과 폐지를 주워 파는 걸 약점 잡아 '거지새끼'라고 수군거렸고, '김정민과 김기성은 부부'라며 둘을 한꺼번에 조롱했다.

기성이가 동네북처럼 놀림을 당하는 이유는 보호해줄 '조직'이 없기 때문이었다. 각종 음성 서클에서 가입을 권유했지만 거절했고, 보호막이 없으니 아이들이 뭉쳐서 덤볐다. 나는 적당한 불량 서클을 골라 가입하는 게 어떠냐고 했지만 기성이는 맞아 죽어도 깡패가 되지는 않겠다고 버텼다.

왕따는 더욱 잔인하고 집요하게 계속됐다. 정민이가 소변기에서 볼일을 볼 때 몰려들어 오줌 누는 모습을 구경하고, 화장실 문을 걸어 잠그면 앉아서 오줌 누니까 문을 잠근다며 칸막이 너머로 물을 뿌렸다. 정민이 자리에 여자 속옷을 던져놓고, 체육 시간에는 뒤에서 바지를 내렸다. 기성이는 그런 아이들을 붙잡아 흠씬 두들겨 패기도 했는데, 그런 날이면 불량 학생 서너 명이 몰려와 기성이를 처절하게 응징했다.

왕따가 심해질수록 정민이는 죽을 맛이었다. 자기가 받는 고통도 문제지만 자기 때문에 매일 얻어터지는 기성이를 보는 일도 힘겨웠다. 견디다 못한 정민이는 급기야 무단 결석을 하고 말았다. 정민이가 결석하면 나랑 기성이는 정민이 걱정 때문에 하루 종일 아무것도 할 수 없었다. 혹시 비행기산에서 목이라도 매면 어쩌나⋯⋯.

수업이 끝나자마자 기성이랑 나는 정민이를 찾아 동네를 헤맸다. 정민이는 국민학교 시절 우리가 본부로 쓰던 비행기산의 허물어진 창고 구석에서 쪼그려 앉아 울고 있었다.

"야, 김정민. 너 진짜 계집애 아니지?"

정민이를 고개를 끄덕거렸다.

"좋아. 그럼 애들한테 니가 진짜 사나이라는 걸 보이는 거야."

산에서 내려오며 기성이는 고물상에서 주워온, 어린애 베개만큼 커다란 덤프트럭 사이드 미러를 정민이에게 건네며 말했다.

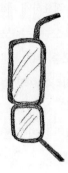

　"내일부터 학교에서 여자 선생들 치마 속을 이걸로 훔쳐보는 거야. 그럼 네가 계집애라는 말은 쏙 들어갈 거다."

　기성이는 영리한 아이였다. 아이들 사이에 최고 인기 있는 장난이 '여선생 치마 속 훔쳐보기'였다. 성적 호기심이 절정에 이른 아이들이 펼치기에 딱 좋은 '모험'이었다. '미친년 아줌마'를 구해주며 산동네의 스타가 된 적이 있었지만 정민이가 신사적인 방법으로는 놀림에서 완전히 벗어날 수 없다고 기성이는 생각했다. 정민이가 진짜 남자로 대접받으려면 '수컷 근성'을 보여줘야 한다는 사실을 알고 있었다. 여자 선생 치마 속 훔쳐보기 놀이는 남자아이들 사이에서 용감함과 성적 '정체성'을 동시에 보여줄 수 있는

일이었다. 게다가 덤프트럭 사이드 미러를 이용한 엿보기는 기껏
해야 손거울을 운동화 밑에 넣고 엿보는 장난에 견줘 스케일에서
차이가 나는 '남성적' 모험이었다.

다음날 첫 수업. 막 대학을 졸업하고 첫 발령을 받은 처녀 수학
선생님이 정민이의 '남자다움'을 보여줄 시험 대상이 됐다. 수학
선생님은 아이들에게 인기 최고였고 당연히 꽤 예뻤다. 정민이 마
음속에는 이미 이 수학 선생님이 마음속의 연인으로 자리잡고 있
었다. 그런 정민이가 기성이의 말대로 수학 선생님에게 그런 '험
한' 장난을 칠 리 만무했다. 기성이는 그런 사실을 까맣게 모르고
있었다.

"너도 참 어쩔 수 없는 놈이다. 그렇게 살다가 죽을래?"

윽박을 질렀지만, 정민이는 꿈쩍도 하지 않았다. 오히려 정민
이는 '몹쓸' 장난을 치려는 아이들에게 죽기 살기로 달려들어 수
학 선생님을 '보호'했다. 생각해보면 그때 정민이는 이미 진정한
'남자다움'이 뭔지를 알고 있었다.

# 어긋난 길

기성이가 불량 서클인 오케이 클럽에 가입한 뒤 아무도 우리 삼총사를 건드리지 않았다. 사실 국민학교 시절에는 싸울 일이 없었다. 아무도 우리 삼총사를 건드리지 못했으니까. 기질적으로 싸움을 싫어하는 기성이였지만 중학교에 입학한 뒤에는 입학 첫날부터 크고 작은 '도전'에 시달려야 했다.

감춰진 싸움 실력도 조금씩 드러나기 시작했다. 기성이를 싸움으로 막으려면 싸움 좀 한다는 3학년 형들이 한꺼번에 셋은 덤벼야 했다. 기성이를 서클에 끌어들이려 한 오케이 클럽 아이들도 일단 기성이가 멤버로 영입된 뒤에는 골치를 앓아야 했다. 도대체 몇째 서열을 줘야할지 난감하기 때문이다.

오케이 클럽 대장은 방앗간 집 아들 김진만이었다. 3학년 김진만은 기성이보다 몸무게가 20킬로그램은 더 나가고, 얼굴에 칼자국이 있는데다, 방앗간 기계에 손가락 마디가 하나 잘려 겉모습만 보면 영락없는 대장 감이었다.

오케이 보스 김진만이 김기성을 애써 영입한 것은 다 생각이 있기 때문이었다. 김진만에게는 두 가지 고민이 있었다. 첫째, 개천 건너 은천국민학교 졸업생과 난곡(그때는 나골이라 불렀다. 봉천동 판자촌보다 한 단계 더 가난한 동네다)의 연합 세력이 만든 '봉천 타이거' 그룹이 학생 서클의 명문 오케이 패밀리를 위협하고 있는 현실이었다. 지난 3년간 오케이 패밀리는 관악구는 물론 안양과 구로동까지 포함해서 최고의 중학교 주먹 클럽이었다. 오케이의 독주가 계속되자 세력 확장을 견제하려는 연합군이 형성됐다. 여기에 대항하려면 재야의 주먹 명인 김기성이 꼭 필요했다.

둘째 고민은 오케이 보스 김진만의 진로였다. 김진만은 졸업을 하든 퇴학을 맞든 '학교 깡패' 생활은 접고 사회인 깡패로 진출하려 했다. 사회인 깡패로 진출해서도 오케이 패밀리를 자기 세력권 안에 두면 엄청난 프리미엄을 누릴 수 있었다. 오케이 패밀리는 유소년 엘리트 깡패들의 산실이기 때문이었다. 그래서 자기가 학교를 떠난 뒤에도 서클을 강하게 유지하면서 자기 이야기를 잘 들어줄 수 있는 후계자가 필요했다. 기성이는 이제 1학년이고, 자기가 사회인 깡패로 자리잡을 3년 동안 서클을 든든하게 지켜줄 재목이었다.

김진만은 이제 1학년 신입생인 기성이를 과감히 넘버 투로 기용했다. 김진만은 불만을 나타내는 2학년과 3학년 조직원들에게는 기성이랑 일대일로 붙어 이길 수 있는 놈 있으면 바로 보스 시켜준다면서 입을 막았다. 기성이랑 맞짱을 떠서 이길 수 있는 자는 3000명 전교생 중 김진만뿐이었다.

기성이가 오케이 부두목이 된 뒤 오케이와 봉천 타이거는 개천가에서 패싸움을 벌였다. 오케이 패밀리의 압승. 기성이는 세 사람 몫을 해냈다. 몸을 사리며 부하들 뒤로 숨어버린 김진만과 단연 비교됐다. 이 싸움에서 이겼다는 것은 오케이가 개천 건너편에서도 아이들 돈을 뺏을 수 있고 공중전화 돈 통 뜯기 등 좀도둑질을 해도 그쪽 아이들이 건드리지 못한다는 뜻이었다.

때는 7월, 비행 청소년들이 1년 동안 손꼽아 기다리는 바캉스 시즌이었다. 아이들은 이 여름에 폼나게 놀려고 가을과 겨울과 봄에 부지런히 힘없는 아이들 돈도 뺏고 오락실 돈 통도 쑤셔 돈을 모은다. 여름은 비행 청소년들에게 돈이 절실한 계절이다.

김진만도 꼬붕들이랑 '폼나는' 바캉스를 계획하고 있었고, 당연히 부지런히 돈을 모으라고 명령했다. 그런데 부두목 기성이가 반기를 들었다.

"힘없는 애들 돈 뜯는 건 창피하잖아요."

"봉천 타이거 애들 구역에서 뺏는 거니까 괜찮아."

"어차피 힘없는 애들 돈인 건 마찬가진데, 바캉스는 그냥 간단하게 갔다 와요."

분위기는 순식간에 험악해졌다. 김진만의 얼굴에 있는 칼자국이 험하게 일그러졌다.

"한판 붙자."

기성이는 동갑인 김진만에게 존댓말을 쓰고 선배 대접을 해주는 정도로 최고의 예의를 갖춘다고 생각했다. 그러나 자기가 김진만 아래라고 생각한 적은 없었다. 기성이는 나나 정민이 같은 어린아이들이 반말하고 친구처럼 지내는 건 좋아했지만 자기보다 어리거나 동갑내기인 상급생에게 학년이 높다는 이유로 존댓말을 하지는 않았다. 인생은 내가 선배고 고생도 내가 많이 했다는 자부심 같은 게 있었다. 봉천 타이거랑 맞붙은 패싸움에서 체면을 구긴 김진만은 그런 기성이를 은근히 '밟으려' 했고, 기성이는 그런 김진만이 싫었다.

체구는 작지만 오기 하나로 17년을 살아온 독종 김기성, 한 번의 주먹질로 교실 벽을 금가게 했다는 봉천중학교 개교 이래 최고 강펀치 김진만. 아이들은 6 대 4 정도로 김진만의 우세를 점쳤다. 체격부터 김진만은 180센티미터에 90킬로그램 가까이 되는 거구지만, 기성이는 175센티미터에 70킬로그램 안팎이었다. 게다가 평범한 얼굴을 한 기성이에 견줘 김진만은 '나는 깡패입니다'고 얼굴 한쪽에 쓰고 다녔다. 나랑 정민이는 제발 싸우지 말고 대충 말 듣고 지내라고 했지만 기성이의 '포부'는 나름대로 원대했다.

"서클 애들이 나같이 싸움 좀 하는 애들도 못살게 구는데 힘없는 애들은 더하잖아. 아예 내가 대장이 돼서 애들 돈 뺏고 괴롭히는 짓 하지 말라고 하는 게 너나 나나 중학교 편하게 졸업하는 길이다."

학교 폭력 정화를 하려고 스스로 깡패 두목이 된다는 말이었다.

싸움은 붙잡아 넘어뜨리려는 김진만과 잡히지 않고 주먹과 발 길질로 승부를 보려는 기성이의 공방이었다. 초반은 기성이가 우 위였다. 정말 빨랐다. 김진만이 잡으려고 밀고 들어오면 잽싸게 피하면서 주먹을 정확히 얼굴에 꽂아 넣었다. 기성이의 정확한 주 먹을 맞은 김진만은 금세 코피를 흘렸다. 국민학교 싸움이야 코 피 터지면 끝을 보지만, 중학교는 다르다. 한쪽이 항복하거나 어 디 한군데 부러져서 더는 싸울 수 없을 때까지 계속된다.

기성이는 나비처럼 날아서 벌처럼 쏘며 김진만을 공격했다. 복싱이라면 분명 기성이의 판정승이었다. 그러나 김진만은 생각 보다 맷집이 좋았고 체력도 뛰어났다. 싸움을 시작한 지 30분이 지나자 기성이가 힘이 빠졌다. 기성이는 들소처럼 밀고 들어오는 김진만에게 붙잡혀 무지막지한 주먹을 허용했다. 기성이는 싸움 은 체력이 아니라 정신력, 곧 오기로 한다는 사실을 여지없이 보 여줬다.

90킬로그램의 거구에 깔려 주먹을 허용하던 김기성은 피투성 이가 된 상태에서 김진만의 주먹을 붙잡아 꺾었다. 불의의 기습을 당한 김진만은 한쪽 팔을 잡힌 채 다른 손으로 기성이의 무릎을 꺾었다. 한쪽은 팔, 한쪽은 다리를 잡힌 채 서로 인내심을 겨뤘다. 곧이어 김진만이 비명을 지르며 나가 떨어졌다. 기성이가 김진만 의 팔을 부러뜨렸다. 싸움은 그렇게 끝났다.

팔이 부러진 김진만은 병원에 실려 갔다. 나랑 정민이가 곧장 달려갔지만, 기성이도 일어서지 못하다 이내 기절했다. 알고 보니 김진만이 기성이의 다리를 먼저 부러뜨렸고, 기성이는 다리가 부러진 상태에서 비명 하나 안 지르고 상대의 팔을 부러뜨렸다.

방앗간 사장이자 동네 유지인 김진만의 아버지는 기성이를 경찰에 고발했다. 김진만도 기성이 다리를 부러뜨렸는데 어찌된 영문인지 김진만은 훈방되고 기성이만 유치장에 갇혔다. 경찰은 기성이가 국민학교 때부터 산불 사건과 조광약국 앞 살인 사건 등으로 경찰서에 드나든 전력이 있어 죄가 더 크다고 했다. 그렇지만 동네 꼬마들조차 김진만의 아버지가 경찰에 압력을 넣어 기성이만 경찰에 붙잡혀 있다는 사실을 알고 있었다.

기성이는 다리에 깁스를 한 채 유치장에 갇혔다. 김진만의 아버지는 저런 깡패 새끼는 당장 감옥에 처넣어야 한다며 절대 합의해주지 않겠다고 길길이 뛰었다. 그런데 어찌된 일인지 등등하던 기세가 꺾이더니 하루도 지나지 않아 합의서에 도장을 찍었다. 기성이를 병원에 입원시키더니 후유증이 없게 수술을 시켜줬다. 부자가 함께 병실에 찾아와 자기가 경솔했다며 정중히 사과까지 했다. 동네 상권을 쥐고 있는 조직폭력배들이 뒤를 봐준 덕분이었다. 기성이를 자기 패거리로 끌어들이고 싶기 때문이었다.

퇴원한 뒤 김진만은 다른 학교로 전학했고 기성이는 명실상부한 오케이 패밀리 넘버원으로 인정받았다. 기성이는 중학교 불량서클 넘버원 자리는 관심도 없었다. 이미 직업 깡패인 조직폭력배 조직에 '계약금'까지 받고 스카우트된 몸이었다. 근검절약이 몸에 배고 천성이 착한 기성이가 퇴원 뒤에는 완전히 돌변했다. 신문 배달도 빈병 수집도 더는 하지 않았다. 나랑 김정민하고 같이 어

울려 놓지도 않았다. 학교 끝나면 근사한 옷을 차려입고 어딘가로 사라졌다. 궁금해서 요즘 뭐 하느라 바쁘냐고 물어도 아는 척도 하지 않고 사라졌다. 우리는 이제 삼총사가 아니었다.

어른들은 기성이 뒤에 어마어마한 깡패 조직이 있는데 거기서 기성이네 생활비를 다 대주고 기성이는 벌써부터 영등포 나이트 클럽에서 웨이터들 관리하는 법을 배우고 있다고 했다. 어른들은 직업 깡패가 된 기성이를 봉천동이 낳은 수재이자 한때 큰누나의 애인이던 서울대 학생 재중 형에 견줬다.

"이 동네에서 공부 잘해 봐야 뭐……. 재중이 봐. 잘났다고 데모하다가 군대 끌려가더니 바보 돼서 나왔잖아."

"이 동네는 주먹 좀 쓰는 애들이 출세해. 광운이는 지금 안양에서 술집 사장하잖아."

"기성이두 어린 게 홀어머니 모시고 먹고 살겠다고 아등바등 해 봐야……. 차라리 일찍부터 주먹들이랑 어울리는 게 빠르지."

기성이가 그렇게 바뀐 뒤로 정민이랑 나는 무척 심심해졌다. 굶어 죽는 한이 있어도 깡패는 안 한다던 기성이가 깡패가 된 것도 무척 우울했다. 우리는 기성이가 일하는 클럽에 찾아갔다.

"너, 진짜 깡패 될 거야? 다시 우리랑 친하게 지낼 수 없어?"

"사람한테는 각자 주어진 길이 있는 모양이다."

기성이는 낮게 한숨을 쉬며 진짜 깡패처럼 이빨로 콜라를 딴 뒤 나랑 정민이에게 한 병씩 쥐여줬다.

## "깡패랑은 친구 안 해!"

정민이는 여름을 싫어한다. 집안의 유일한 수입원인 호떡 장사가 비수기라서 그렇다. 여름철에 맞는 새 아이템을 개발할 만도 하건만 정민이 엄마는 새 장사를 시작하는 데 드는 밑천이 만만치 않다며 꺼려했다.

그런 정민이에게 기성이가 환상적인 제안을 했다. 여름 방학동안 해변에서 하드랑 음료수를 팔자는 계획이었다. 물에 빠진 사람 앞에 나타난 구명튜브 격이었다. 정민이 엄마는 관절염이 더 심해져 병원 치료를 받아야 하는데 돈이 없어 속앓이를 하고 있었다.

우리 삼총사는 오랜만에 활기를 되찾았다. 기성이가 깡패 조

직에 스카우트된 뒤 우리는 거의 어울릴 틈이 없었다. 낮에는 쑥
고개 시장 등을 돌며 아줌마들에게 일숫돈 걷으러 다니다 밤이
되면 근사하게 차려입고 영등포 근처 나이트클럽을 '관리'하러 나
가느라 기성이가 바쁘기 때문이었다.

양복 빼입고 밤에 출근하는 기성이는 고물상을 함께 뒤지던
그런 '친구'가 아니었다. 그런 기성이를 보며 정민이랑 나는, 서로
말은 안했지만 국민학교 2학년부터 이어온 우리 삼총사가 이제
해산할 때가 됐다고 생각했다. 기성이 말대로 사람에게는 각자
갈 길이 정해져 있는 법이니까.

그렇지만 기성이는 여전히 우리 친구였고, 삼총사는 아직 건
재했다. 밤낮으로 바쁜 와중에서도 기성이는 정민이네 사정을 염
두에 두고 있었고, 웬만한 배경 없이는 엄두도 낼 수 없는 해수욕
장 장사까지 준비했으니 말이다.

"진……진짜야? 그거 잘만 하면 10만 원도 넘게 번다던
데……."

"짜식이……배포라고 콩알만 해서. 야, 그거 형님들이 확실히
뒤 봐주면 20만 원도 벌 수 있어."

"그거……그쪽 토박이 깡패들이 꽉 잡고 있어서 우리가 나섰
다가 박살나는 거 아냐?"

"쫄기는. 형님들이 벌써 다 접수했다는 거 아니냐."

정민이는 믿기지 않는다는 표정으로 기성이를 쳐다봤다. 20
만 원은 100만 원이나 1000만 원처럼 상상 속에서나 만질 수 있
는 어마어마한 큰돈이었다. 기성이는 하드 통, 하드, 심지어 숙박

비와 차비 같은 장사에 필요한 밑천까지 해결하겠다고 약속했다. 그런 기성이를 보면서 나는 어른들 말이 떠올랐다.

"이 동네에서 골백번 공부 잘해 봐야 소용없어. 일찌감치 주먹질로 나서야 팔자 핀다니까."

나도 이번 기회를 놓칠 수 없었다. 세상에, 해변에 바캉스를 가다니. 여름에 바닷가로 놀러가기는 국어책에나 나오는 일이었다. 그런 기회는 내 평생 다시 오지 않는다고 생각한 나는 부모님에게 정민이 친척집에 놀러간다고 거짓말한 뒤 바다로 향했다.

우리 셋 모두 그때 처음 바다를 봤다. 낡은 배낭과 아이스박스를 짊어진 우리 삼총사는 넋을 놓고 바다를 바라봤다. 기성이는 바다를 보며 홍콩 영화의 주인공처럼 비장하게 말했다.

"가는 길은 다르지만 너희는 영원히 내 친구야."

"그래, 우리 죽을 때까지 헤어지지 말자."

나랑 정민이도 비장한 각오로 바다에 대고 맹세했다. 이 굳은 맹세가 이 여름이 가기 전에 파도처럼 산산이 부서지리라고는 우리 셋 모두 생각도 못했다.

이번 여행에는 감춰진 비밀이 있었다. 형님들이 '접수'했다는 기성이의 말은 새빨간 거짓이었다. 형님들은 여름철 대목을 맞아 해변의 잡상인들을 위협해 돈을 뜯어낼 계획을 하고 있었는데, 기성이는 이것도 모르고 오야붕 형님에게 정민이의 딱한 처지를 이야기한 뒤 장사할 수 있게 해달라고 부탁했다. 기성이가 정민이를 친동생보다 더 아낀다는 사실을 안 오야붕은 나랑 정민이를 미끼로 삼아 지역 토박이들이랑 대판 싸움을 벌여 돈 뜯어낼 권리를 빼앗을 생각이었다. 떠오르는 싸움꾼 기성이는 정민이가 두들겨 맞으면 더욱 기를 쓰고 덤빌 게 확실하니까.

지난겨울 군고구마 장사에 이어 우리 셋이 다시 뭉쳤다. 그때는 돈 벌려는 욕심이 앞섰지만 지금은 아픈 정민이 엄마를 돕자는 순수한 우정이 더 중요했다. 여인숙에 묵으며 장사를 시작한 지 얼마 지나지 않아 토박이 양아치들이 앞길을 막았다. 험악한 인상을 한 깡패들 앞에서 기성이는 조금도 두려워하지 않고 대들었다.

"봉천동 용팔이 형님이 여기 접수한 거 아직 몰라?"

"용팔이인지 똥파리인지 웃기는 소리 마, 새끼야!"

토박이 양아치들은 하드 통을 빼앗아 부순 뒤 우리 셋을 무참히 두드려 패기 시작했다. 기성이 혼자 열심히 맞섰지만 역부족이었다. 우리 셋은 말 그대로 죽지 않을 만큼 두들겨 맞았다. 화가 머리끝까지 난 기성이는 '형님'에게 보고했고, 계획대로 형님들은 토박이 양아치들을 상대로 일전을 벌였다.

중학생들 패싸움만 본 내게 프로들이 맞붙은 싸움은 충격이었다. 다들 각목과 쇠파이프로 상대를 죽기 직전까지 두드려 팼다. 싸움은 봉천동 원정팀의 승리로 끝났다. 수적으로는 홈팀이 유리했지만 원정팀은 이 지역을 '접수'하러 벼르고 내려온 정예 부대였다. 홈팀 선수들은 대부분 전치 5주가 넘는 타박상이나 골절상을 입고 병원으로 실려갔다. 해변은 말 그대로 점령군 차지가 됐다.

봉천동 원정 깡패들은 비용을 뽑자는 생각이었는지 노점상뿐 아니라 해변에서 정식 허가를 내고 영업하는 식당들까지 찾아가

261

'관리비'를 뜯어냈다. 관리비를 내지 않으면 제대로 장사할 수 없을 만큼 손을 봐줬다.

우리는 잔뜩 얻어터진 모습으로 하드를 팔았다. 장사는 아주 잘됐다. 행색이 가엾어서 사람들이 많이 팔아준다고 생각했는데, 사실은 무서움 때문이었다. 서울에서 온 깡패들이 동네 양아치들을 초주검으로 만들었다는 소문이 온 동네에 퍼진 모양이었다. 일주일 동안 하드를 파니 금세 10만 원이 됐다. 우리는 얻어터진 데가 하나도 아프지 않을 만큼 신이 났다. 그런데 장사가 지나치게 잘된 게 화근이었다. 형님들은 정민이랑 내가 장사한 돈도 욕심을 냈다.

그날 밤, 화장실에 다녀오던 나는 기성이가 형님들에게 기합을 받는 광경을 목격했다. 관리비 징수에 도움이 되지 않는다는 게 문제였다. 관리비를 더 받아내려면 주인들을 잔인하게 몰아쳐야 하는데, 기성이는 그렇지 못했다. 형님들은 기성이가 도움이 되지 않으니 하드 판 돈을 뺏겠다고 했고, 기성이는 정민이 엄마 병원 보내드릴 돈이니 제발 봐달라고 애원했다. 형님들은 기성이를 몇 대 때린 뒤 윽박질렀다.

"동생들 돈 지키고 싶으면 그만큼 돈을 더 벌어, 새끼야. 앞으로 지켜보겠어."

다음날 오후, 평소보다 두 배로 장사가 잘돼 기분이 좋아진 우리는 짜장면을 먹으려고 중국집에 갔다. 그런데 '형님'들이 주인을 상대로 시비를 걸고 있었다. 유리문 안으로 경찰을 부른다며 소리를 질러대는 젊은 여자가 보였다. 놀랍게도 수학 선생님이었

다. 수업하다가 이따금씩 부모님이 동해안 바닷가에서 중국집을 하니 놀러오면 짜장면 실컷 먹게 해준다고 하던 게 생각났다.

학교에서 손꼽히는 미인으로, 학생들이 호시탐탐 거울로 치마 속을 보려고 노리는 수학 선생님. 싸움에는 젬병인 정민이가 치마 속을 노리는 아이들만 보면 죽기 살기로 덤벼드는, 우리들 마음 속의 연인 수학 선생님.

우리는 몸을 숨긴 채 가게 안을 훔쳐봤다. 형님들은 더욱 난폭 하게 탁자 등을 뒤엎으며 관리비를 요구했고, 경찰에 신고하려는 수학 선생님을 희롱까지 했다.

"기성이 어디 있어? 빨리 기성이한테 알려서……."

그 순간 나는 튀어 나가려는 정민이를 붙잡아 앉혔다. 어디 숨어 있었는지 형님들 사이에 끼어 있던 기성이가 나서서 각목으로 전화기를 부수고 유리를 깨며 행동 대장 노릇을 톡톡히 했다. 기성이를 알아본 수학 선생님이 놀라 소리쳤다.

"너 혹시 우리 학교 학생 아니야?"

"웃기는 소리 마, 이년아. 학교 때려치운 지 10년도 넘었어."

기성이는 온갖 입에 담을 수 없는 욕을 하면서 집기를 때려 부수고 금고를 바닥에 던져 깨뜨려 돈을 빼앗았다. 형님들은 그런 기성이를 흐뭇한 얼굴로 지켜봤다.

우리는 반쯤 넋이 나갔다. 지금 내 앞에 있는 저 친구가 10년 넘게 형제처럼 지내온 기성이인가. 정민이가 훌쩍거리며 울기 시작했다. 어젯밤 형님들에게 맞으며 애원하던 기성이의 모습이 떠오른 나도 어린아이처럼 으앙 하고 울음을 터뜨렸다. 기성이가 무서워서 운 것도 아니고, 기성이가 미워서 운 것도 아니었다. 가슴 깊은 곳에서 뭔가 서러움의 덩어리가 밀려 올라와 걷잡을 수 없는 울음으로 바뀌었다. 정민이랑 나는 정말 아이처럼 크게 소리 내서 울었다. 중국집 안의 모든 시선이 우리에게 쏠렸다. 우리를 알아본 기성이는 마치 들으라는 듯 큰소리로 욕을 한 뒤 자리를 떴다.

"재수없는 새끼들. 형님들 갑시다."

겨우 정신을 차린 수학 선생님은 울고 있는 우리를 알아보고는 울지 말라고 위로했다. 정민이는 그동안 장사해서 모은 10만 원이 넘는 돈을 전부 수학 선생님에게 드리고 엉엉 울었다.

"선생님, 잘못했어요. 용서해주세요."

영문을 모르는 수학 선생님은 돈을 돌려주며 정민이의 어깨만 두드려줄 뿐이었다.

정민이랑 나는 그 길로 서울행 기차에 몸을 실었다. 정민이는 서울로 오는 내내 아무 말도 하지 않았다. 집에 도착해 헤어질 때 내뱉은 한마디가 전부였다.

"깡패랑은 절대 친구하지 않을 거야."

우리가 떠날 때 기성이가 플랫폼에 숨어서 눈물을 흘리고 있더라는 말을 나는 차마 할 수 없었다.

## "이제 저는 학생이 아닙니다"

"우리 반이 전교에서 등록금 납부 실적이 가장 나쁘다."

"⋯⋯."

"꼭 누구를 집어서 이야기하고 싶은 생각은 없다."

"⋯⋯."

"앞으로 우리 반이 등록금 완납할 때까지 종례는 운동장에서 한다. 이상."

담임이 누구를 집어 이야기하지 않아도 아이들은 누가 등록금을 안 냈는지 모두 알고 있었다. 호떡 장사 아들 김정민. 정민이의 등록금 납부 순위는 언제나 전교 꼴등이었다.

종례를 운동장에서 한다는 말은 종례를 단체 기합으로 대신한다는 뜻이었다. 결국 정민이가 등록금을 안 낸 탓에 반 전체가 단체 기합을 받아야 할 처지가 됐다. 가뜩이나 아이들 시선이 곱지 않은데, 이제 자기 때문에 엎드려뻗쳐, 원산폭격, 축구 골대 선착순 같은 기합을 받아야 하니 정민이는 더 난처한 처지가 됐다. 여름 방학에 하드를 팔아 10만 원 가까이 벌었지만, 모두 엄마 병원비로 써버려 정민이네 집에는 말 그대로 땡전 한푼 없었다.

운동장 종례를 하며 담임은 '하나에 정신, 둘에 통일'이라는 구령을 붙였다. 담임이 '하나!' 하면 아이들은 엎드려뻗쳐에서 엎드린 자세를 유지해야 했다. 그사이 담임은 다시 연설을 시작했다.

"한두 사람 잘못으로 전체가 고통을 받는다면 그 사람은 암적인 존재다. 너희들은 어린이가 아니다. 가정이 어렵다면 신문 배달을 해서라도 문제를 해결해야 한다. 등록금 납부도 배우는 자세 중 하나기 때문이다."

그러고는 힘이 부쳐 땅바닥에 배를 대고 있는 정민이의 엉덩이를 걷어차며 소리쳤다.

"이 정도도 버티지 못하면서 공부는 무슨 공부야!"

담임이 이야기한 대로 정민이가 스스로 '나는 암적인 존재'라고 반성했는지는 알 수 없지만, 어쨌든 정민이는 눈물과 땀을 함께 흘리며 담임의 멸시 어린 말과 기합을 모두 받아냈다.

기합이 끝난 뒤, 나는 왠지 미안한 마음이 들었다. 정민이는 일부러 더 밝은 표정을 지으며 다정하게 굴었다. 그런 모습이 더 슬퍼 보였다. 오락실 가려고 엄마 동전 지갑에서 훔친 50원짜리 동전으로 구멍가게에서 쭈쭈바 하나를 사 연필 깎는 칼로 반을 잘

라 나눠 먹으며 걸었다.

"야, 최철호. 암적인 존재라는 게 뭐냐?"

"신경쓰지 마. 담임 원래 교감한테 욕먹으면 빡 도는 거 알잖아. 그러다 말겠지."

"암적인 존재라는 게 무슨 말인지 알고나 하는 걸까?"

"그게 무슨 말이야?"

"내가 암적인 존재여서 그런가……우리 엄마……암이란다."

먹던 쭈쭈바를 나도 모르게 땅바닥에 떨어뜨렸다. 정민이는 아무 일도 아니라는 듯 쭈쭈바 껍질을 주워 쓰레기통에 넣었다.

그때 반 아이들 몇 명이 우리 앞을 가로막았다. 정민이에게 특히 감정이 안 좋은 박창수, 정인종, 이상근 등이었다. 아이들은 정민이가 먹던 쭈쭈바를 낚아채 집어던지며 욕을 했다.

"이런 거 사먹을 돈 있으면 빨리 등록금을 내라구. 이 암적인 존재야!"

아이들은 정민이를 때리기 시작했고, 나는 비겁한 너희들이 암적인 존재라며 싸웠지만 역부족이었다. 아이들은 정민이랑 나를 만족할 만큼 두드려 팬 다음 앞으로 단체 기합을 받을 때마다 그만큼 때리겠다는 말을 남기고 돌아갔다. 정민이는 우울해하기는커녕 나를 일으켜 세우며 희마하게 웃었다.

"이제 학교생활도 얼마 안 남았는데……. 나중에는 매맞는 일도 그리워질 거야."

이번 학기 등록금을 낼 수 없다는 것, 앞으로 학교에 다닐 날이 며칠 안 남았다는 것을 정민이는 이미 알고 있었다. 봉천동 산동네에서 중병을 앓는 환자의 가족들이 어떻게 되는지 직접 두 눈으로 본 때문이었다. 봉천동 산동네에서 병은, 특히 암 같은 중병은 곧 돈이었다. 의료 보험도 없는 이들에게 치료비는 큰 멍에였다.

죽어가는 사람을 방치할 수도 없는 일이었다. 보호자들은 치료비를 마련하려고 온갖 수단을 다 동원했다. 환자가 죽은 뒤에는 적어도 최선을 다한 사실을 마음의 위안으로 삼는다. 그 과정에서 분기마다 등록금을 바치며 학교를 졸업하는 일은 거의 불가능에 가까웠다.

기성이네가 그랬고, 이제 정민이네가 그 뒤를 잇게 됐다. 정민이는 아버지가 돌아가셔서 상황이 더 안 좋았다. 이제 어머니마저 돌아가시면 고등학교 3학년인 정민이 큰누나부터 막내인 중학교 1학년 정민이까지 네 형제만 남기 때문이었다.

집에 돌아가자 아버지는 우울한 표정으로 담배만 뻑뻑 피워대고 계셨다. 정민이 엄마는 육군 상사 최 상사가 손을 써 최고 기술을 자랑하는 국군병원에서 검사와 치료를 받았다. 아버지는 정민이네 상황을 누구보다 잘 알고 있었다. 싸우느라 흙투성이가 된 나를 앞에 앉힌 아버지는 왜 싸웠냐고 물었고, 울컥한 나는 사실대로 말했다.

"잘했다. ……앞으로 정민이한테 잘해라."

그때 기성이가 오랜만에 찾아왔다. 아버지는 기성이가 깡패가 됐다는 소문이 동네에 쫙 퍼진 뒤에도 여전히 기성이를 신뢰했다. 이번에도 아버지는 나를 방에 들어가 있으라고 한 뒤 기성이랑 밀담을 나눴다. 귀를 쫑긋 세우고 대화를 엿들었다. 아버지는 정민이 어머니는 이제 길어야 1년이라며 정민이가 중학교는 마칠 수 있게 도우라고 기성이에게 부탁했다.

다음날 나랑 정민이를 두드려 팬 박창수 패거리가 결석했다. 기성이의 오른손에는 붕대가 감겨 있었다. 기성이는 짱으로 등극한 뒤에는 절대 학교에서 주먹을 휘두르지 않았다. 방학이 끝난 뒤 우리 삼총사가 와해된 사실을 알게 된 박창수 패거리는 이때다 싶어 정민이랑 내게 주먹질을 했다. 박창수 패거리가 결석하고 기성이는 손에 붕대를 감고 나오자 아이들은 우리 삼총사가 아직 건재하다고 오해했다.

학생이 셋이나 결석했는데도 담임은 표정이 아주 밝았다. 심지어 정민이의 머리까지 쓰다듬었다.

"드디어 우리 반도 등록금을 완납했다. 공부하려는 의지만 있으면 돈은 그다음 문제야. 그리고……김기성이, 교탁 앞으로!"

담임은 빙긋이 웃더니 손목에 찬 시계를 푼 뒤 다짜고짜 기성이의 뺨을 후려쳤다.

"니가 그렇게 잘나가는 깡패냐?"

"……."

"너 이번 방학에 수학 선생님 가게 다 부숴놨다며?"

"예."

기성이는 기다렸다는 듯이 빙긋이 웃으며 대답했다. 한번 해보자는 선전 포고였다. 기성이를 알고 있는 다른 선생이라면 그 살벌한 웃음에 기가 질려 그쯤에서 물러섰을 테다. 담임은 아이들이 자기보다 기성이 말을 더 잘 듣고 더 무서워하는 꼴이 불만이었다. 언젠가 본때를 보이고 싶던 담임은 선전 포고를 그대로 맞받아쳤다.

담임은 기성이의 뺨을 계속 후려쳤다. 두 번, 세 번. 넷째 주먹이 날아올 때 기성이는 날아오는 주먹을 탁 막았다. 무지막지한 손아귀 힘으로 담임의 손목을 쥐었다. 고통스러운 표정을 보이지 않으려는 담임과 힘을 쓰는 기성이의 시선이 부딪히며 불꽃이 튀었다.

관자놀이에서 파란 힘줄이 튀어나올 듯 담임의 얼굴이 실룩거릴 때 기성이는 힘을 풀었다.

"이제 저는 학생이 아닙니다. 그리고……우리 반에 암적인 존재는 없습니다. 선생님만 빼면요…….”

담임을 쏘아보며 이런 말을 던진 뒤 기성이는 가방을 챙겨 들
고 교실을 나갔다. 그 뒤 우리는 두 번 다시 교실에서 기성이를 보
지 못했다.

담임은 이틀을 결근했고, 박창수네 패거리는 다음날 돌아왔
다. 반쯤 죽어서 나타날 줄 알았는데 의외로 깨끗한 모습이었다.
대신 담임이 팔에 깁스를 했다. 그 뒤 담임은 아이들에게 ‘암적인
존재’라는 말을 절대 하지 않았다.

기성이가 지난여름 수학 선생님네 중국집을 부순 사실은 학교
에서 나랑 정민이밖에 몰랐다. 나는 정민이가 담임에게 고자질했
다고 확신했다. 정민이는 수학 선생님을 좋아했고, 그 일이 있은
뒤 기성이랑은 한마디도 하지 않았으니까. 그런데 정민이가 갑자
기 진지하게 화를 내며 따졌다.

“야, 최철호. 내가 불쌍해 보여? 서무과에 물어보니까 너네 아
버지가 오셔서 내 등록금을 내고 가셨대. 또 내가 언제 너한테 기
성이 엿 먹여달라고 했어? 왜 담임한테 방학 때 일을 고자질해?”

나는 당연히 전혀 모르는 일이라고 했다. 아버지는 한참 뒤에
비밀을 털어놨다. 기성이는 아버지에게 이런 부탁을 했다.

“제가 등록금 낸 걸 알면 정민이가 자존심 상할 테니 아저씨가
대신 내주세요. 정민이한테는 절대 말씀하지 마시고요.”

수학 선생님네 중국집 사건은 누가 고자질했을까? 또 하나의
비밀은 학기가 끝날 때 밝혀졌다. 기성이가 박창수 패거리에게 부
탁해 담임에게 이르게 했던 것이다. 왜 그랬을까. 나중에 기성이

는 담임이랑 한판 하고 싶어서 그랬다고 짧게 말했다. 정민이에게 막말을 해 고통을 준 담임을 향한 기성이 나름의 복수라는 사실을 나는 단박에 알 수 있었다. 정민이를 생각하는 기성이의 마음은 보통을 넘었으니까.

기성이는 그 뒤로도 정민이가 중학교 졸업할 때까지 계속 등록금을 대신 냈다. 정민이는 아버지에게 그럴 필요 없다고 말했고, 아버지는 군대에서 모아주는 장학금이라고 거짓말했다.

# 제인, 킴, 정민

정민이는 산동네 공인 가수였다. 특히 여성도 남성도 아닌 중성적인 목소리로 올라가는 고음은 단연 압권이었다. 거기에 다년간 고무줄놀이로 단련된 하늘하늘한 몸으로 유행하는 디스코까지 곁들여 혜은이나 이은하의 노래를 불러 젖히면 동네 아줌마, 아저씨, 총각, 처녀가 모두 쓰러졌다.

피아노 아줌마에게 피아노를 배운 뒤 틈만 나면 도화지 건반과 교회 풍금으로 맹연습을 해 웬만한 노래는 악보 없이도 피아노를 치며 노래할 수 있었다. 지금 생각해도 중학교 1학년치고는 굉장한 실력이었다. 그런데 정민이 엄마가 쓰러진 뒤 춤추고 노래하는 김정민을 더는 볼 수 없었다. 하기는 엄마가 곧 돌아가신다는데, 춤추고 노래할 아들이 세상에 어디 있다는 말인가.

그래도 가끔 텅 빈 예배당에서 피아노를 치며 조용필의 〈창밖의 여자〉를 부르는 정민이를 볼 수 있었다. 그해에 목사님은 찬송가 반주를 전담한다는 정민이의 약속을 받고 풍금을 피아노로 바꿨다. 가을날 오후, 노을빛에 물든 채 피아노를 치며 노래하는 정민이의 실루엣은 정말 멋있었다. 그럴 때의 정민이는 날마다 계집애라고 놀림 받는 산동네 불우 청소년이 아니었다.

교회 창문 밖에서 정민이가 부르는 〈창밖의 여자〉를 듣고 있으면 눈물이 절로 났다. 특히 마지막 부분인 '차라리 그대의 흰 손으로 나를 잠들게 하라'에서는 가슴이 새카맣게 타버린 열네 살 소년 김정민의 마음이 고스란히 드러났다. 나뿐 아니라 동네 어른들도 정민이의 노래를 들으면 모두 눈시울을 붉혔다.

정민이네 네 형제는 엄마 병원비를 대느라 큰누나부터 막내 정민이까지 모두 돈벌이에 나서야 했다. 동네 수재로 소문난 정민이 큰누나는 여상을 졸업하고 은행을 다니면서 등록금을 모으고 새벽반 학원에서 공부한 끝에 드디어 대입 학력고사를 칠 계획이었다. 그런데 준비한 등록금을 모두 엄마 치료비에 보태고 대학생의 꿈도 접어야 했다. 정민 형과 작은누나도 고등학교에 휴학계를 내고 공장에 돈벌이를 나갔다. 정민이네 집에 남은 학생은 정민이뿐이었다. 정민이는 말 그대로 누군가에게 '그대의 흰 손으로 나를 잠들게 하라'고 외치고 싶은 심정이었다.

그즈음 2년 전 사라진, 한때 산동네 깡패 두목 광운 형이 포니 승용차를 직접 몰고 금의환향했다. 번쩍거리는 재킷을 입고 있었다. 아주 살러 왔다기보다는 동네 사람들에게 자기가 얼마나 잘 나가는지를 자랑하려는 일종의 카퍼레이드인 셈이었다.

광운 형은 산동네 고만고만한 양아치들의 '모델'이었다. 동네에서 주먹 실력을 키운 뒤, 스무 살 넘어 대규모 조직에 가입해 변두리 나이트클럽에서 웨이터 관리를 하다 정식 지배인이 돼 대충 먹고살기. 광운 형은 못 배운 산동네 청소년들의 나아갈 방향을 가르쳐주는 일종의 교과서인 셈이었다.

동네 또래 아이들이랑 비교되면서 구박받으며 자란 광운 형은 이번 금의환향이 더욱 감개무량했다. 산동네가 배출한 최고 수재로 유일한 서울대생인 김재중, 김재중이랑 한때 애인 사이였고 공부도 잘한 나 최철호의 누나 최수경, 김정민의 누나 김선미 등이 스쳐갔다. 지금은 어떤가. 재중 형은 군대 갔다가 바보가 돼 돌아왔고, 수경 누나와 선미 누나는 동네 새마을금고에서 동전이나 세고 있다. 세 사람에 견주면 광운 형은 분명 출세했다.

광운 형은 안양 어디 나이트클럽의 정식 지배인이었다. 밑에 딸린 웨이터만 30명이 넘었다. 과천 어디에 집도 크게 지었는데 땅값이 올라서 어마어마한 부자가 됐다.

"이 동네에서는 공부 해봤자 말짱 황이야. 광운이처럼 주먹 하나만 똑똑하게 쓰면 출세해."

딱히 광운 형이 돌린 막걸리 때문에 어른들이 이렇게 말하는 것은 아니었다. 여하튼 그렇게 '금의'를 입고 '환향'한 광운 형은 카퍼레이드 과정에서 예배당에서 울려 퍼지는 〈창밖의 여자〉를 들었다. 노을 속에서 피아노를 치며 노래하는 어린 가수의 환상

276

적인 실루엣을 발견하고, 이 노래가 조용필이 부르는 노래보다 더 처절하게 가슴에 박히는 사연도 귀동냥했다. 광운 형은 그 자리에서 돈벌이가 된다고 확신하고 정민이를 자기가 운영하는 나이트클럽의 가수로 채용했다.

조건도 파격이었다. 토요일과 일요일에 나와 두 시간만 노래하면 한 달에 20만 원. 정민이는 안 그래도 돈이 절실하게 필요했고, 좋아하는 노래를 하며 돈을 벌 수 있다니 그저 좋을 뿐이었다.

"내가 너를 친동생처럼 생각해서 밀어주는 거야. 대신 식구들이 알면 펄펄 뛸 테니 비밀로 해."

나이트클럽 가수라고 아무나 할 수는 없었다. 정민이는 노래나 피아노 실력이야 뛰어났지만 한눈에 봐도 어린아이였다. 그런데 '비즈니스맨' 이광운은 생각 자체가 달랐다.

"정민이를 여자 가수로 키울 거야."

1982년에는 아무도 생각할 수 없던 일대 사고의 전환이었다. 아직 변성기가 지나지 않은 미성의 소년을 여장 시켜 무대에 올린다는 발상은 열네 살 소년 가수가 무대에 서는 가장 현실적인 방법이었다. 그때 정민이 키가 160센티미터였으니 여자라면 왜소한 체격은 아니었다. 늘씬한 다리에 예쁜 얼굴은 꾸며만 놓으면 대낮에도 20대 초반 아가씨로 속일 수 있을 정도였다. 어두운 무대 위라면 관객들을 속이기가 더욱 쉽다.

광운 형은 남자도 아니고 여자도 아닌 듯한 목소리와 탁월한 고음 처리 능력, 그때는 거의 볼 수 없던 피아노 치며 노래하는 무대 매너에 그 정도의 미모라면 충분히 가수로 성공할 수 있다고 장담했다. 정민이도 '여장을 하고 무대에 서는 게 꿈'이라고 입버릇처럼 말했다. 걸핏하면 누나 스커트를 입고 화장하다 걸려 얻어맞았다. 그런데 돈 벌면서 소원 풀이를 할 기회가 찾아온 것이었다.

마침내 정민이가 첫 공연을 하는 날이 다가왔다. 무대에 서 있는 저 여자 가수가 열네 살 소년 김정민이라고는 나도 상상할 수 없을 정도였다. 우윳빛 피부에 긴 생머리, 짧은 스커트 아래로 쭉 뻗은 다리.

정민이는 짧게 인사한 뒤 피아노에 앉아 〈창밖의 여자〉를 어느 때보다 멋지게 열창했다. 손님들은 한마디로 '뻑'이 가서 '앵콜'을 외쳐댔다. 신인 여자 가수는 이은하와 혜은이의 노래를 연이어 불렀고, 사람들은 현란한 노래와 춤 솜씨에 넋을 잃었다. 정민이는 한마디로 물 만난 고기였다.

정민이, 아니 가수 제인 킴에 관한 소문은 삽시간에 퍼졌다. 정민이가 무대에 오르는 주말마다 나이트클럽은 미어터졌다. 종로나 신촌에서 변두리인 안양까지 원정 오는 젊은이들도 많았다. 오로지 제인 킴의 매력적인 노래를 들으려고 말이다. 남녀 손님들이 주는 팬레터와 선물들이 밀려들었다. 광운 형도 정민이를 확실히 붙들어두려고 더 많은 돈을 줬다. 이 많은 돈을 무슨 핑계를 대엄마에게 드리느냐가 정민이의 새로운 걱정거리였다.

가수 제인 킴에 관한 소문은 기어이 전문 가수 브로커의 귀까지 흘러들었다. 미8군 무대에 실력 있는 가수를 대던 업자가 정민이의 매니저를 맡고 있는 광운 형에게 거액을 제시하며 정민이를 용산 미군 무대에 세우자고 제의했다. 그 업자는 정민이를 미국에 데려가 대성시킬 자신도 있다고 했다. 이렇게 정민이의 또 다른 꿈, 미국행도 성사되기 직전이었다. 정민이는 인기 정상이었고, 엄마가 곧 돌아가실지 모른다는 사실까지 잊을 정도였다. 정민이 인생에서 가장 행복한 시절이었다.

광운 형은 정민이를 미8군 무대에 세우는 대가로 큰돈을 받았다. 그중 몇 퍼센트인지는 모르지만 정민이에게도 만 원짜리 50장이 한꺼번에 전달됐다. 나는 미8군 계약금 50만 원과 나이트클럽 월급까지 정민이가 번 100만 원 가까운 돈을 정민이 어머니에게 전할 방법을 고민했다. 할 수 없이 거짓말을 했다. 만 원짜리

100여 장을 신문지로 둘둘 말아 내밀었다.

"학교에서 정민이 딱한 사정을 알고 모금한 돈이에요."

당연히 정민이 엄마는 믿지 않았다. 산동네 학교에서 그런 큰 돈이 모일 턱이 없었다. 정민이 엄마는 당장 학교에 전화를 했고, 내 거짓말은 10분도 지나지 않아 들통났다.

달리 둘러댈 핑계가 없었다. 게다가 정민이 엄마는 곧 세상을 뜰 분이다. 그런 어른한테 거짓말을 할 용기도 없었다. 나는 있는 그대로 털어놨다. 정민이 엄마는 하염없이 눈물을 흘렸다.

"못난 에미 때문에 우리 막내아들이 치마 입고 노래를 하네."

그날 밤 정민이 어머니는 4남매를 불러모아 화를 낸 뒤 모두 꼴도 보기 싫으니 나가라고 했다.

"다른 집 애들은 엄마가 아프면 큰 병원에 모시고 가 치료를 한다는데, 너희는 지금껏 입혀주고 먹여주고 가르쳤는데 엄마 죽게 되도록 할 수 있는 게 뭐냐?"

오갈 데 없는 정민이네 네 형제는 우리집 마루에서 잠을 잤다. 엄마가 너무 살벌하게 화를 내 근처에도 갈 수 없기 때문이었다. 이튿날 네 형제가 집에 가보니 어머니는 머리맡에 불붙은 연탄 화덕을 놓고 잠든 듯 누워 있었다. 정민이의 공책에는 삐뚤빼뚤한 글씨로 이런 말이 적혀 있었다.

"못난 에미 만나서 너희가 고생하는구나. 지금까지 받은 복도 나로선 과분하다. 불쌍한 우리 막내……."

그 옆에는 눈물로 보이는 물방울 자국이 몇 개 보였다. 숨이 턱에 차도록 순식간에 산동네를 뛰어 내려온 정민이는 우리집으로 들어와 전화기를 들고 다짜고짜 119를 돌렸다.

입이 싼 내가 고자질해 정민이 엄마가 자살을 시도했다고 생각하니 죄책감에 잠을 이룰 수 없었다. 결국 모든 것을 털어놨고, 정민이는 받은 돈을 돌려준 뒤 무대에 서지 않겠다고 말했다. 그런데 받은 돈을 이미 써버린 광운 형은 정민이를 꼭 무대에 세워야 했다. 광운 형은 학교까지 찾아와 정민이를 협박했다. 정민이는 차라리 나를 죽이라며 무대에 서지 않겠다고 저항했다. 며칠 뒤 그렇게 괴롭히던 광운 형이 감쪽같이 사라져 나타나지 않았다. 정민이는 광운 형이 이제 포기한 모양이라고 생각했다.

며칠 뒤 기성이가 칼을 맞아 입원한 소식이 들렸다. 기성이가 정민이 문제를 정리하려고 나이트클럽으로 광운 형을 찾아가 '맞짱'을 떴다. 광운 형이 기성이 허벅지에 칼을 꽂더니 쏘아붙였다.

"신경 꺼, 이 새끼야!"

"나는 치사하게 허벅지 같은데 안 찔러. 앞으로 정민이 앞에 한 번만 더 나타나면 반드시 이 칼로 당신 가슴팍을 찌를 거야."

기성이는 빙긋이 웃으며 이렇게 대꾸한 뒤 허벅지에 칼을 꽂은 채 뚜벅뚜벅 걸어 사무실을 나왔다.

# '섬마을 선생님'의 '봄날은 간다'

정민이는 노래를 잘 부르기도 했고 피아노 치며 노래하기를 좋아하기도 했다. 그래서 자기가 무대에서 노래하는 모습을 엄마에게 꼭 보여드리고 싶었지만, 정민이 엄마는 노래하는 아들을 달가워하지 않았다. 이런 현실에 더욱 힘겨워하며 〈창밖의 여자〉를 부르는 정민이 앞에 진짜 '창밖의 여자'가 나타났다.

정민이가 피아노를 치며 '나를 잠들게 하라'고 구슬피 노래 부르는 모습을 교회 창밖에서 젖은 눈으로 바라보던 소녀. 국민학교 동창인 동네 병원집 딸 진현아였다. 당연히 산동네 아이들이랑은 옷맵시부터 말투까지 여러모로 달랐다. 현아는 6학년 때부터 큰 키였는데 중학교에 들어가고 나서는 완전 아가씨가 다 됐다.

지금은 현아처럼 '집이 부자고 얼굴도 예쁜데다 공부까지 잘하는' 아이들을 '짱'이라고 하지만, 그때는 '따'에 가까웠다. 대부분 가난한 산동네에 사는 여자아이들 사이에서는 따돌림을 당하고, 남자아이들은 마음속으로 좋아하면서도 대놓고 말도 못 걸고 괜히 불친절하게 대했다. 그래서 그런지 외모에서 풍기는 카리스마는 대단했지만 6학년 내내 현아가 아이들이랑 어울려 놀거나 떠드는 모습은 본 적이 없는 듯했다. 한 반이 80명이나 되니 웬만큼 개성이 강하지 않으면 존재감을 드러내기 어려웠다.

　현아가 언제부터 산꼭대기 우리 동네 교회에 나오기 시작했는지는 모르겠다. 하여간 어느 순간부터 정민이의 콘서트 타임, 그러니까 국기 강하식이 끝나고 노을이 질 무렵에 언제나 1층 창밖에 현아가 있었다. 그런 현아에게 먼저 말을 건넨 사람은 나였다. 현아에게 속으로는 마음이 있지만 겉으로는 불친절하게 대한 남자아이들 중 하나가 바로 나, 최철호였다.

　"야! 너 니네 교회 안 가고 왜 여기 댕기냐?"

　"……."

　"니네 동네로 가라고!"

　"너 쟤랑 친하지?"

　순간 나는 마음이 크게 상했다. 현아가 정민이에게 관심 있을 줄이야.

　"너 김정민 좋아하냐?"

　"응."

　화가 많이 났다. 어차피 노는 물이 다른 진현아가 나한테 관심

없는 거야 그럴 수 있다고 치자. 그런데 하필 정민이라니. 정민이가 요즘 동네 가수로 인기가 올라가기는 했지만 여전히 계집애라고 놀림 받고, 나랑 기성이가 없으면 언제나 얻어터지는 '찐따' 아닌가.

화가 난 표정을 억지로 감추고 욕을 한 뒤 집으로 돌아왔다.

"얼라리 꼴라리다 이년아! 둘이 결혼해라! 결혼해!"

마루에 가방을 집어던진 나는 엄마에게 떼를 썼다.

"엄마, 나 피아노 배울래!"

엄마는 그런 나를 미친놈 보듯 한번 흘끗 보더니 구멍 난 양말만 꿰맸다.

그 뒤로 정민이는 나랑 놀지 않고 현아랑 붙어 다녔다. 질투가 심하게 났다. 왜 현아가 정민이를 좋아하는지 알 수 없었다. 자존심을 굽히고 정민이를 찾아가 이유를 물을 수밖에 없었다. 정민이는 마치 난데없이 스캔들에 휘말린 연예인처럼 대답했다.

"현아는 나를 좋아하는 게 아니라 내 노래를 좋아해."

정민이랑 나는 차원이 다르다는 사실을 보여주고 싶어 일부러 사회생활을 하는 기성이랑 더 친하게 보이려 했다. 기성이도 나름대로 청춘사업이 바빴다. 한때 애인이던 외교관 딸 현주가 성숙한 모습으로 변신해 잠시 한국에 들어온 때문이었다.

현주는 기성이가 학교 그만둔 이야기를 하자 이해한다고 했다. 사람들은 기성이를 중학교도 못 나온 '깡패 새끼'로 생각했지만, 현주는 그런 기성이를 이해하는 유일한 친구였다. 현주는 기회가 되면 자기가 있는 외국으로 가 공부하자고 말했고, 기성이는 말 그대로 감동의 도가니에 빠졌다. 나도 그 둘의 데이트에 끼어보려 했지만, 기성이는 노골적으로 나를 동생 취급 하며 '이제 그만 가서 볼일 보라'고 압력을 넣었다.

그렇게 나는 외톨이가 됐다. 가끔 정민이가 외톨이가 된 적은 있었지만 내가 외톨이가 된 일은 처음이었다. 이런 상황을 이해할 수 없었다.

현아랑 정민이는 학교만 마치면 버스를 타고 어딘가로 사라져 어두워지면 돌아왔다. 둘이 뭐하고 돌아다니는지 궁금했지만 정민이에게 물어볼 수 없었다. 어쨌든 정민이는 좋아하는 여자를 빼앗은 연적 아닌가. 자존심 상하는 일이었다.

둘을 갈라놓기 위해 나는 현아 아버지에게 '현아가 밤이슬을 밟는다'고 알리는 치사한 방법을 썼다. 쉽게 말하면 현아 아버지를 찾아가 현아랑 정민이가 사귀고 있다는 사실을 고자질했다.

"현아가 김정민이라는 아이랑 붙어다닙니다. 공부도 못하고 피아노나 퉁땅거리며 노래 부르는 '딴따라'예요. 현아 앞길에 별로 좋은 영향을 끼칠 것 같지 않아 주제넘게 찾아와 이렇게 말씀드립니다."

이 고자질 때문에 현아가 그동안 피아노 학원 간다고 거짓말하고 정민이랑 놀러 다닌 행적이 모두 밝혀졌다. 현아는 금족령에 묶여 집밖으로 나가지 못하는 신세가 되고 말았다. 정민이는 현아네 집에 전화까지 했지만 앞으로 다시는 전화하지 말라는 현아 엄마의 쌀쌀한 목소리만 들었다.

현아가 집에 갇히고 일주일 뒤, 현아 아버지가 밤늦게 우리집에 찾아왔다. 학교 간다고 나간 현아가 10시가 넘도록 돌아오지 않은 것이었다. 놀랍게도 그 시간, 정민이도 집에 돌아오지 않았다. 현아네 부모님은 사색이 됐다.

나, 우리 부모님, 현아 부모님은 학교에 연락하고 파출소에 뛰어다니며 머리에 피도 안 마른 소년과 소녀의 가출 문제를 해결하느라 동분서주했다. 밤 12시가 다 돼 두 아이는 정민이의 피아노 스승인 피아노 아줌마 손에 이끌려 동네에 나타났다.

사건의 진상은 이랬다. 피아노 아줌마는 아이들에게 친절하기로 동네에서 유명했다. 또한 아줌마는 천재적 소질이 있지만 가정 환경이 나쁜 정민이를 누구보다 아꼈다. 현아도 이 아줌마에게 피아노를 배웠는데, 친절한 아줌마를 잊지 못해 꾸준히 연락을 해왔다.

피아노 아줌마는 현아에게 정민이 소식을 물었고, 그 부탁 때문에 우리 동네에 온 현아가 정민이를 만나게 됐다. 현아는 정민이 엄마가 많이 아픈데다 아들이 노래하는 것도 싫어한다는 사실을 알게 됐다. 현아는 정민이 엄마를 위한 '깜짝 콘서트'를 하자고 제안했다.

현아와 정민이 둘이 교회에서 작은 콘서트를 열고 정민이 엄마를 비롯해 동네 사람들을 초대하자는 생각이었다. 그때 마치 영화처럼 정민이가 엄마에게 사랑을 고백하고 엄마를 위한 노래를 부르면 엄마는 아들을 이해하고 더 힘을 내게 된다는 게 현아의 계획이었다.

마침내 둘은 11월 마지막 주 토요일 오후에 깜짝 콘서트를 열

기로 약속했다. 이 사실을 아는 사람은 두 사람 말고 피아노 선생님과 목사님뿐이었다. 연습을 위해 두 사람은 방과 후 피아노 선생님 집을 찾은 것이다. 교회에서 연습하면 들통나기 쉽기 때문이었다.

현아는 용돈을 아껴 초대장도 100장이나 만들어놓았다. 그렇게 콘서트 준비가 거의 마무리되던 때 내 고자질 때문에 집에 갇히게 됐다. 결국 현아는 아버지 명령을 어기고 연습 장소인 피아노 아줌마 댁을 찾았고, 거기서 밤늦은 시간까지 연습을 했다. 피아노 선생님은 밤이 늦도록 돌아가지 않는 두 아이를 다그쳐 자초지종을 들은 뒤 직접 아이들을 데리고 동네로 찾아왔다.

콘서트는 예정대로 진행됐다. 목사님이 예배 시간에 두 사람의 콘서트가 열리는 사실을 알렸고, 가출 소동까지 겹치면서 동네 사람들이 많이 모였다. 그날 정민이는 엄마가 가장 좋아하는 '연분홍 치마가 봄바람에……'(《봄날은 간다》)와 '해당화 피고 지는……'(《섬마을 선생님》)을 어느 때보다 멋지게 불렀다.

노래를 마친 뒤 정민이는 엄마에게 울먹이며 말했다.

"엄마가 노래하지 말라고 하면……안 할게요."

"장한 내 새끼."

정민이 엄마는 대답 대신 힘든 몸을 끌고 무대 위로 올라가 아들을 꼭 끌어안으며 눈물을 흘렸다. 구경하는 사람들도, 나도, 현아도, 기성이도, 현주도, 현주 아버지와 어머니, 현아 아버지와 어머니도 모두 울었다.

# 해피 크리스마스 인 봉천동

봉천동 아이들에게 크리스마스는 언제나 '대목'이다. 국민학교 시절, 우리 삼총사는 교회에서 나눠주는 성경책을 받아 헌책방에 팔아 돈벌이를 했지만, 중학생이 된 지금은 어엿한 청소년으로서 그런 유치한 짓을 할 수는 없었다.

고민 끝에 생각한 일이 크리스마스카드 장사. 그 당시 미대생이나 미대 지망생들이 직접 그린 크리스마스카드를 길에서 많이 팔았다. 정민이는 노래 실력에 더해 그림 실력도 대단했다. 늘 남을 부추겨 사고를 일으키는 나는 정민이에게 카드를 팔아 몸져누운 어머니를 돕자고 제안했다.

안타깝게도 우리는 대학생 형들에게 '품질'이 밀릴 수밖에 없었다. 그래서 '차별화된 매장'을 꾸미기로 했다. 많은 카드 좌판들 사이에서 눈에 잘 띄게 휴대용 카세트 플레이어에 캐럴을 틀고 반짝이는 트리를 세우기로 했다. 집집마다 16인치 텔레비전만 한 휴대용 카세트 플레이어가 있었다. 서민층의 오디오 시스템인 만큼 당연히 집안 귀중품 중의 하나였다.

아이디어를 실현하려니 돈이 무척 많이 들었다. 산동네 아이들은 뭔가 필요하면 '구한다'는 생각을 먼저 했지 지금처럼 '돈 주고 산다'는 말은 하지 않았다. 워낙 돈이 귀한 시절이었다. 먼저 동네 구석구석을 돌아다니는 작은아버지에게 크리스마스 사업 아이템을 이야기하고 도움을 구했다. 작은아버지는 우리 식구 중 내 마음을 알아주는 유일한 어른이었다. 정민이 어머니 병원비에 보태려고 카드를 그려 판다는 말을 듣고는 흔쾌히 고물상을 뒤져보자고 약속했다.

우리는 바로 카드 만들기 작업에 착수했다. 도화지 50장을 비롯한 각종 재료를 문방구에서 산 뒤 정민이가 밑그림을 그렸다. '눈이 소복이 쌓인 판잣집', '창밖에 눈이 내리고 병든 어머니 앞에서 노래 부르는 소년'(아마 정민이일 듯하다), '연탄난로를 피운 낡은 교회에서 산타크로스 할아버지가 준 초코파이를 받고 기뻐하는 소녀' 등이었다. 한눈에 봐도 '행복한 크리스마스'와는 거리가 멀었지만 정민이는 다른 크리스마스 분위기는 생각이 안 난다며 밀어붙였다.

밑그림을 그린 뒤 색칠을 하려 했지만, 낡은 그림물감은 꽁꽁 얼어 뚜껑이 열리지 않았다. 겨우 뚜껑을 열어도 물감이 안 짜지

고 색도 제대로 안 나왔다. 우리는 물을 끓여 그림물감을 녹이기로 했지만, 방금 연탄을 간 화덕에서는 불꽃을 찾아볼 수 없었다.

"이거 끓으려면 두세 시간 걸리겠다."

"끓을 동안 산에 트리 만들 나무나 자르러 가자."

우리는 그렇게 화덕 뚜껑을 열어 냄비를 얹어놓은 채 녹슨 톱을 하나 들고 비행기산으로 달려갔다. 뒷산은 민둥산이지만 좀 깊숙이 들어간 비행기산에는 제법 쓸 만한 나무가 있었다. 잘생긴 나무를 하나 발견한 우리는 눈치를 보며 '불법 벌목'을 해 끌고 내려왔다. 다행히 동사무소 직원이나 순경한테 들키지 않아 정말 운이 좋다고 하이파이브까지 하며 기뻐했다.

정민이네 집에 돌아오니 냄비는 새까맣게 탔고 온 집안에 연탄가스가 가득차 숨쉴 수도 없었다. 놀란 우리는 방문을 열어젖혔다. 정민이 엄마는 자리에 없고 휴대용 카세트 플레이어만 덩그마니 놓여 있었다. 옆집 아줌마 말이 작은아버지가 연탄가스를 마셔 신음하는 정민이 엄마를 업고 병원으로 달려갔다고 했다.

우리는 부리나케 산동네를 뛰어 내려가 병원으로 달렸다. 연탄가스를 마시면 업고 뛰는 병원은 한 곳뿐이었다. 응급실에는 심란한 표정을 한 작은아버지가 절뚝거리며 서성이고 있었다. 어릴 적 소아마비를 앓아 다리를 조금 저는 작은아버지는 고물상에서 구한 카세트 플레이어를 전해주러 왔다가 가스를 마시고 사경을 헤매는 정민이 엄마를 발견했다. 결국 내가 또 사고를 친 꼴이었다.

다행히 정민이 엄마는 빨리 병원에 온 덕분에 고비를 넘겼다. 절뚝거리는 다리로 정민이 엄마를 업고 병원으로 뛴 작은아버지를 떠올리니 갑자기 눈물이 쏟아져 끌어안고 펑펑 울었다.

"친구 어머니 도우려고 한 일인데 걱정할 것 없다. 병원비도 작은아버지가 다 계산했으니 아버지한테 들킬 염려도 없어."

그런 작은아버지가 고마워 나는 더 서럽게 울었다. 하루 벌어 하루 사는 신세에 작은아버지가 돈이 있을 턱이 없었다. 병원비를 꼭 갚겠다고 하자 작은아버지는 우리를 안심시켰다.

"쓸데없는 걱정 하지 마라. 작은아버지가 자전거에 달 모터를 사려고 준비한 돈이 있어서 그걸로 계산했다."

다리가 불편한 작은아버지는 전부터 자전거에 모터를 달고 싶다고 했다. 정민이랑 나는 더 가슴이 아팠다. 우리는 카드를 팔아 번 돈으로 작은아버지에게 멋진 자전거 모터를 선물하기로 결심했다. 정민이는 마음속 깊은 곳의 예술혼까지 끌어올려 혼신의 힘을 다해 '작품'을 완성했고, 나는 아버지 몰래 작은아버지를 따라 '보일라 고쳐요오우아'와 '수도오오우 고쳐요오우아'를 외치며 추운 겨울 산동네를 누볐다. 함께 일한 일주일 동안 나랑 작은아버지는 단 한 건의 '공사'도 '수주'하지 못했다. 지독한 겨울이었다.

유난히 눈이 많이 내리던 어느 날, 작은아버지는 아버지가 급히 찾으신다며 내게 집으로 가보라 했다. 집에 가니 아버지는 아직 퇴근 전이었다. 그 뒤로 작은아버지는 지방 출장이 있다며 동네에 나타나지 않았다. 정민이랑 나는 거리에서 작은아버지가 구해준 카세트 플레이어에 캐럴을 틀어놓고 비행기산에서 베어 온 나무에 어설프게 반짝이를 장식해 트리를 꾸민 뒤 언 손을 호호 불며 크리스마스카드를 팔았다.

카드는 지독하게 팔리지 않았다. 조금 관심을 보이는 손님들도 카드 그림이 우중충하다며 외면했다. 그때 지나가던 수녀 한 분이 우리 카드를 보고 반색을 했다.

"그림이 정말 좋네. 우리 고아원 아이들이 좋아하겠다."

그러고는 카드를 몽땅 샀다. 우리는 마치 복권이라도 맞은 듯 기뻐 날뛰며 코가 땅에 닿도록 절을 했다. 너무 기뻐하느라 전봇대 뒤에서 그 모습을 흐뭇하게 바라보는 기성이를 발견하지는 못했다.

우리는 카드 판 돈을 들고 당장 자전거포로 달려가 짐자전거에 다는 모터를 '조금 좋은 것'으로 마련했다. 가장 좋은 것을 사려니 돈이 좀 모자랐다. 단숨에 작은아버지에게 달려가고 싶었지만 정민이가 예쁘게 포장을 해야 한다고 악착같이 우겼다. 결국 우리는 동네 구멍가게에서 라면 상자를 얻은 뒤 문방구에서 산 포장지로 싸고 리본까지 묶어 작은아버지 집으로 찾아갔다.

작은아버지는 우리의 선물을 풀어보시더니 나와 정민이를 번갈아 끌어안으며 눈물을 흘렸다.

"난생처음 크리스마스 선물을 받아보는구나."

"작은아버지, 당장 모터 달아요."

"응, 작은아버지 친구가 잠깐 빌려갔어."

내가 오두방정을 떨어도 작은아버지는 어색하게 웃을 뿐이었다. 순간 방안 분위기가 썰렁해졌다. 어리지만 우리도 그 말을 곧이곧대로 믿을 바보는 아니었다. 작은아버지가 자전거를 팔아버린 사실을 '본능적으로' 깨달은 우리는 맥이 탁 풀렸다.

하루 끼니도 해결하기 힘겨운 작은아버지가 돈을 모을 리 없었다. 정민이 어머니를 병원에 업고 간 날, 외상으로 떼어온 재료 대금을 갚을 돈으로 병원비를 냈다. 그나마 일도 들어오지 않는데 외상값 갚을 날이 급하게 닥치자 작은아버지는 결국 생계 수단인 자전거를 팔았다. 우리는 반짝반짝 빛나는 자전거용 모터만 멍하니 바라볼 뿐 아무 말도 하지 못했다.

# 말죽거리 잔혹사 1981

우리 네 형제는 늘 조금씩 문제아였다. 가장 똑똑한 큰누나 최수경은 까칠한 성격 탓에 동네에서 미움을 받았다. 재중 형이 군대에서 바보가 된 사건이 큰누나가 고무신 거꾸로 신은 탓이라는 사실이 알려지면서 더욱 그랬다. 형 최진호는 공부에는 관심 없고 놀기만 좋아하는 싸움꾼이었다. 그나마 조용하게 지내는 쪽은 작은누나 최우경 정도. 나도 크고 작은 문제를 일으켜 늘 조용할 날이 없었다.

문제아 자식들 사이에서 가장 고생하는 사람은 엄마였다. 아버지 육군 상사 최 상사는 군대 용어로 치면 융통성 없는 '에프엠 가장'으로, 자식들이 문제를 일으키면 용서하지 않는 스타일이었다. 그러니 누나가 아버지 몰래 대학 입시를 준비하는 일도, 형이 싸움을 하다 정학을 맞은 일도 엄마는 아버지가 알까봐 쉬쉬하며 뒷수습했다.

1981년, 재수를 한 형은 그해 학력고사에 응시하지만 결과는 작년보다 더 처참했다. 고려대학교 수학과를 차석으로 합격한 뒤 우리집에서 통학하고 있는 호남의 수재 박수일에 비교돼 아버지는 더 속이 상했다. 아버지가 형에게 화를 내면 낼수록 형은 더 삐뚤어져 사고를 쳤고, 어머니는 그 뒷수습을 하느라 애가 탔다. 학력고사 성적이 발표되고, 형이 삼수에도 실패한 사실을 알게 된 뒤 아버지는 형에게 크게 화를 냈다.

"버러지 같은 자식! 당장 집에서 나가!"

형은 진짜 집을 나갔다. 엄마는 온 동네를 수소문해 형의 행방을 찾았지만 알 수 없었다. 일주일 뒤 경찰서에서 전화가 오기 전까지는. 엄마랑 나는 떨리는 마음을 진정시키며 경찰서를 찾았다. 형은 또 여기저기 얻어터진 모습으로 유치장에 갇혀 있었다.

형은 집을 나간 뒤 대학은 이제 포기하고 돈이나 벌자는 생각에 친구랑 함께 포장마차를 차렸다. 얼마 지나지 않아 술 취한 손님이랑 시비가 붙었고 경찰서까지 오게 됐다. 엄마는 피해자 쪽 보호자에게 손이 발이 되도록 빈 뒤에야 겨우 형을 꺼내올 수 있었다. 치료비를 물어주고 합의금을 준다는 조건이었다.

엄마는 절대 아버지에게 알리지 않을 테니 제발 마음잡고 다시 공부를 시작하라고 했다.

"합의금이랑 치료비는 내가 어떻게 해볼게요."

"그건 내가 알아서 할 테니 너는 제발 정신 좀 차려다오."

아들의 손을 꼭 쥔 엄마는 눈물을 떨궜다. 그 뒤로 형은 변했다. 가출하고 돌아온 뒤 아버지가 휘두르는 호된 매질에도 반항하지 않고 정중하게 잘못했다고 말했다. 다시 학원을 나가기 시작했으며, 전처럼 땡땡이치고 당구장이나 포장마차에서 시간을 보내는 것 같지도 않았다.

그 일이 있은 뒤 엄마도 변했다. 아버지가 출근하면 어김없이 어딘가로 급하게 나갔고, 아버지가 퇴근하기 직전에 들어왔다. 엄마는 작은누나에게 나를 부탁했다.

"고향 친구가 많이 아프니 한두 달 거기 가서 친구를 돌보기로 했거든. 시간 나는 대로 청소 좀 하고 철호 밥도 차려줘라."

매일 집에 있던 엄마가 보이지 않자 괜히 서글픈 생각이 들고 화가 났다. 엄마에게 나가지 말고 집에 있으라고 했지만 엄마는 여전히 고향 친구 이야기를 하며 조금만 참으라고 했다. 엄마 '고향 친구'라니 도무지 이해할 수 없었다. 엄마의 공식 학벌은 국민학교 중퇴였다. 공부를 무척 하고 싶었지만 집안 어른들이 반대해 국민학교조차 마치지 못했다. 날마다 고향 친구를 만난다는 말은 새빨간 거짓말일 가능성이 컸다. 14년 가까이 살아오면서 엄마 친구라는 사람을 마주친 적이 거의 없었다. 엄마가 바람난 게 아닐까 걱정이 됐다. 결국 나는 엄마의 뒤를 밟기로 했다.

집에서 버스로 20분 정도 떨어진, 한창 부동산 붐이 일고 있는 말죽거리 어귀의 부잣집 저택으로 엄마는 들어갔다. 사모님에게 머리를 조아리는 엄마 모습이 담 너머로 보였다. 엄마는 텔레비전

드라마에 나오는 '식모살이'를 하고 있었다.

그날 오후 경찰서에서 연락이 왔다. 엄마가 경찰서에 잡혀 있으니 찾아오라고 했다. 세상에, 엄마가 경찰서에 가다니. 천만다행으로 아버지는 동계 훈련에 중이었다. 나, 작은누나, 큰누나는 허겁지겁 경찰서로 달려갔다.

엄마는 유치장에 갇혀 있었다. 파출부 일을 나가는 그 저택의 사모님이 엄마를 절도 혐의로 고발한 탓이었다. 엄마는 미안하다고 말했다.

"형이 사고 친 합의금과 치료비를 마련하려고 파출부 일을 나갔는데, 억울하게 도둑 누명을 뒤집어썼어."

나는 형이 정말 미워졌다. 그런데 놀랍게도 조금 뒤 형이 경찰서로 끌려 들어왔다. 졸지에 아버지를 뺀 우리 네 형제와 엄마가 모두 경찰서에서 상봉한 셈이었다.

절대 싸움을 하지 않겠다고 다짐한 뒤 형이 새사람이 된 것은 사실이었다. 그런데 합의금과 치료비가 걸림돌이었다. 형은 친하게 지내는 친구에게 합의금을 꿔달라고 부탁했다.

"내 뼈가 부서지는 한이 있어도 갚을 테니 도와줘라."

평소 형에게 신세를 지던 형 친구는 부탁을 들어주기로 했다. 그런데 그 친구도 그렇게 자유로운 처지는 아니었다. 어느 음성 서클의 멤버지만, 부잣집 아들이라는 이유로 매번 돈을 상납하라는 강요를 받고 있었다. 음성 서클은 들어갈 때는 마음대로 들어가도 나갈 때는 마음대로 나갈 수 없는 곳이었다. 서클을 빠져나오려고 무진 애를 썼지만, 무지막지한 폭력 앞에 어쩌지 못한 채

매번 돈만 빼앗기며 고통받고 있었다. 지친 그 친구는 자살을 결심하고 쥐약을 먹었다. 친구에게 돈을 받기로 약속한 날, 형은 돈 대신 거품을 물고 쓰러진 친구를 발견했다.

형은 친구를 들쳐 업고 정신없이 병원으로 달려 겨우 목숨을 건졌다. 친구가 스스로 목숨을 끊으려 한 이유를 알게 된 형은 자연스럽게 꼭지가 돌았고, 친구의 목숨을 빼앗을 뻔한 아이들을 찾아가 한바탕 싸움을 벌였다. 전해오는 이야기로는 1 대 10이었다고도 하고 1 대 20이었다고도 한다. 그 싸움을 마지막으로 형이 '주먹'을 접은 탓에 진실은 영원히 묻히고 말았다.

어쨌든 그 싸움에서 형은 이겼고, 세 명을 반병신으로 만들었다. 다시는 친구를 해코지하지 않겠다는 다짐도 받았다. 그러나 친구를 괴롭히지 않는다고 약속했지만 형을 고소하지 않는다는 약속은 하지 않은 탓에 형은 다시 경찰서로 끌려오는 신세가 되고 말았다.

거액의 합의금이 필요했다. 지난번에 친 사고의 합의금과 치료비도 해결하지 못한 상황이라 모두 포기하고 감옥에 간다며 버텼다. 자기 때문에 감옥에 가게 된 친구를 보다 못한 형 친구는 집에 있는 귀금속을 훔쳐 보석상에 팔았다. 보석상 주인은 값비싼 보석을 팔러 온 어린놈이 의심스럽다며 곧바로 경찰에 신고했다.

엄마가 형에게 줄 합의금을 마련하려고 파출부 일을 나가던 그 집은 바로 자살을 시도한 형 친구의 집이었다. 이렇게 말하는 나도 믿기지 않을 만큼 세상은 참으로 좁다. 목돈이 필요한 엄마는 시세의 반값으로 쳐 월급을 선불로 받고 파출부 일을 시작했다. 그런데 얼마 지나지 않아 집에서 귀금속이 없어졌다며 사모님이 노발대발했다. 사모님은 새로 들어온 파출부인 엄마를 도둑으로 의심해 신고했지만, 사실은 형 친구인 그 집 아들이 형을 빼낼 합의금을 마련하려고 훔친 것이었다. 모든 사실이 밝혀진 뒤 사모님이 합의금을 마련해줘 형은 감옥살이 신세를 면할 수 있었다.

이 거짓말 같은 우연을 아버지를 뺀 최씨 집안사람들이 모두 알게 됐다. 형은 20년 가까이 지난 지금까지 절대 주먹을 쓰지 않고 지낸다. 그때 형은 엄마에게 무릎을 꿇고 빌며 펑펑 울었다.

"다시 내가 주먹을 쓰면 개새끼예요."

그 뒤 형은 대학을 포기하고 공무원 시험에 합격한 뒤 지독하게 평범한 인생을 살고 있다. 한때 진짜 잘나가던 형이 동사무소에서 서류를 끌어안고 끙끙대는 모습을 보면 요즘도 기분이 묘해진다.

# 찢어진 합격 통지서

"여보! 철호 아버지! 이게 뭐래?"

아침부터 기운 넘치는 말처럼 입김을 뿜으며 산동네 우리집을 찾은 우편배달부 아저씨에게 전보를 한 통 받은 엄마는 깜짝 놀랐다. 내 아버지 육군 상사 최 상사가 상사에서 준위로, 그러니까 하사관으로 진급할 수 있는 최고 계급까지 올라갔다는 준위 시험 합격 통지서였다. 엄마는 눈물까지 글썽이며 뛸 듯이 기뻐했다.

"이 양반, 맨날 늦게 퇴근해서 딴 살림 차렸나 했더니 엉큼하게 준위 시험 준비를……."

마침 휴가를 내 집에 있던 아버지는 엄마가 기뻐하는 모습을 보더니 금세 얼굴이 굳어졌다. 엄마에게 합격증을 건네받은 뒤 아무 말없이 물끄러미 합격증을 바라보다 이내 찢어버렸다. 아버지가 힘겹게 얻은 '준위 진급 시험 합격 통지서'를 찢게 된 사연을 나는 20년이 지난 뒤 아버지 칠순 잔치 때 엄마에게 들을 수 있었다.

1982년. 육군 상사 최 상사가 정확히 쉰 살이 되는 해였다. 지금은 군인 정년이 많이 늘어났지만 그때만 해도 40대 후반이면 정년퇴직을 준비해야 했다. 정년을 연장할 수 있는 길이 없지는 않았다. 준위 진급 시험을 봐서 합격하면 50대 중반까지 현역에 남아 있을 수 있었다.

정년을 앞둔 상사들은 대부분 준위 시험보다 전역을 택했다. 시험에 합격하면 군인 연금도 장교급으로 받고 직장도 더 좋은 곳에 갈 수 있었지만, 합격하기가 아주 어려웠다. 군 출신이 대통령이던 1980년대 초만 해도 '군인 세상'이라 정년퇴직한 군인들은 괜찮은 일자리를 쉽게 얻을 수 있어 어려운 시험 준비를 사서 하는 사람은 별로 없었다.

별을 단 장성 출신들은 무슨무슨 공사 같은 최고 직장에 간부로 취직했고 아버지 같은 하사관들도 중소기업 간부 정도 일자리는 장성들 '빽'을 써 쉽게 얻을 수 있는 시절이었다.

아버지도 가끔 동네 어려운 분들을 민간인은 치료받을 수 없는 육군 통합병원으로 보내거나 아는 사람들을 후방 근무할 수 있게 '빽'을 쓰는 '비리'를 저지르기는 했지만, 윗사람들이랑 관계가 좋아 전역한 뒤에도 적당한 취직자리를 얻을 수 있었다. 아버지는 의무 병과라 병원 관련 일자리를 얻는 일은 어렵지 않았다.

그런 아버지가 준위 시험을 준비하게 된 사연이 이렇다. 아버

지는 큰누나에게 마음의 빚이 있었다. 겉으로는 부잣집 딸들도 여상을 갔다며 무뚝뚝하게 말하고 나도 그렇게 알고 있었지만, 아버지, 엄마, 큰누나만 아는 속사정이 따로 있었다. '수'만 받으라고 이름을 수경이로 지었는데, 기대에 보답이라도 하듯 누나 성적표는 언제나 '올 수'였다. 아버지는 어릴 때부터 1등을 놓치지 않는 큰누나를 마음속 깊이 자랑으로 생각했고, 부대에서 막걸리 잔이라도 돌면 수경이가 전국 수석을 해서 신문에 대문짝만 하게 날 거라고 노래를 불렀다.

누나는 당연히 인문계 고등학교에 가야 했다. 그런데 누나가 중학교 3학년 때 엄마가 큰 병에 걸려 수술을 해야 하는 상황이 됐다. 아버지는 군인이라 웬만하면 치료비 걱정은 안 하는데, 의료 보험 혜택을 받을 수 없는 아주 비싼 수술을 받아야 할 상황이었다. 육군 상사 월급으로 도무지 감당할 수 없어 고민하던 아버지에게 어느 여상의 교장이 직접 전화를 걸어왔다.

"장학금을 줄 테니 최수경 학생을 우리 학교로 보내주십시오."

말하자면 스카우트 제의였다. 1970년대 중반에는 사립 여상들이 많이 생기면서 빨리 명문으로 자리잡으려고 우수 학생들을 스카우트하는 게 유행이었다. 엄마 수술비가 급한 아버지는 여상에서 주는 장학금으로 엄마 수술을 하자고 큰누나를 설득했다. 그날 큰누나는 나이롱 장판에 눈물을 떨구며 하루 종일 울었다. 아버지도 아무도 안 보는 곳에서 피눈물을 흘렸을 게 뻔하다.

아버지는 수경이 누나에게 커다란 마음의 빚을 지게 됐다. 누나는 여상을 졸업하고 은행에 취직한 뒤 새벽반과 심야반 학원을 들으며 지독하게 공부했다. 그리고 그해 처음 학력고사에 응시했다. 아버지는 새벽부터 밤늦은 시간까지 공부하는 누나를 볼 때마다 가슴이 쓰렸다. '부모 잘못 만나 고생하는 자식'을 보고 도무지 발 뻗고 잠을 잘 수 없었다.

아버지는 남들은 거들떠보지도 않는 준위 시험에 아무도 몰래 도전하기로 했다. 벅찬 도전이 분명했지만 준위 시험에 합격하면 딸에게 진 빚을 조금이라도 갚는 셈이라고 생각했다. 그렇게 딸을 응원하는 '아빠의 도전'이 시작됐다.

아버지는 새벽 세 시 반에 일어나는 누나보다 30분 먼저 일어나 손전등과 물통을 들고 약수터로 갔다. 물통을 책상 삼아 손전

305

등 불빛 아래 공부하다가 출근 시간이 되면 약수를 한 통 가득 받아 태연하게 돌아왔다. 가족들에게 비밀로 하려고 집에서는 공부하지 않았다. 부대에서도 숙직 근무를 자청하는 등 누나보다 늘 늦게 자고 일찍 일어나며 마치 고행하듯 공부를 계속했다.

마침내 누나는 학력고사를 봤고, 아버지도 준위 진급 시험을 치렀다. 시험 결과를 초조하게 기다리던 때, 군대 간 봉천동 수재 재중 형이 바보가 돼 돌아왔다. 재중 형은 큰누나를 죽도록 쫓아다녔고, 큰누나는 과외 받는다는 핑계를 대며 일주일에 한 번씩 은혜 베풀 듯 만나줬다. 그리고 그 사실을 아는 사람은 나밖에 없다고 생각했다. 그런데 엄마랑 아버지도 두 사람 사이를 눈치챈 모양이었다. 엄마는 둘이 잘되기를 내심 바라는 마음도 있었다고 고백했다.

그런 재중 형이 바보가 돼 돌아오니 아버지도 충격이었다. 재중 형이 조금 편한 후방에서 지낼 수 있게 '빽'까지 써준 아버지는 재중 형 홀어머니 앞에서 얼굴을 들 수 없었다. 아버지는 사건의 전말을 알아보기 시작했다. 그런데 웬일인지 모두 쉬쉬할 뿐 속시원히 알려주는 이가 없었다. 아버지는 월남전에 함께 다녀온 절친한 전우이자 서슬 퍼런 보안대에 있는 동료에게 전화를 걸었다.

"진짜 자네니까 가르쳐주는 거네. 어디 가서 입 벙끗하면 크게 다치니까 알고만 있게."

"뜸 들이지 말고 어서 말하게."

"그날 여자 친구가 면회 와서 김재중 이병이 외출 나갔거든."

"……."

"근데 김 이병이 여자 친구한테 차였는지, 무슨 일이 있었나 봐. 술에 좀 취했더래."

"……."

"신참이 외출 나갔다 왔으니 고참이 짓궂은 질문을 던졌겠지, 뭐. 여자 친구랑 잤냐 어쨌냐."

"……."

"그래서 김 이병이 술김에 고참한테 대들었나 봐. 야삽으로 머리를 한 대 맞았는데 바로 뻣뻣해지면서 사지를 떨더라는 거야."

재중 형을 때린 고참은 아버지 부대 사단장의 아들이었다. 별 두 개 아들이면 대부분 '빽'을 써서 군 면제를 받는데, 하도 '꼴통'이라 사람 좀 돼라며 군대에 보냈고, 결국 멀쩡한 사람을 바보로 만들었다.

마침 그 사단장은 청와대 비서실장으로 내정돼 있어 이력서 관리에 신경이 날카로웠다. 결국 사건이 있은 뒤 문제를 일으킨 사단장 아들은 바로 광주의 다른 부대로 전출되고 재중 형은 의무 심사를 거쳐 의병 전역 처리됐다. 서류 처리도 말끔하고 군의관도 모두 입을 맞춘 상태였다.

아버지는 그날 면회 온 여자 친구의 신상을 위병소에 알아봤다. 최수경, 큰누나였다. 동료들이 몸조심하라고 충고했지만 아버지는 진실을 캐내려고 여기저기 다니며 증거도 모으고 증언도 들었다. 재중 형과 형의 홀어머니에게 드는 죄책감, 평생을 바친 군을 향한 배신감 때문에 옷을 벗더라도 진실을 밝히고 싶었다.

며칠 뒤, 사단 인사과장이 아버지를 호출했다. 인사과장은 전역 권고를 통보했다.

"최 상사에 대해서는 보고를 받았다. 김재중 이병 자대 배치에 담당자에게 향응을 제공했고(선술집에서 대포 한잔 대접한 일), 자격이 되지 않는 민간인을 국군 병원에서 치료받게 했으며(형편 어려운 동네 사람을 군의관에게 보인 일), 직무 유기에 근무 태만 등 문제가 많다. 이번에 옷을 벗지 않으면 불명예 전역을 시키겠다. 참고로 불명예 전역을 하면 군인 연금도 없다."

아버지는 전역 신청서를 냈다. 평생의 자랑인 월남전 때 받은 훈장을 쓰레기통에 집어던지고 30년 넘게 입은 군복을 벗었다. 며칠 뒤 집으로 준위 진급 시험 합격 통지서가 날아들었다.

아버지는 이런 사정을 20년 동안 엄마에게만 말한 채 가슴에 묻어두고 있었다. 이유는 오직 하나였다. 큰누나, 최수경 때문이었다. 혹시 수경이 누나가 자기 때문에 재중 형이 잘못됐다는 사실을 알고 상처받을까 걱정했다. 아버지는 이 사실을 자식들이 전혀 모른다고 아직도 굳게 믿고 있다.

# 효행 소년 정장 자율화

봄이 되면서 정민이 엄마의 병세가 더 나빠졌다. 아버지는 병원에서도 더는 손을 쓸 수 없다고 했단다. 병자, 특히 아랫목에 누워 죽기만 기다리는 병자가 있는 집에서는 정말 '죽음'의 냄새가 난다. 동네 공사판 지하실에 쥐약 먹고 죽은 쥐에게서 풍기는 기분 나쁜 냄새 말이다.

그해 봄, 정민이네 집에는 그런 냄새가 조금씩 드리우기 시작했다. 그즈음 정민이는 새벽마다 약수터에 올라가 커다란 물통에 두 통씩 약수를 받아 날랐다. 봄이라고 해도 새벽에는 아직 추웠고, 물통도 정민이가 들기에는 무거웠다. 정민이는 그래도 장갑도 끼지 않은 손을 호호 불어가며 끙끙거리며 물통을 날랐다.

"돈도 안 되는 일을 뭐하러 사서 하냐?"

"봄에 뜨는 약수가 진짜 약수야. 엄마 병에 좋을 거야."

정민이가 약수를 뜨는 진짜 이유는 따로 있었다. 정민이는 예술적 감각을 타고난 아이였다. 소리나 냄새에도 아주 민감하다. 정민이도 자기 집에 조금씩 퍼지는 죽음의 냄새를 느꼈고, 아랫목에 앓아누운 엄마에게서 그 냄새가 풍긴다는 사실을 알고 있었다.

그 냄새가 점점 짙어져 집 문밖에서도 느낄 수 있을 때 그 집에 초상이 난다는 사실도 정민이는 알고 있었다. 그래서 날마다 힘겹게 떠온 약수를 엄마에게 드리고 시리게 차가운 약수에 수건을 빨아 아침마다 엄마 몸을 구석구석 닦았다. 그렇게 하면 그 기분 나쁜 냄새랑 함께 엄마를 괴롭히는 병도 씻겨 나간다고 생각했다.

약수 냉찜질이 효과가 있었는지 정민이 엄마의 안색은 점점 좋아지고 퀴퀴한 냄새도 사라졌다. 산동네 개나리 가지에 물이 오를 무렵, 정민이 엄마는 집밖에 산책을 나올 정도로 건강을 되찾았다. 죽을 날 받아놓고 앓아누웠다고 생각한 정민이 엄마가 밖에 나오자 동네 아줌마들은 깜짝 놀라 비결을 물었다.

"우리 막내가 새벽마다 약수를 떠와서 그 물을 먹고 몸도 씻으니 한결 좋아졌어요."

소문은 아줌마들 입에서 입으로 전해져 온 동네에 퍼졌다. 아줌마들은 정민이만 만나면 정민이 효심이 엄마를 살렸다며 칭찬했고, 정민이가 새벽마다 오르는 약수터는 '죽은 사람 살린 약수터'라는 소문이 돌아 사람들로 가득했다. 약수터 이야기는 그해 봄 봉천동 산동네를 달군 가장 큰 뉴스였다.

정민이가 유명해진 뒤 나는 정민이랑 함께 약수를 뜨러 다녔다. 나는 언제나 유명한 아이랑 가장 친한 친구라는 사실을 자랑하고 싶어하는 아이였다. 어느 날 새벽, 평소처럼 물통을 들고 약수터에 간 우리에게 웬 중년 아저씨가 말을 붙였다.

"네가 병든 엄마를 위해 날마다 약수를 뜬다는 아이냐?"

"저도 정민이 엄마를 위해서 함께 물을 뜨고 있어요."

"그래서 엄마가 많이 나았니?"

"그럼요. 요즘은 산책도 다니세요."

"너는 말이 많구나. 니가 얘 대변인이냐?"

"대변인은 아니고, 가장 친한 친구예요."

"이름이 정민이라고?"

"예."

"어느 학교 다니지?"

"봉천중학교 2학년 13반 27번⋯⋯."

아저씨는 정민이가 기특하다는 듯 머리를 쓸어주더니 산을 내려갔다. 며칠 뒤 애국 조회가 끝난 뒤 담임은 정민이를 교무실로 따로 불렀다. 정민이가 문교부 장관이 주는 효행상을 받기로 확정된 때문이었다.

정민이가 매일 약수를 뜨는 이야기는 '약수 뜨는 산골 소년 정민이'라는 그럴듯한 제목까지 붙어 봉천동은 물론 근처 신림동과 노량진까지 퍼졌다. 모든 이야기가 그렇듯 이런 '미담'에는 과장된 이야기가 끼어들기 마련이다. 정민이 엄마가 아직 완치되지 않았고, 정민이가 떠온 약수가 정말 엄마에게 좋은 영향을 줬는지 밝혀지지도 않았지만, 이야기는 '거의 숨을 거두기 직전인 어머니가 아들이 날마다 떠다주는 약수를 마시고 벌떡 일어났다'는 식으로 부풀려졌다.

마침 이 소문은 팔순 노모가 병상에 있어 날마다 약수를 떠가던 관악구 교육감의 귀에 들어갔다. 교육감은 어린아이가 그렇게 기특한 일을 한다는 데 감동받아 사실을 확인하려고 소문이 난 약수터까지 왔고, 미담의 주인공을 인터뷰했다.

사실을 확인한 교육감은 문교부 장관에게 정민이의 '효행 표창'을 추천했고, 장관은 흔쾌히 제안을 받아들였다. 정민이가 문교부 장관이 '내리는' 상을 받게 되자 변두리 학교는 비상이 걸렸다. 정민이 혼자 교육청에 가서 상을 받으면 괜찮을 텐데, 이번은 특별히 문교부 장관이 직접 학교에 와 상을 준다고 한 탓이었다.

학교는 갑자기 환경 미화의 대결장으로 변했다. 교장 선생님이 직접 나서서 낡은 의자와 책상을 바꾸라는 둥 유리창 깨진 데는 없냐는 둥 참견을 했다. 각 교실은 교실대로 담임 교사의 통제 아래 일사불란하게 '문교부 장관 검열 준비'에 들어갔다.

상을 받을 정민이도 큰 고민이 있었다. 교장 선생님은 개교 이래 가장 큰 상을 받게 된 김정민 학생을 교장실로 따로 불러 장한 효행을 치하한 뒤 문교부 장관님 앞에서 상을 받을 때 지켜야 할 예의 등을 따로 교육시켰다. 묻는 말에는 앞을 보고 또박또박 대답하고, 악수할 때는 두 손이 아니라 한 손만 자연스럽게 잡는다 등등. 마지막으로 정민이의 허름한 옷을 본 교장 선생님은 특별히 당부했다.

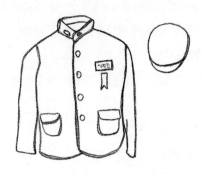

"그날은 옷을 좀 깨끗하게 입고 오너라."

1983년은 교복 자율화가 시작된 첫해여서 봉천동 산동네 아이들은 파란색 줄무늬 추리닝이나 겨드랑이 터진 스웨터 등을 입고 학교를 다녔다. 교사들도 가끔 잔소리는 해도 아이들 사정을 다 아는지라 옷차림은 별로 간섭하지 않았다. 그러나 교장 선생님이 특별히 말씀하셨고, 게다가 문교부 장관을 직접 만날 정민이에게 옷차림은 큰 걱정이었다.

옷 문제를 이야기하던 정민이는 예전의 우울한 표정으로 다시 돌아갔다. 그날 학급 회의 시간, 나는 손을 번쩍 들었다.

"다음 주에는 우리 반 정민이가 문교부 장관님께 상을 받습니다. 그런데 깨끗한 옷이 없어 걱정입니다. 단지 정민이뿐 아니라 효행 소년 김정민이랑 친구인 우리 반도 그날은 옷 입는 데 신경을 써야 한다고 생각합니다. 그래서……우리 반은 작년에 입던 교복을 모두 입고 오는 게 어떻겠습니까. 우리에게 교복만 한 정장이 어디 있겠습니까."

정민이는 순간 얼굴이 빨개졌지만 아이들은 환호했다.

"야, 재밌겠다."

"맞아, 교복이 양복이다."

"1년 입고 버리기는 진짜 아깝다."

개교 이래 처음, 문교부 장관이 직접 상을 주러 온 3월 셋째 월요일에 봉천중학교 2학년 13반 전체는 교복을 입고 등교했다. 문교부 장관은 교복을 입은 정민이에게 왜 교복을 입었느냐고 물었다. 정민이는 교장 선생님이 가르친 대로 상대의 눈을 똑바로 바라보고 또박또박 대답했다.

"제가 가진 옷 중에서 가장 깨끗한 정장이기 때문입니다."

문교부 장관은 눈을 돌려 반 아이들 모두 교복을 입은 모습을 보더니 호탕하게 웃으며 박수를 쳤다.

"멋진 친구들이다!"

얼핏 국가 시책에 반항한다며 혼날 수도 있던 이날의 이벤트는 오랜만에 '아름답게' 마무리됐다.

# 봉천동 대도 조세형

"2미터도 넘는 담벼락을 고무줄 넘듯 넘는대."

"자기가 조세형이라고 떠들고 다녀도 너무 빨라서 잡지를 못한다잖아."

1983년 4월 14일, 대도 조세형이 감옥에서 탈출했다. 텔레비전과 신문은 희대의 탈옥 사건을 다루는 뉴스로 넘쳐났다. 영화에나 나올 만한 이 사건으로 아이나 어른이나 모두 흥분했다. 조세형이 훔쳤다는 1000만 원이 넘는 물방울 다이아를 비롯한 각종 귀금속은 말만으로도 서민들을 기죽게 했다.

동네 사람들이 '의적' 운운하며 흥분하던 그해 4월. 정민이네 집에 진짜 '대도'가 들어왔다. 훔쳐갈 물건이 아무것도 없는 정민이네 하꼬방에 숨어든 '대도'는 다름 아닌 동네 소문난 갑부인 목욕탕집 사장 아들 김팔봉 형이었다.

팔봉 형네는 소문난 땅부자로 말죽거리 근처에 사놓은 땅 수십만 평의 땅값이 천정부지로 치솟으면서 10억이 넘는 재산을 가진 거부가 됐다. 그러나 세상은 평등하다고 했던가. 땅부자 팔봉형네는 그해 서른 살이 된 팔봉 형 때문에 골머리를 썩고 있었다. 심성은 착한데 지능이 약간 떨어져 동네에서는 '팔푼이 팔봉이'로 불렸다.

그런 팔봉 형의 마음속에 몰래 간직한 일편단심이 있었으니, 어릴 때부터 공부 잘하고 인물 좋기로 소문난 정민이 큰누나 김선미였다. 선미 누나는 우리 큰누나처럼 어려운 환경 탓에 여상을 나와 동네 새마을금고에서 일하고 있었다. 아버지가 일찍 돌아가시고 엄마까지 중병을 앓고 있는 정민이네 집에서 선미 누나는 가장이나 다름없었다.

부동산 덕에 벼락부자가 된 뒤 팔봉 형은 선미 누나가 다니는 새마을금고에 출근 도장을 찍기 시작했다. 매일 영업을 시작하면 뭉칫돈을 가져와 선미 누나에게 맡기고, 점심시간이 지나면 또 뭉칫돈을 가져와 저금을 하고, 퇴근 전에 다시 뭉칫돈을 저금했다.

당연히 팔푼이 팔봉 형은 '김 사장님'으로 깍듯이 브이아이피 대접을 받았다. 선미 누나는 자기에게 '작업'을 걸고 있는 팔봉 형이 불쾌했지만, 고객은 고객이었다. 위에서는 팔봉 형을 특별 관리하라는 은근한 압력까지 넣고 있었다. 선미 누나는 직원과 고객의 관계를 유지하며 되도록 사무적이고 쌀쌀맞게 대했지만, 팔푼이 팔봉 형은 무대포로 하루 세 번 새마을금고에 계속 출퇴근했다.

어느덧 팔봉 형 통장의 잔고가 1억 원을 넘었다. 새마을금고에서는 팔봉 형이 혹시나 예금한 돈을 한꺼번에 빼가지 않을까 노심초사하며 올 때마다 지점장까지 나와 90도로 허리를 꺾어 인사했다. 그러던 어느 날 산동네 마담뚜 노릇을 하는 쑥고개시장 번영회 회장 아줌마가 몸져누운 정민이 엄마를 만나러 정민이네 하꼬방을 찾았다.

"이제 정민이네는 고생 끝이네."

"무슨 말이요?"

"김 사장네서 선미를 며느리 삼기로 아주 작정을 했나 봐."

"김 사장 아들이면……팔푼이 팔봉이?"

"팔푼이는 무슨……팔봉이가 사람이 착해서 그렇지 절대 덜떨어진 애가 아니네."

"쓸데없는 소리 말고 당장 나가요."

"정민 엄마, 지금 정신이 있는 거야 없는 거야. 대학 나온 여자애들도 팔봉이네 시집오려고 줄을 섰는데, 팔봉이가 선미 아니면 장가 안 간다고 고집을 부리는 거야."

"그럼 그 색시들이나 알아봐. 내 눈에 흙 들어가기 전에는 우리 선미 팔봉이한테 못 보내."

"정민 엄마 처지를 생각해, 처지를……. 팔봉이네가 선미만 시집오면 강남에 아파트도 번듯한 거 마련해주고, 정민이네 가게도 내준다 합디다. 게다가 팔봉이 걔가 외동아들이야. 선미가 팔봉이

317

한테 시집만 가면 팔봉이네 전 재산이 전부 정민이네 거가 된다,
그거야."

정민이 엄마는 아줌마를 더 호되게 야단친 뒤 문밖으로 내쫓
았다. 그때 퇴근한 선미 누나가 이 이야기를 문밖에서 모두 듣고
있었다. 정민이 엄마는 충격을 받은 듯한 선미 누나에게 신신당
부를 했다.

"신경쓰지 마라. 절대 쓸데없는 생각 하지 말고."

팔봉 형네가 선미 누나에게 중신을 넣었지만 거절당했다는 이
야기는 곧 온 동네에 퍼졌다. 사람들은 선미 누나를 비난하는 말
만 잔뜩 늘어놓았다.

"그래서 딸자식 키워봐야 다 헛것이야."

"자기 분수를 알아야지. 그 좋은 혼처 자리를 왜 마다해?"

"선미가 원래부터 자기 생각만 하는 애야."

발 없는 말이 천리를 가는 법. 소문은 정민이가 간호해준 덕에
병색이 나아진 정민이 엄마의 귀에 들어갔다. 정민이 엄마는 어디
서 무슨 힘이 났는지 그렇게 입방아를 찧는 동네 아줌마를 찾아
가 머리채를 잡고 대판 싸움을 벌였다. 그러고는 충격을 받아 응
급실에 실려 갔다.

정민이네 네 형제는 그날 밤새도록 응급실에서 죽음의 문턱을
넘나드는 정민이 엄마를 지켜봐야 했다. 의사는 한국에서는 이제
치료할 수 없고 미국에 가서 폐암 전문의에게 수술을 받으면 어
쩌면 희망이 있을지도 모른다고 말했다. 정민이네 가족에게는 이
말이 더 아팠다. 차라리 가망이 없으면 운명으로 받아들이고 말

텐데, 결국 돈 때문에 어머니를 떠나보내야 한다는 사실이 어린 자식들의 가슴을 후벼 팠다.

선미 누나는 세 동생들을 물끄러미 바라봤다. 고등학교를 중퇴하고 공장에 나가는 두 동생과 그 길을 따라갈 게 분명한, 중학교에 다니는 막내 정민이. 선미 누나는 동생들의 손을 꼭 쥐고 눈물을 글썽이며 말했다.

"엄마……미국에서 수술시키고……너희도 다시 공부하고……우리도 남들처럼……그렇게……살자……."

다음날 아침. 선미 누나가 일하는 새마을금고에 팔봉 형이 예의 순진한 표정을 지으며 나타났다. 손에는 역시 신문지로 싼 뭉칫돈을 들고 있었다. 그날 점심시간에 선미 누나는 동네 88다방에서 팔봉 형을 단 둘이 만났다.

팔봉 형은 쑥스러워 고개도 들지 못한 채 앞에 놓인 스포츠 신문에 나온 조세형의 물방울 다이아몬드 기사에 눈길을 두고 있었다. 그런 팔봉 형을 선미 누나는 물끄러미 바라만 봤다. 먼저 입을 연 사람은 선미 누나였다.

"김팔봉 씨……저랑 결혼하고 싶으세요?"

물을 마시던 팔봉 형은 선미 누나의 느닷없는 질문에 사레가 걸려 한참 동안 기침을 한 뒤 눈물이 가득 고인 눈으로 선미 누나를 바라봤다. 그리고 천천히 고개를 끄덕였다.

선미 누나는 다시 천천히 물었다.

"제가 좋으세요?"

팔봉 형은 팔푼이처럼 또 커다랗게 고개를 끄덕였다.

선미 누나는 천천히, 그러나 단호하게 말했다.

"저를 좋아하듯, 제 가족들도 좋아할 수 있어요?"

팔봉 형은 불에 덴 사람처럼 펄쩍 뛰며 대답했다.

"그럼요, 그럼요, 그럼요……."

선미누나는 그런 팔봉이형을 물끄러미 바라보더니 마지막 한 마디를 남기고 자리에서 일어났다.

"이번 주 일요일에 우리집으로 와서 정식으로 청혼하세요."

팔봉 형은 뭐에 얻어맞은 듯 멍하니 있다가 다방을 나가는 선미 누나를 급하게 불렀다.

"선미 씨……선미 씨……."

선미 누나랑 눈이 마주치자 팔봉 형은 다시 우물쭈물 망설이다 겨우 입을 열었다.

"다……다이아몬드로 할게요. ……겨……결혼반지……진짜……물방울 다이아……조세형이처럼 훔치지 않고……돈 주고……다이아몬드 사서……그러니까……그게 진짜로 비싼데……."

그런 팔봉 형을 보며 선미 누나는 처음으로 살짝 웃은 뒤 다방을 빠져나갔다.

일요일 아침, 촌스러운 양복에다 2 대 8 가르마에 머릿기름을 잔뜩 발라 멋을 낸 팔봉 형이 정민이네 하꼬방을 찾았다. 그런 팔봉 형을 정민이를 비롯한 동생들이 신기한 듯 쳐다봤다. 선미 누나는 동생들에게 팔봉 형을 인사시켰다.

"너희 매형이자 형부가 될 분이야."

　팔봉 형은 멍한 표정으로 바라보는 아이들 앞에서 품에 든 반지를 꺼냈다.

　"이⋯⋯이게⋯⋯진짜 다이아⋯⋯훔친 게 아니라⋯⋯."

　정민이는 큼지막한 다이아몬드와 바보 같은 팔봉 형의 얼굴을 번갈아 바라봤다. 그러고는 말없이 집을 나갔다. 마치 뭐에 홀린 사람처럼 천천히 산동네를 내려온 정민이는 우리집으로 들어왔다. 어머니 안부를 묻는 우리 엄마 말에 대꾸도 하지 않은 채 전화기를 들더니 112를 돌렸다. 텔레비전에서는 대도 조세형의 행방을 추적하는 뉴스 속보가 계속되고 있었다.

　"거기⋯⋯경찰서죠? 우리집에⋯⋯조세형이 왔어요. 진짜⋯⋯

물방울 다이아를 갖고……. 거짓말 아니에요. ……조세형이……
물방울 다이아를 갖고……누나를 훔쳐가려고…….”

　조금씩 떨리던 정민이의 목소리는 이내 울음으로, 통곡으로
바뀌고 있었다.

# 아⋯⋯대한민국

사람들은 남의 말 하기를 좋아한다. 정민이 큰누나 김선미가 동네 최대 부동산 재벌의 상속자인 팔푼이 팔봉이의 청혼을 거절했다는 소문이 돌 때 사람들은 이렇게 말했다.

"그래서 딸자식 키워봐야 다 헛것이야."

"자기 분수를 알아야지. 그 좋은 혼처 자리를 왜 마다해?"

"선미가 원래부터 자기 생각만 하는 애야."

선미 누나가 팔봉 형이랑 결혼한다는 소문이 돌자 사람들은 이렇게 말했다.

"선미 그게 어릴 때부터 영악해서⋯⋯. 결국에 남자 하나 후려서 팔자 고쳤네."

"팔봉이가 남자구실이나 제대로 하는지 몰라."

"팔봉이, 저 코 찔찔 흘려서 입에 들어가는 거 봤지. 아우, 끔찍해라. 나는 억만금을 줘도 팔봉이랑은 못 사네."

늘 발 없는 말은 천리를 가는 법이다. 바보가 아닌 다음에야 사람들이 쑥덕거리는 소리가 모두 정민이네 식구들 귀에 들어갈 수밖에 없었다. 그해 5월, 정민이네 가족들은 마치 고약한 집에 시집온 며느리들처럼 눈과 입과 귀를 막고 살아야 했다.

팔봉 형은 결혼이 결정된 뒤에도 예전처럼 개천에서 코흘리개 아이들이랑 첨벙거리고 코를 흘리며 놀았다. 아이들은 팔봉 형이 장가간다는 이야기에 귀가 솔깃해 물었다.

"팔봉아, 결혼하면 애기두 낳아야 하는데……. 너 애기 어떻게 만드는 줄 알아?"

팔봉 형은 정말 알 수 없다는 표정으로 웃었다.

"으ㅎㅎ……."

동네 아저씨들은 버럭 소리를 지르며 아이들을 쫓아버렸다.

"이 자식들! 어른한테 팔봉이가 뭐냐!"

그러고는 난처해하는 팔봉 형에게 농담을 했다.

"팔봉아, 걱정하지 마라. 애기 안 만들어지면 이 형님이 힘 닿는 데까지 도와줄게."

팔봉 형은 허리를 90도로 꺾어 친절하게 인사했다.

"고맙습니다."

이 모습을 보며 아저씨들은 자기들끼리 허리가 끊어지게 웃었다. 그러다 선미 누나나 정민이가 지나가면 웃음을 뚝 그치고 큰 기침을 하며 흩어졌다. 아이나 어른이나 똑같았다.

돌이켜보면 20여 년 전 내가 살던 산동네 사람들의 심성이 그렇게 악질은 아니었다. 엄마는 김치전이라도 부치는 날이면 동네에 기름 냄새 피운 게 미안스럽다며 이웃 너덧 집 정도에 접시를 돌렸다. 엄마뿐 아니라 동네 사람 대부분 그런 행동을 상식으로 여겼다. 다들 가난하기 때문에 아무도 가난하다고 느끼지 않던 시절이었다.

선미 누나 결혼 문제를 보는 눈은 유독 곱지 않았다. 선미 누나가 동네 사람들에게 미운털이 박혀서, 팔봉 형이 팔푼이여서 그런 것도 아니었다. 사람들은 팔봉 형네가 졸부가 됐어도 팔봉 형이 여전히 썩은 개천에서 아이들이랑 첨벙거리며 노는 팔푼이라는 이유로 목욕탕집을 전처럼 똑같은 이웃이라고 생각했다. 그런데 똑똑하지만 가난한 선미 누나랑 팔푼이지만 부자인 팔봉 형네가 마치 변신 로봇처럼 합체를 하자 이제 '그 사람들'은 '우리'랑 다르다고 생각했다.

정민이네가 우리랑 다르다는 사실은 바로 드러났다. 선미 누나가 팔봉 형이랑 결혼하기로 결정한 뒤, 정민이는 학교에 나이키 운동화를 신고 왔다. 요즘 젊은이들이 무슨 차를 몰고 다니는지가 부의 기준이라면, 그때 중학생들 사이에서 부의 척도는 단연 운동화였다. 그중 나이키 운동화는 베엠베나 벤츠 같은 최고급 외제 운동화였다. 당연히 아이들 눈은 휘둥그레졌다. 세상에, 전교 꼴등으로 등록금을 내는 김정민이 나이키 운동화라니.

정민이는 이제 예전의 정민이가 아니었다. 학교 매점은 얼쩡거

리지도 않던 애가 쉬는 시간마다 매점에 출근 도장을 찍었다. 수
업이 끝나면 아이들을 데려가 분식집에서 떡볶이 등을 잔뜩 사줬
다. 떡볶이 파티 뒤에는 전자오락실에서 두어 시간 갤러그에 열중
하고 어두워질 무렵 집에 돌아갔다. 아이들은 정민이를 더는 놀
리지 않았다. 정민이는 그동안 당한 수모를 한꺼번에 되갚기라도
하겠다는 듯 돈을 뿌렸다.

"사람이 그렇게 한꺼번에 변하면 죽는 거야."

나는 그런 정민이를 보며 나름대로 의미심장한 충고를 했지만
정민이는 들은 체도 하지 않았다.

정민이가 변한 뒤로 나랑 정민이는 거의 한마디도 하지 않고

지냈다. 특별히 정민이에게 화가 나지도 않았고 둘이 싸우지도 않았지만, 낯설기 때문이었다. 10년 넘게 가족보다 많은 시간을 보낸 우리지만, 그런 모습은 처음이었다. 그때 정민이는 분명 다른 사람이었다. 며칠 뒤 정민이는 나를 만두 가게로 따로 불러냈다.

평소 같으면 만두에 눈이 뒤집어져 서로 하나라도 더 먹겠다고 싸웠을 것이다. 그날은 왠지 만두가 맛없어 보였다. 그래서 우리는 마치 만두랑 원수진 아이들처럼 만두를 노려보고 앉아만 있었다. 정민이가 먼저 입을 열었다.

"우리 이사 가."

"잘 가라."

"화났냐? 삐쳤냐?"

"내가 너냐. 삐치게……."

"좀 멀리 가."

"가든지 말든지……."

"미국으로 이민 가."

"어! 엄마만 수술 받으러 간다며?"

"누나가 다 준비했어. 팔봉 형이랑 결혼하면 엄마랑 목욕탕집 할머니, 할아버지, 우리 식구……다 같이 이민 가기로."

"……."

"누나는……. 아무도 모르는 곳에서 살고 싶대……."

정민이는 정말 이민은 가고 싶지 않다고 했다. 이 동네에서 나랑 기성이랑 셋이 뭉쳐 노는 게 가장 재미있다고 했다. 그렇지만 가족들이 결정한 일이니 할 수 없지 않느냐며 쓸쓸하게 말했다.

맞는 말이었다. 떠날 생각을 하니 계집애라고 놀리던 반 아이들도 그리워질 것 같아 한턱냈다며, 변한 건 아니라고 덧붙였다.

선미 누나 결혼식이 끝나고 정민이네가 미국으로 떠나기 전, 오랜만에 동네잔치가 벌어졌다. 선미 누나는 끔찍하게 싫어했지만, 정민이 엄마가 동네 사람들에게 마지막으로 인사하고 싶다며 교회에 사람들을 모아 떡과 막걸리를 돌렸다.

동네 사람들은 더는 선미 누나를 비롯해 정민이네 식구들에게 손가락질하지 않았다. 팔봉 형네 가족들에게도 전처럼 격의 없이 막걸리를 나눴고, 선미 누나는 얼굴을 보이지 않았지만 신혼부부에게 덕담을 했다. 떡과 막걸리만 갖고도 사람들은 충분히 행복했다. 〈창밖의 여자〉를 목놓아 부르던 그 교회 피아노 앞에서 정민이는 신나게 노래를 불렀다. 노래는 1983년에 발표돼 공전의 히트를 친 정수라의 〈아! 대한민국〉.

"원하는 것은 무엇이든 얻을 수 있고 뜻하는 것은 무엇이든 될 수가 있어……."

정민이가 부르는 노래를 군대에서 매맞아 바보가 된 산동네 수재 재중 형도, 엄마 치료비가 없어 결국 깡패가 된 기성이도, 동사무소에서 배급 탄 밀가루로 풀을 쑤어 반은 먹고 반은 봉투를 바르며 살아온 정민이 엄마도 다들 손뼉을 치며 따라 불렀다.

"아, 우리 대한민국! 아, 우리 조국!"

정민이는 영원토록 사랑해 마땅할 우리 조국을 그렇게 떠났다.